LE MYSTÈRE DU THÉÂTRE ROMAIN

ELLERY QUEEN

LE MYSTÈRE DU THÉÂTRE ROMAIN

TRADUIT DE L'AMÉRICAIN
PAR J. MACTAR

ÉDITIONS J'AI LU

Ce roman a paru sous le titre original :

THE ROMAN HAT MYSTERY

LES PERSONNAGES

Monte FIELD, un important personnage... la victime.
William PUSAK, comptable.
Louis PANZER, directeur du Théâtre Romain.
James PEALE, le « Don Juan » de *Gunplay*.
Eve ELLIS, sa partenaire.
Stephen BARRY, jeune acteur de talent.
Hilda ORANGE, une actrice connaissant son métier.
Le sergent VELIE, de la Brigade des Homicides.
HESSE, PIGGOTT, FLINT, JOHNSON, HAGSTROM, RITTER, détectives.
Le Dr Samuel PROUTY, médecin légiste.
Madge O'CONNELL, ouvreuse.
Jess LYNCH, le complaisant vendeur de rafraîchissements.
John CAZZANELLI, dit « Parson Johnny », spectateur particulièrement intéressé par la pièce.
Benjamin MORGAN, une énigme.
Franklin IVES-POPE, un milliardaire.
Stanford IVES-POPE, son fils.
Frances IVES-POPE, une jeune héritière.
Harry NEILSON, agent de publicité.
Henry SAMPSON, un procureur du district intelligent.
Timothy CRONIN, son adjoint non moins intelligent.
Charles MICHAELS, valet de chambre de Field.
Mrs Angela RUSSO, maîtresse de Field.
Oscar LEWIN, chef de secrétariat du cabinet de Field.
Dr Thaddeus JONES, directeur du Service Toxicologique de New York.
DJUNA, une perle rare.

Problème :

Qui tua Monte Field ?

Laissez-nous vous présenter les hommes qui cherchèrent et trouvèrent la solution :

L'inspecteur Richard QUEEN,
Mr Ellery QUEEN.

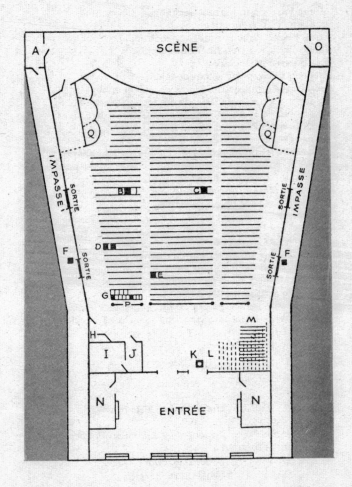

PLAN DU THÉÂTRE ROMAIN

A. — Loges des acteurs.

B. — Fauteuil occupé par Frances Ives-Pope.

C. — Fauteuil occupé par Morgan.

D. — Fauteuils occupés par Cazzanelli (Parson Johnny) et Madge O'Connell.

E. — Fauteuil occupé par le Dr. Stuttgard.

F, F. — Stands des vendeurs d'orangeade (pendant les entractes seulement).

G. — Espace entourant l'endroit du crime. Le carré noir indique le fauteuil occupé par Monte Field. Sept carrés rayés (quatre devant, trois à droite) indiquent les places inoccupées.

H. — Bureau de Harry Neilson, l'agent de publicité.

I. — Bureau de Louis Panzer, le directeur du Théâtre Romain.

J. — Antichambre du bureau directorial.

L. — Unique escalier conduisant au balcon.

M. — Escalier conduisant au sous-sol.

N, N. — Guichets des billets.

O. — Vestiaire des acteurs.

P. — Fauteuil occupé par William Pusak.

Q, Q. — Loges d'avant-scène.

La scène se passe à New York

« Le policeman doit souvent imiter le " baka-dori ", l'oiseau entêté qui, tout en sachant que la mort l'attend, que les bâtons des fainéants blancs le guettent, brave une fin ignominieuse pour enterrer ses œufs dans le sable des plages... Ainsi, le policeman.

« Aucun Nippon ne devrait le décourager de faire éclore l'œuf de la conscience. »

Extrait de : *Un millier de feuilles*,
par Tamaka Hiero.

Où nous sont présentés des vivants et un mort

La saison dramatique de 192... débuta d'une manière déconcertante : Eugène O'Neill avait négligé d'écrire à temps un nouveau « chef-d'œuvre » propre à satisfaire *l'intelligentsia* et à assurer son concours financier; quant au « public moyen », après avoir vu diverses pièces sans enthousiasme, il avait déserté les théâtres au profit des spectacles moins recherchés et moins décevants qu'offrent les cinémas.

La soirée du 24 septembre fut marquée par une pluie fine qui adoucissait l'embrasement électrique de Broadway, le quartier des théâtres, et plongeait les directeurs dans le marasme. La pluie retenait à domicile, devant un poste de T.S.F. ou autour d'une table de bridge, les spectateurs éventuels. Pour expliquer leur actuelle déconfiture, producteurs et directeurs en appelaient à Dieu et au service météorologique.

Devant le Théâtre Romain, cependant, se pressait la foule des beaux jours. Le titre : *Gunplay*, flamboyait au-dessus de la marquise, on faisait la queue devant les guichets, le portier (portant avec dignité le poids des ans et son uniforme or et bleu) dirigeait d'un air satisfait, vers l'orchestre, les spectateurs coiffés de hauts-de-forme et leurs compagnes emmitouflées de fourrures. L'inclémence du temps ne menaçait pas ceux qui, du haut en bas de l'échelle, étaient intéressés à la production de *Gunplay*.

Dans la salle ultramoderne, flottait une atmosphère d'attente mêlée d'appréhension car le caractère brutal, réaliste et bruyant de la pièce était universellement connu. Le moment venu, les spectateurs cessèrent d'agiter leurs programmes, le dernier retardataire trébucha sur les pieds de son voisin pour gagner son fauteuil. La salle s'obscurcit, le rideau se leva, un coup de feu, suivi d'un cri, retentit dans le silence. *Gunplay* commençait.

C'était l'innovation de la saison, un drame qui se jouait à coups de feu : revolvers, mitraillettes, descentes de police dans les « boîtes » fréquentées par les apaches, toute la vie mouvementée du milieu criminel, avec ses noirs desseins, ses règlements de comptes et ses accessoires, condensés en trois actes rondement enlevés. *Gunplay*, un reflet exagéré de l'époque, offrait aux amateurs d'émotions fortes tout ce qu'ils pouvaient désirer; aussi, par temps de pluie comme par beau temps, la direction faisait-elle toujours salle comble.

Le public, haletant, applaudit la fin tumultueuse du premier acte; puis, la pluie ayant cessé, les spectateurs profitèrent des dix minutes d'entracte pour aller respirer une bouffée d'air pur. Quand le rideau se leva de nouveau, le dialogue explosif et les pétarades reprirent crescendo. C'était le moment pathétique du deuxième acte et un léger remous, dans le fond de la salle, passa naturellement inaperçu. Nul ne parut remarquer cette perturbation, insignifiante au début, mais qui s'amplifia tant et si bien que les spectateurs assis aux derniers rangs de l'orchestre, à gauche, se retournèrent pour réclamer le silence. La protestation devint contagieuse, et, très vite, cette partie de l'orchestre attira des centaines de regards.

Soudain, un cri strident retentit. Les spectateurs, enfiévrés par l'ambiance de la scène, se tournèrent en direction du cri, ne voulant rien perdre de ce qu'ils s'imaginaient être un nouveau « coup de théâtre ».

L'électricité s'alluma brusquement dans la salle, découvrant des visages perplexes, déjà alarmés. A l'extrême gauche, près d'une porte fermée, un grand policeman, tenant par le bras un jeune homme fluet et nerveux, repoussait un groupe de curieux en criant d'une voix de stentor :

— Que chacun reste à sa place ! Que personne ne bouge !

Hilarité générale.

Mais les sourires s'effacèrent car le public commençait à remarquer une singulière hésitation chez les acteurs. Tout en continuant à jouer, ils jetaient vers l'orchestre des regards intrigués. Ce que voyant, les spectateurs pressentirent un drame réel et, mus par un début de panique collective, ils se levèrent de leurs fauteuils.

— Assis ! tonna le policeman. Que chacun reste à sa place !

Cramponnées au bras de leur compagnon, des femmes crièrent. Au balcon, d'où l'on ne voyait pas ce qui se passait en bas, l'effervescence devint indescriptible.

Le policeman se tourna vers un homme en habit qui se frottait les mains non loin de là. Petit, trapu, très brun, c'était Mr Panzer, le directeur du théâtre.

— Veuillez faire fermer immédiatement toutes les issues, Mr Panzer, dit le policeman. Placez un ouvreur devant chaque porte, avec l'ordre d'arrêter quiconque essaiera d'entrer ou de sortir. Jusqu'à ce que le renfort arrive, mettez également un employé devant chaque porte donnant sur la rue. La situation va devenir intenable, il n'y a pas une seconde à perdre, Mr Panzer.

Le directeur s'éloigna vivement, à la grande déconvenue de tous ceux qui, ignorant les ordres donnés, s'étaient précipités vers lui pour l'interroger.

Planté, les jambes écartées, au bout du dernier rang des fauteuils d'orchestre, le policeman dissimulait aux yeux de tous la cause de cette agitation : un homme en habit, ratatiné par terre, entre deux rangées de fauteuils.

— Hep, Neilson ! appela le policeman qui serrait toujours le bras du jeune homme fluet.

Un colosse sortit d'une petite pièce située près de l'entrée principale. Il accourut, regarda la forme inerte et demanda :

— Que s'est-il passé, Doyle ?

— Ce type-ci vous renseignerait mieux que moi, Harry. Au fait, comment vous appelez-vous ?

La question, adressée au jeune homme terrorisé, s'accompagnait d'un regard féroce.

— Pusak. W... William Pusak, bégaya l'autre.

— Bien. Il y a un mort et ce Mr Pusak déclare l'avoir entendu murmurer, dans son dernier soupir, qu'il avait été assassiné.

Neilson, stupéfait, regarda le cadavre.

— Je suis dans de beaux draps, poursuivit le policeman. Seul pour contenir cette bande d'énergumènes ! Aidez-moi, Harry.

— A vos ordres. Quelle histoire !

Doyle, congestionné et furieux, interpella un spectateur qui, trois rangs devant, était grimpé sur son fauteuil pour voir ce qui se passait :

— Hep, là-bas ! rugit-il. Rasseyez-vous ! Regagnez vos places, messieurs dames. Regagnez vos places ou je vous arrête tous ! C'est compris, cette fois ? (Il se retourna vers Neilson pour ajouter à voix basse :) Téléphonez au Bureau Central, Harry. Donnez l'alerte et demandez du renfort. Tenez, voici mon sifflet. Ne craignez pas de vous époumoner, dehors, pour m'amener immédiatement du renfort. (Et, comme Neilson s'éloignait en fendant la foule, Doyle lui cria :) Demandez l'inspecteur Queen de ma part, Harry !

Neilson, l'agent de publicité, rentra dans son bureau. Au bout d'un instant, alors que des coups de sifflet retentissaient sur le trottoir, devant le théâtre, Mr Panzer réapparut. Le plastron de sa chemise était froissé et il avait l'air égaré. Une spectatrice le héla au passage.

— De quel droit ce policeman nous retient-il ici, Mr Panzer ? demanda-t-elle, indignée. S'il y a eu un accident, je n'y suis pour rien et je veux rentrer chez moi. Veuillez faire cesser cette ridicule brimade à l'encontre d'innocents !

Le directeur essaya de se dégager.

— Je suis, comme vous tous, obligé de me plier aux ordres du policeman de service, madame, répondit-il. Un homme a été tué. C'est grave. Patientez, je vous en prie.

Il s'enfuit, avant que la dame ait eu le temps de protester.

Doyle, agitant furieusement les bras, grimpa sur un fauteuil et hurla :

— Je vous ai dit de vous rasseoir et de rester tranquilles ! C'est un ordre qui concerne tout le monde ! Vous entendez, le monsieur au monocle ? Que vous soyez le maire ou non, je m'en moque ! C'est moi qui commande ici ! Vous ne comprenez donc pas ce qui s'est passé ? Mettez-y un peu de bonne volonté !

Doyle sauta à terre, bougonnant et épongeant son front.

L'orchestre bouillonnait comme une immense marmite; là-haut, au balcon, les gens se penchaient dangereusement au-dessus des balustrades, dans un effort désespéré pour apercevoir la cause de cette agitation. Dans l'effervescence générale, le brusque arrêt de la représentation passa inaperçu. Jusqu'ici, les acteurs avaient continué de réciter machinalement leurs rôles,

13

mais nul ne les écoutait plus, car le drame se jouait dans la salle. Quand le rideau tomba enfin, tous les acteurs, parlant avec animation, se dirigèrent vers l'escalier qui conduisait dans la salle. Comme ceux du public, leurs yeux étaient fixés sur le fond de l'orchestre, à gauche.

Hilda Orange, une vieille dame imposante à la toilette criarde (Mme Murphy, patronne de bar dans *Gunplay*); la gracieuse Eve Ellis, premier rôle féminin de la pièce; une brebis égarée, la touchante Nanette; James Peale, le robuste héros coiffé d'une casquette et vêtu d'un grossier costume de tweed; Stephen Barry, jeune, élancé, bien pris dans son habit, incarnant le fils de famille tombé entre les mains de la « bande »; Lucille Horton, baptisée par la critique théâtrale : « la dame du trottoir »; un vieux monsieur dont l'impeccable tenue de soirée attestait l'excellente coupe de M. Le Brun, costumier exceptionnel de toute la troupe; l'apache taillé en force dont le rictus brutal était maintenant remplacé par une expression de docilité abasourdie, bref, la troupe au complet, maquillée, peinturlurée (certains acteurs se frottant le visage avec une serviette pour ôter le plus gros du fard) envahit l'orchestre.

L'entrée de plusieurs policemen, à la suite d'un grand détective en civil, le sergent Velie, causa une véritable sensation. Malgré les ordres énergiques de Doyle, ce fut à qui se lèverait pour mieux voir. Mais Doyle n'en poussa pas moins un profond soupir de soulagement.

— Ce n'est pas un théâtre, c'est une maison de fous, dit le sergent Velie, fronçant les sourcils. Que se passe-t-il, Doyle ?

Déjà, les policemen repoussaient les curieux vers le fond de la salle, derrière la rangée de fauteuils. Ceux qui essayèrent de regagner leurs places furent rappelés à l'ordre et forcés de rejoindre le groupe des personnes entassées, furieuses, mais tenues en respect par les représentants de l'ordre public, armés de gourdins.

— On dirait que cet homme a été assassiné... empoisonné, selon le médecin de service qui l'a examiné, répondit Doyle.

— Hum! (Le sergent Velie regarda sans curiosité la seule personne qui fût immobile dans tout le théâtre : l'homme couché par terre, un bras recouvrant son visage, les jambes étendues sous un fauteuil de la rangée précédente.) Qui est-ce? poursuivit Velie, désignant le tremblant Pusak.

— Le jeune homme qui a trouvé le cadavre. Je ne l'ai pas quitté des yeux depuis lors.

— Bien. Que le directeur du théâtre vienne me parler, continua Velie, se tournant vers le groupe du fond.

Panzer s'avança.

— Sergent Velie, de la Brigade des Homicides, dit le détective d'un ton sec. N'avez-vous donc pris aucune mesure pour que cette bande hurlante d'imbéciles se tienne tranquille?

— J'ai fait de mon mieux, murmura Panzer, se tordant les mains. Mais l'attitude... hum! l'attitude énergique du policeman de service a échauffé les esprits et il m'est difficile d'obtenir que ces messieurs dames restent tranquillement assis à leurs places, comme s'il ne s'était rien passé. Je...

— Merci, l'interrompit Velie. Nous ferons le nécessaire. (Il donna un ordre à un policeman et se retourna vers Doyle pour ajouter :) Avez-vous fait garder les issues?

— J'ai prié Mr Panzer, ici présent, de placer un ouvreur devant chaque porte, répondit le policeman avec un sourire. C'était, d'ailleurs, une mesure de sécurité, car toutes les portes ont été gardées depuis le début de la représentation.

— Personne n'a essayé de sortir?

— C'est facile à savoir, sergent, intervint doucement le directeur. Comme vous le savez peut-être, l'action de *Gunplay* s'accompagne de coups de feu, de cris. Pour renforcer l'atmosphère dramatique, la présence d'une ouvreuse devant chaque porte, en permanence, est nécessaire. Si vous le désirez, je puis me renseigner.

— Nous nous en chargerons, merci. Qui avez-vous demandé, Doyle ?

— L'inspecteur Queen. J'ai chargé Neilson, l'agent de publicité, de lui téléphoner au Bureau Central.

— Vous avez pensé à tout, dit Velie, avec un sourire, sourire dont il était pour le moins avare. Le cadavre n'a pas été touché, depuis que Monsieur l'a trouvé ?

Le jeune homme craintif, toujours tenu d'une poigne ferme par Doyle, s'écria, prêt à fondre en larmes :

— Je... Je l'ai trouvé, c'est tout. Devant Dieu, je jure...

— Dans ce cas, ce n'est pas la peine de pleurnicher, déclara le sergent. Je vous écoute, Doyle.

— Hormis le Dr Stuttgard qui était dans la salle et que j'ai fait appeler pour m'assurer que l'homme était mort, personne n'a posé le doigt sur le cadavre, répondit fièrement le policeman.

— Votre avancement est en bonne voie, Doyle. (Le sergent se retourna vers Panzer qui eut un mouvement de recul.) Montez sur la scène et faites une déclaration bien sentie, monsieur le directeur. Toutes les personnes présentes doivent rester à leurs places, jusqu'à ce que l'inspecteur Queen les autorise à rentrer chez elles. C'est bien compris ? Expliquez à votre public que l'indocilité ne ferait que retarder l'heureux moment de la délivrance et ne manquez pas d'ajouter que tout mouvement suspect, dans la salle, serait une nouvelle source de complications.

— Oui, oui. Seigneur, quelle catastrophe! soupira Panzer, se dirigeant vers la scène.

Au même instant, un petit groupe d'hommes entra par la grande porte du fond et s'avança, en formation serrée, dans la salle.

16

Où un Queen travaille et l'autre
Queen observe

Extérieurement, l'inspecteur Richard Queen n'avait rien de remarquable. C'était un vieux monsieur, petit, ridé, doux d'aspect, marchant légèrement voûté et avec un air décidé qui s'accordait avec sa moustache, ses cheveux gris comme ses yeux, et ses mains fines.

Comme il s'avançait d'un pas vif, il n'avait rien de très impressionnant pour les centaines d'yeux rivés sur lui; cependant, un murmure s'éleva et une détente se produisit dans la salle surexcitée. Les hommmes du Bureau Central saluèrent respectueusement leur supérieur, Doyle s'effaça dans un coin, près de la porte, Velie, ironique, impassible au milieu de l'agitation générale, parut heureux de céder la première place. L'inspecteur Queen lui serra la main.

— Pas de chance, Thomas, dit-il. J'ai appris que vous rentriez chez vous quand on vous a appelé d'ici. (L'inspecteur adressa un sourire paternel à Doyle puis, avec une expression de douceur apitoyée, il regarda le cadavre et demanda :) Toutes les issues sont gardées, Thomas ?

— Oui, inspecteur.

Le nouvel arrivant embrassa la salle d'un regard pénétrant, après quoi il posa à voix basse une question au sergent qui répondit affirmativement par un signe de tête. Enfin, il se tourna vers Doyle pour lui demander, en désignant sept fauteuils vides : trois contigus à celui du défunt et les quatre autres juste devant :

— Où sont les spectateurs qui occupaient ces places, Doyle ?

— Je n'ai vu personne, inspecteur, déclara le policeman, perplexe.

— Merci.

Doyle s'écarta sur un signe de Queen et celui-ci continua à voix basse, s'adressant à Velie :

— Sept places inoccupées, dans une salle archicomble ! N'oubliez pas cela, Thomas. Jusqu'à présent, je n'y vois goutte; plus exactement, je ne vois qu'un mort et des tas de gens transpirant et faisant un vacarme infernal. Chargez Hesse et Piggott de rétablir l'ordre.

Hesse et Piggott, deux détectives de la Brigade des Homicides, repoussèrent vers le fond de la salle curieux et acteurs, une cinquantaine de personnes en tout, qui se trouvèrent bientôt refoulées derrière une corde tendue, dans un espace restreint. Après quoi, chaque spectateur fut prié de montrer son billet et de regagner immédiatement sa place. Au bout de cinq minutes, il ne restait plus personne debout, sauf les acteurs groupés jusqu'à nouvel ordre derrière le barrage.

L'inspecteur Queen marqua sa satisfaction à sa manière habituelle : il tira une vieille tabatière de sa poche, prisa avec délices et dit à Velie :

— Ouf ! J'ai toujours eu horreur du bruit. Qui est ce pauvre diable ? Le savez-vous ?

— Non, monsieur. Je suis arrivé cinq minutes avant vous et je n'ai pas touché au cadavre. Doyle a montré une grande présence d'esprit. Il a sifflé dans la rue et c'est un policeman de service dans la quarante-septième rue qui m'a alerté par téléphone.

— Approchez, Doyle, dit l'inspecteur. Racontez-moi ce qui s'est passé, continua-t-il quand le policeman se tint respectueusement devant lui.

— Voici tout ce que je sais, inspecteur, commença Doyle. Je me tenais dans le fond de la salle plongée dans l'obscurité, face à la scène d'où partaient des pétarades et des cris assourdissants, quand, deux minutes environ avant la fin du second acte, le type qui est là-bas, dans le coin, accourut vers moi et me dit : « Un homme vient d'être assassiné ! Là ! Au dernier rang de l'orchestre ! » Il était si agité que je crus tout d'abord avoir affaire à un fou. Mais je ne m'en précipitai pas moins vers la place qu'il m'indiquait où je vis l'homme gisant sur le plancher. Son cœur ne battait plus. Pour plus de sûreté, je demandai un médecin et un certain Dr Stuttgard répondit à mon appel.

L'inspecteur écoutait, la tête un peu de côté, à la manière d'un perroquet.

— Parfait, Doyle, dit-il. J'interrogerai le Dr Stuttgard. Continuez.

— Je chargeai aussitôt l'ouvreuse de ce côté-ci d'aller chercher le directeur, Louis Panzer. C'est le monsieur en habit qui parle en ce moment avec Neilson, l'agent de publicité. Vous le voyez ?

— Oui. Ah ! Ellery ! Vous avez donc reçu mon message ? (L'inspecteur Queen courut au-devant d'un grand jeune homme qui venait d'entrer par la porte principale et qui regardait attentivement autour de lui. Le père passa son bras sous celui du fils.) Je ne vous ai pas dérangé, au moins ? continua-t-il. Chez quel bouquiniste étiez-vous fourré, ce soir ? Ellery, je suis rudement content de vous voir arriver !

— Au prix d'un dur sacrifice, soupira Ellery Queen. Vous m'avez arraché à un paradis réservé aux bibliophiles ! J'avais enfin décidé le bouquiniste à me vendre un inestimable Falconer, édition originale, je vous ai téléphoné au Bureau Central, avec l'intention de vous emprunter la somme voulue... Et me voici. Un Falconer ! Enfin, espérons qu'il ne s'envolera pas d'ici demain.

— S'il s'agissait d'une tabatière ancienne, j'aurais mieux compris, dit l'inspecteur en riant. Enfin ! Venez, Ellery. Nous avons du travail sur les bras, ce soir.

Ils s'avancèrent vers le petit cercle formé autour du cadavre. Ellery Queen, bien découplé dans son costume gris, dominait son père de six pouces et sa démarche avait une allure sportive. Son pince-nez étonnait ceux qui le voyaient pour la première fois. Mais, en l'observant plus attentivement, on remarquait que son front, ses traits allongés, ses yeux brillants étaient ceux d'un intellectuel plutôt que ceux d'un homme d'action.

Arrivé près du mort, Ellery se pencha pour l'examiner. Puis il se recula et l'inspecteur reprit :

— Pour nous résumer, Doyle : après avoir constaté que cet homme était mort, vous avez retenu le spectateur qui l'avait découvert et vous avez appelé le directeur. Ensuite ?

— Panzer, sur mon ordre, fit immédiatement fermer et garder toutes les issues, répondit le policeman. L'assemblée était houleuse; à part cela, il ne s'est rien passé.

— Bien, dit Queen, prenant sa tabatière. Vous avez fait du bon travail, Doyle. Approchez, monsieur...

Pusak, tremblant comme une feuille, s'avança d'un pas hésitant.

— Comment vous appelez-vous ? demanda l'inspecteur avec bonté.

— Pusak, monsieur. William Pusak. Je suis comptable et je...

— Contentez-vous de répondre à mes questions, Pusak. Où étiez-vous assis ?

Pusak désigna, en comptant à partir de l'allée latérale, le sixième fauteuil de la dernière rangée. L'occupante du cinquième fauteuil, une jeune fille à l'air effrayé, ne le quittait pas des yeux.

— Cette jeune fille est-elle avec vous ? demanda l'inspecteur.

— Oui, monsieur. C'est ma fiancée. Esther... Esther Jablow.

Un détective prenait des notes. Le regard d'Ellery allait d'une issue à l'autre; puis il se mit à dessiner un croquis, sur la feuille de garde d'un petit livre qu'il tira de sa poche. L'inspecteur observa la jeune Esther Jablow qui détourna aussitôt les yeux.

— Racontez-moi bien exactement ce qui s'est passé, Pusak, reprit-il.

— Je... je n'ai rien fait de mal, monsieur.

— Personne ne vous accuse. Prenez votre temps et racontez l'histoire à votre façon.

— Voici, monsieur. J'étais assis là, près de ma... près de miss Jablow, et nous suivions avec intérêt la représentation. Le second acte était vraiment passionnant ! A un moment donné, je me levai pour sortir et, afin de déranger le moins de gens possible, je voulus passer de ce côté-ci car, après ma fiancée, il n'y avait qu'un monsieur... (Pusak frissonna, puis il reprit, encouragé par l'air bienveillant de Queen :) Ce spectateur était drôlement assis, les genoux touchant le fauteuil de devant et bouchant le passage. Dans l'obscurité, je lui dis : « Pardon, monsieur », et j'essayai d'avancer. Mais ses jambes me barraient toujours la route. Je ne suis pas un type nerveux, inspecteur; j'allais me retourner pour sortir de l'autre côté quand, soudain, l'inconnu glissa de son siège et s'écroula sur le plancher. Du coup, j'eus peur !

— Je comprends cela, dit l'inspecteur, sympathisant. Et ensuite ?

— Je dois vous dire que j'ai touché ce monsieur. Quand il tomba, sa tête heurta ses jambes. Croyant qu'il était ivre ou subitement indisposé, je me baissai avec l'idée de le relever. C'est à ce moment-là qu'il m'a dit ce que j'ai répété au policeman. Sa main saisit la mienne, dans un geste de noyé qui fait un effort désespéré pour s'accrocher à quelque chose, et il gémit... C'était une sorte de gargouillement, horrible à entendre, inintelligible au début. Je compris que c'était un râle et me penchai davantage, l'oreille tendue. Voici ce que j'ai entendu : « Meurtre... Eté assassiné... »

— Etes-vous certain qu'il a dit : « Meurtre », Pusak ?

— C'est ce que j'ai entendu, et j'ai l'ouïe fine, monsieur.

L'inspecteur se dérida subitement.

— Je n'ai insisté que pour avoir une complète certitude, Pusak, dit-il avec un sourire. Continuez.

— L'inconnu tressaillit dans mes bras, puis tous ses

muscles se détendirent. Craignant qu'il ne fût mort, je...
je courus raconter l'affaire à ce policeman.

Il désigna Doyle qui se balançait sur ses talons, l'air
détaché.

— C'est tout ?

— Oui, monsieur. Je vous ai dit tout ce que je savais,
acheva le jeune homme avec un soupir de soulagement.

Queen le saisit rudement par le revers de son veston
et il gronda :

— Non, Pusak, ce n'est pas tout ! Pour commencer,
vous avez omis de nous dire pourquoi vous aviez quitté
votre place !

Pusak toussota, hésita et, finalement, se pencha pour
murmurer quelques mots dans l'oreille étonnée de l'inspecteur.

— Oh ! (L'ombre d'un sourire flotta sur les lèvres de
Queen, mais il continua gravement :) Parfaitement,
Pusak. Merci pour votre concours. En attendant de pouvoir quitter le théâtre avec les autres, regagnez tranquillement votre place.

Le jeune homme jeta un dernier regard craintif sur le
cadavre, puis il fit le tour de la rangée par le fond de la
salle et reparut à côté de sa fiancée. Une conversation
animée, à voix basse, s'engagea immédiatement entre
eux.

L'inspecteur, souriant, se tourna vers Velie. Ellery
eut un mouvement d'impatience, il ouvrit la bouche, se
ravisa, et s'éloigna sans souffler mot.

— A nous deux, Thomas, soupira l'inspecteur. Regar-
dons un peu ce malheureux.

Il s'agenouilla devant la dépouille. Malgré le somp-
tueux éclairage de la salle, il faisait assez sombre sur le
plancher, entre les deux rangées de fauteuils. Velie tira
sa lampe électrique et il dirigea le faisceau lumineux
sur le cadavre, en suivant les mains de son supérieur.
Celui-ci désigna en silence une vilaine tache brune, sur
le plastron éblouissant de la chemise de soirée.

— Du sang ? demanda le sergent.

22

— Non, du whisky seulement, répondit l'inspecteur, après avoir prudemment reniflé la tache. Aucune marque de violence, continua-t-il au bout d'un moment. Cela m'a tout l'air d'être un empoisonnement. Faites appeler le Dr Stuttgard, Thomas. J'aimerais avoir l'opinion d'un professionnel, avant l'arrivée de Prouty.

Velie donna un ordre. Peu après, un détective amena un homme en tenue de soirée : taille moyenne, petite moustache noire, teint olivâtre.

— Voici le Dr Stuttgard, inspecteur, annonça le sergent.

— Bonsoir, docteur, dit Queen, levant les yeux. J'ai appris que vous aviez examiné le cadavre, aussitôt après sa découverte. D'après vous, de quoi cet homme est-il mort ?

— Pratiqué dans ces conditions et dans la demi-obscurité, mon examen a forcément été superficiel, commença le médecin, donnant une pichenette sur son revers de soie pour chasser un grain de poussière imaginaire. D'après la contraction des muscles faciaux, je crus d'abord à une mort naturelle, causée par un arrêt du cœur. Puis je remarquai la teinte bleutée du visage. Maintenant que la salle est éclairée, elle saute aux yeux, n'est-ce pas ? Cet indice, ajouté à l'odeur d'alcool dégagée par la bouche, semble indiquer un empoisonnement quelconque, par un produit alcoolisé. En tout cas, je puis vous certifier que cet homme n'a succombé à aucune blessure causée par une arme à feu, un poignard ou autre chose. Il n'a pas été étranglé non plus, je m'en suis assuré en dénouant sa cravate pour ouvrir le col.

— Merci mille fois, docteur, dit Queen. A propos, ajouta-t-il comme le médecin tournait déjà les talons, croyez-vous que cet homme ait pu succomber à un empoisonnement par de l'esprit-de-bois ?

— Impossible, déclara le Dr Stuttgard. L'action de ce poison-ci fut beaucoup plus foudroyante.

— Avez-vu pu déterminer la nature du poison ?

Le médecin hésita avant de répondre d'un ton sec :

— Vu les circonstances, il ne faut pas m'en demander trop, inspecteur. Je suis au regret, mais je...

On n'entendit pas la fin de la phrase, car le Dr Stuttgard s'éloigna tout en parlant. L'inspecteur rit doucement, et il s'agenouilla de nouveau devant la dépouille.

Le mort, gisant sur le plancher, offrait un sinistre tableau. Queen écarta la main fermée pour regarder attentivement le visage crispé. Rien sous le fauteuil, mais une cape de soirée, doublée de satin noir, était jetée sur le dossier. L'inspecteur vida, une à une, toutes les poches du défunt, y compris celles de la cape ; il mit d'un côté les lettres et les papiers, de l'autre, les menus objets : clés, pièces de monnaie, etc. Une petite gourde d'argent, trouvée dans une des poches-revolver du pantalon et portant les initiales « M. F. », fut l'objet d'une attention particulière. La tenant délicatement par le goulot, l'inspecteur en examina la surface brillante, recherchant des empreintes digitales ; puis il secoua la tête, enveloppa la gourde dans un mouchoir propre et la mit de côté.

Un billet de théâtre bleu, portant l'inscription « LL32 gauche », passa directement de la poche du mort dans celle de l'inspecteur.

Celui-ci palpa ensuite les jambes du pantalon, la doublure du gilet et de l'habit. Le contenu d'une dernière poche intérieure (un petit sac de soirée orné de strass) lui arracha une exclamation :

— Le poudrier d'une élégante, Thomas ! Voici une trouvaille intéressante !

Il ouvrit le sac pour examiner son contenu : de menus accessoires féminins, plus un porte-cartes en miniature. Ayant refermé, puis empoché le sac, l'inspecteur tourna son attention vers les papiers posés sur le plancher. Le dernier, une lettre avec un en-tête gravé, lui fit froncer les sourcils. Levant les yeux, il demanda :

— Avez-vous jamais entendu parler de Monte Field, Thomas ?

— Je pense bien! répondit Velie. C'est un des avocats les plus véreux de New York.

— C'était... rectifia l'inspecteur. Voici ce qui reste de Mr Monte Field, Thomas.

Velie poussa un grognement. Ellery compléta, par-dessus l'épaule de son père :

— Un des échecs retentissants de la police. Ce n'est pas avec ses grossiers procédés habituels que l'on met la main sur un homme de la classe de Mr Monte Field.

L'inspecteur se releva, épousseta ses genoux et dit :

— Je ne ferai jamais un policeman de vous, mon fils. Vous connaissiez donc Field?

— Oh! nous n'étions pas en relation intime. Mais je l'avais rencontré au Pantheon Club et, d'après les bruits qui circulaient sur son compte, je ne m'étonne pas que quelqu'un ait débarrassé notre ville de sa personne.

— Le moment est mal choisi pour parler des démérites de Mr Field, dit gravement l'inspecteur. Je suis, de mon côté, assez bien renseigné à son sujet et rien de ce que je sais ne parle en sa faveur.

Il tournait les talons, quand Ellery l'arrêta par cette question :

— Quelque chose a-t-il disparu, père?

— Pourquoi me demandez-vous cela, jeune homme?

— Parce que, si mes yeux ne me trompent pas, je ne vois nulle part le haut-de-forme de Mr Monte Field, répliqua Ellery avec une grimace.

— Tiens! Vous l'avez remarqué également? C'est la première chose que j'ai vue — que je n'ai pas vue, plus exactement — quand je me suis agenouillé pour examiner la dépouille. (L'inspecteur avait pris sa mine des mauvais jours : sourcils froncés, moustache grise en bataille. Puis, haussant les épaules, il ajouta :) Et, dans ses poches, aucun ticket de vestiaire concernant un chapeau, je m'en suis assuré. Flint!

Un jeune détective accourut.

— Voici un excellent exercice pour vos muscles, Flint, reprit l'inspecteur. Mettez-vous à quatre pattes et cherchez un haut-de-forme sous les fauteuils. Il ne devrait pas être loin.

— Bien, inspecteur.

Flint commença aussitôt ses recherches.

— Velie! Trouvez Hesse et Ritter et amenez-les-moi. Hagstrom!

— Oui, chef, répondit l'interpellé.

L'inspecteur désigna les deux tas que formaient les objets qu'il avait retirés des poches de Field.

— Ramassez tout cela et mettez-le en sécurité, dans un de mes sacs.

Ellery se pencha tranquillement au-dessus de Hagstrom, agenouillé près du cadavre, et il ouvrit la poche de l'habit. Une courte inscription s'ajouta au croquis précédemment dessiné sur la feuille de garde du petit livre qui avait déjà servi de calepin.

— Un Stendhause, un exemplaire hors commerce! soupira notre bibliophile. Si ce n'est pas malheureux...

Velie revint avec les détectives Ritter et Hesse. L'inspecteur continua de donner des ordres brefs :

— Ritter, cet homme s'appelait Monte Field. Profession : avocat. Adresse : 113, West 75th Street. Installez-vous dans son appartement, n'en bougez pas jusqu'à nouvel ordre et si quelqu'un entre, emparez-vous de sa personne.

— Bien, inspecteur.

Ritter souleva son chapeau et tourna les talons.

— Quant à vous, Hesse, je vous charge de garder le bureau de Field, sis 51, Chambers Street. Entrez, si possible, autrement passez la nuit devant la porte et attendez mes instructions.

— Entendu, inspecteur.

Hesse parti, Queen se retourna et il rit en voyant les larges épaules d'Ellery courbées au-dessus du cadavre.

— Vous n'avez pas confiance en votre père, Ellery? demanda-t-il. Que cherchez-vous?

Ellery se releva en souriant.

— Je suis d'un naturel curieux, répondit-il. Certains détails relatifs au cadavre de cette fripouille m'intéressent énormément. Voici, par exemple, la mesure de son tour de tête. L'aviez-vous prise ?

L'inspecteur, les sourcils froncés, prit la ficelle que son fils lui tendait ; puis il appela un policeman auquel il donna un ordre à voix basse. La ficelle changea une seconde fois de mains et le policeman s'éclipsa.

— Inspecteur...

C'était Hagstrom, les yeux luisants, désignant du doigt une bouteille de bière vert foncé, portant une étiquette sur laquelle on lisait : « Paley's Extra Dry Ginger Ale ». La bouteille était à moitié vide.

— J'ai trouvé cette bouteille sous le fauteuil du défunt, contre la cloison du fond, continua le jeune détective. Comme il n'y a pas eu de matinée aujourd'hui et que les femmes de ménage balaient sitôt la soirée terminée, j'ai pensé que cette bouteille avait été bue ce soir, soit par cet homme, soit par une personne qui l'avait approché. J'ai donc été trouver le vendeur de rafraîchissements affecté à cette partie de la salle, et je lui ai demandé une bouteille de bière. Or, voici la réponse que j'ai obtenue : « Nous ne vendons pas de bière dans le théâtre ! »

— Vous méritez un bon point, Hagstrom, déclara son supérieur. Amenez-moi ce garçon.

Comme Hagstrom s'éloignait, un spectateur qui ressemblait à un petit tonneau en habit, et qu'un policeman tenait fermement par le bras, s'avança. L'inspecteur poussa un soupir.

— Etes-vous l'autorité supérieure de la police dans ce théâtre ? demanda le nouveau venu, redressant ses cinq pieds deux pouces de chair transpirante.

— Oui.

— Dans ces conditions, je tiens à vous dire... Lâchez mon bras, malappris ! Je tiens à vous dire, monsieur...

— Lâchez Monsieur, dit gravement l'inspecteur au policeman.

— ... que je n'admets pas les procédés que nous subissons depuis une heure. De quel droit, monsieur, nous gardez-vous ici, ma femme, ma fille et moi? Sans parler des autres spectateurs! Sachez que, si vous ne m'autorisez pas à emmener immédiatement ma famille, je déposerai contre vous une plainte entre les mains de mon excellent ami le procureur du district Sampson!

A quoi l'inspecteur répondit avec une juste sévérité:

— Vous n'oubliez qu'une seule chose, monsieur. Pendant que vous me faites perdre du temps à écouter vos doléances, l'auteur d'un crime se trouve peut-être dans la salle... peut-être est-ce le voisin de votre femme ou de votre fille. Autant que vous, plus que vous, il désire partir d'ici. Quand je vous aurai autorisé à quitter le théâtre, rien ne vous empêchera d'adresser une plainte à votre excellent ami le procureur. Mais, pour l'instant, veuillez regagner votre place et patienter jusqu'à nouvel ordre. J'espère m'être clairement exprimé?

Un petit rire court dans les derniers rangs de l'assistance. Déconfit, furieux, toujours escorté par le policeman, « l'ami du procureur du district » regagna piteusement sa place.

— Pitre! murmura l'inspecteur, haussant les épaules.

Puis, tirant de sa poche une vieille enveloppe, il inscrivit dessus les numéros des sept fauteuils inoccupés: quatre à l'avant-dernière rangée, trois à la dernière. LL30 gauche, LL28 gauche, LL26 gauche, KK32 gauche, KK30 gauche, KK28 gauche, KK26 gauche.

— Emmenez Panzer avec vous au guichet et recherchez les billets portant ces numéros, dit-il à Velie en lui remettant l'enveloppe.

Ellery, adossé jusque-là contre la cloison du fond, se pencha pour murmurer à l'oreille de son père:

— J'étais justement en train de m'étonner au sujet de ces sept places inoccupées, dans une salle comble par ailleurs et dans le voisinage immédiat de la victime.

— Quand avez-vous commencé à vous étonner, mon

fils? riposta l'inspecteur. (Puis, ne recevant pas de réponse, il cria :) Piggott!

Le détective s'avança.

— Amenez-moi le portier — le vieux type, sur le trottoir — et l'ouvreuse qui était de service de ce côté-ci.

Piggott, s'éloignant, croisa Flint, échevelé et transpirant.

— Je vous écoute, Flint, dit instantanément l'inspecteur.

— J'ai parcouru cette partie de la salle à quatre pattes, chef, déclara le jeune détective. Le chapeau, s'il existe, est rudement bien caché.

— Bien, Flint. Restez à proximité.

— Vous ne pensiez tout de même pas que votre jeune Diogène trouverait un haut-de-forme, père? demanda Ellery.

L'inspecteur répondit par un grognement; puis, suivant l'allée en direction de la scène, il interrogea à voix basse les occupants des deux derniers fauteuils. Quand il revint vers le fond de la salle, le visage impénétrable, tous les yeux étaient braqués sur lui; le policeman auquel il avait remis le bout de ficelle l'aborda respectueusement.

— Pointure 7 1/8, déclare le chapelier, inspecteur, dit-il.

Son supérieur venait de le congédier, d'un signe de tête, quand Velie reparut, suivi de Panzer. Père et fils écoutèrent, avec le même intérêt, le rapport du sergent :

— Les sept billets dont vous m'avez donné les numéros ont été vendus, au guichet du théâtre, à une date que Mr Panzer n'a aucun moyen de déterminer, monsieur.

— Pardon, Velie, intervint Ellery. Ces billets ont pu être remis à une agence, il me semble?

— Non, Mr Queen. Je me suis renseigné à ce sujet. Les preuves formelles sont là... Ces billets ont été vendus ici.

Les yeux gris de l'inspecteur lancèrent un éclair. Il résuma ainsi la situation :

— Tout nous porte donc à croire, messieurs, que, pour cette représentation d'un drame faisant régulièrement salle comble, sept billets furent achetés ensemble. Après quoi, les propriétaires desdits billets jugèrent préférable de ne pas assister à la soirée !

Où certains disent la vérité et d'autres non

Les quatre hommes s'entre-regardèrent en silence; une certaine conviction prenait forme peu à peu dans leur esprit. Panzer eut une petite toux nerveuse, Velie resta plongé dans ses pensées, Ellery recula d'un pas, les yeux fixés sur la cravate gris et bleu de son père, lequel mordillait sa moustache.

— Thomas, dit enfin celui-ci, je vais vous charger d'une lourde besogne. Prenez le commandement d'une demi-douzaine de policemen et dressez un recensement général de toutes les personnes ici présentes. Cela demandera du temps, mais c'est indispensable. A propos, avez-vous interrogé un des ouvreurs préposés au balcon ?

— Je me suis adressé à la personne la mieux placée pour me renseigner : un certain Miller qui se tient en permanence au pied de l'escalier que les spectateurs munis de billets de balcon empruntent à partir de l'orchestre pour se rendre à l'étage supérieur.

— Miller est un garçon très consciencieux, intervint Panzer, en se frottant les mains.

Le sergent reprit :

— Or, Miller est prêt à jurer que personne n'est monté de l'orchestre au balcon ou vice versa après le lever du rideau pour le deuxième acte.

— Ce témoignage diminue d'autant votre tâche, Thomas, déclara l'inspecteur. Ne vous occupez donc que de l'orchestre, loges et fauteuils. Il me faut une liste *complète* des noms et des adresses. Ah ! Thomas !

— Oui, inspecteur ? répondit Velie, en se retournant.

— Pendant qu'ils y seront, que vos hommes demandent à chaque spectateur de présenter le billet correspondant à la place occupée. En cas de perte ou — pour tout prévoir — au cas où le billet présenté ne correspondrait pas à la place occupée, l'anomalie devra être signalée, en face du nom. C'est un gros travail, mon garçon. Croyez-vous pouvoir en venir à bout ?

— J'en réponds, chef ! lança le sergent par-dessus son épaule.

L'inspecteur aspira une double pincée de tabac, puis il se tourna vers son fils.

— Ellery ! Quelque chose vous tracasse... Parlez !

L'interpellé cligna des yeux, comme un homme tiré d'une profonde songerie. Il s'assit sur le bras du fauteuil fatal et dit :

— Mon vénéré père, je commence à croire que... Hélas ! ce monde-ci n'est pas un asile de paix pour un paisible amateur de vieux bouquins ! (Un sourire remplaça brusquement son expression troublée et il ajouta :) Prenez garde, papa. Ne répétez pas la déplorable erreur du célèbre boucher qui, aidé de ses apprentis, remua ciel et terre pour retrouver son couteau préféré, qu'il tenait tout simplement entre ses dents.

— Les lumières de mon fils me sont décidément précieuses ! riposta l'inspecteur. Flint !

Le jeune détective s'avança.

— Je vous gâte, ce soir, Flint. Après vos exploits à quatre pattes, êtes-vous encore capable de vous baisser ?

— Je suis d'attaque, monsieur, répondit Flint avec un large sourire.

— Parfait. Voici mes instructions : réunissez une équipe — Seigneur, j'aurais dû amener la réserve ! — et ratissez au peigne fin toute l'enceinte du théâtre. Cette fois, vous chercherez des billets, voire des morceaux de billets. Accordez, naturellement, une attention particulière au plancher de la salle proprement dite; mais ne négligez pas l'escalier menant au balcon, l'entrée, le trottoir devant le théâtre, les impasses de chaque côté, le sous-sol, les lavabos des hommes et ceux des dames... Non! Ce serait déplacé. Pour ces derniers, demandez le concours d'une auxiliaire de la police. C'est bien compris?

— Tout ce qui ressemble à un bout de billet vous sera remis, inspecteur.

Flint parti, l'inspecteur appela Mr Panzer.

— Excusez-moi, Mr Panzer, commença-t-il. Nous vous causons beaucoup de désagréments, ce soir, mais c'est malheureusement indispensable. La révolte gronde dans la salle. Auriez-vous l'obligeance de monter sur la scène pour exhorter votre public à la patience? Dites qu'il n'y en a plus pour bien longtemps, et ainsi de suite... Merci.

Comme Panzer s'éloignait, hélé au passage par des spectateurs exaspérés, le détective Hagstrom s'avança vers l'inspecteur, poussant devant lui un garçon de dix-neuf ans, vêtu d'un resplendissant uniforme or et noir.

— Voici le jeune homme aux dires duquel on ne vend pas de bière dans ce théâtre, inspecteur, dit Hagstrom d'un ton sévère.

— En êtes-vous bien sûr, mon garçon? demanda paternellement l'inspecteur Queen.

Le nouvel arrivant, visiblement affolé, cherchait Doyle des yeux. Le policeman tapota son épaule pour le rassurer et il dit à l'inspecteur :

— Jess est un peu effarouché, monsieur. Mais c'est un bon garçon qui habite le quartier placé sous ma surveillance et que j'ai vu grandir. Répondez à l'inspecteur, Jessie.

— Voici, monsieur, commença le jeune Jess d'une voix hésitante. Pendant les entractes, nous n'avons le droit de vendre, comme boisson, que de l'orangeade d'une certaine marque. La direction a signé un contrat avec le fabricant qui lui fait une grosse remise à condition...

— Je comprends. Et la vente des rafraîchissements n'a lieu que pendant les entractes ?

— Oui, monsieur. Les portes donnant sur les impasses qui bordent le théâtre de chaque côté sont ouvertes dès la fin d'un acte. A ce moment-là, nous nous tenons chacun devant une porte, mon camarade et moi, avec nos buvettes roulantes toutes préparées. Les gobelets de carton sont même remplis d'orangeade, à l'avance.

— Vous êtes deux à vendre des rafraîchissements ?

— Trois, monsieur. Un autre camarade se tient dans le foyer du sous-sol.

— Hum ! Maintenant, mon garçon, si le Théâtre Romain n'offre au public que de l'orangeade d'une certaine marque, comment cette bouteille de bière est-elle entrée dans la salle ?

Et, joignant le geste à la parole, l'inspecteur Queen ramassa et brandit la bouteille trouvée par Hagstrom.

Le vendeur de rafraîchissements verdit ; l'inspecteur, la mine sévère, croisa les bras ; Hagstrom tira ostensiblement de sa poche un calepin et un crayon.

— Je... Je... commença le garçon.

— Votre nom ?

— Lynch... Jess Lynch.

— Où est votre poste, pendant les entractes, Lynch ?

— Près... près de la porte ouvrant sur l'impasse de gauche, monsieur.

— Ah ! fit l'inspecteur avec un froncement de sourcils féroce. Et, ce soir, vous avez vendu des rafraîchissements dans l'impasse de gauche, Lynch ?

— Oui, monsieur. Oui...

— Dans ce cas, vous connaissez l'histoire de la bouteille de bière, n'est-ce pas ?

Jess Lynch regarda furtivement autour de lui. Voyant

Panzer sur la scène, prêt à s'adresser au public, il se pencha pour murmurer à l'oreille de l'inspecteur :

— Oui, monsieur. Je suis au courant. Mais... mais j'ai gardé le silence jusqu'ici parce que Mr Panzer est à cheval sur le règlement et qu'il me congédierait instantanément s'il apprenait ce que j'ai fait. Vous ne lui direz pas, monsieur ?

L'inspecteur se redressa, puis il sourit et dit avec bonté :

— Vous avez quelque chose sur la conscience, mon petit. Autant vous en décharger tout de suite.

Sur un signe de son supérieur, Hagstrom s'éloigna discrètement.

— Voici toute l'histoire, monsieur, commença le jeune Lynch avec volubilité. Dès l'ouverture de la porte, au premier entracte, ma buvette a été assaillie par les spectateurs sortant du théâtre. Je ne savais où donner de la tête, et n'ai remarqué personne. Quand j'ai eu une seconde pour souffler, un monsieur s'est approché et il m'a dit : « Donnez-moi une bouteille de bière, mon garçon. » C'était un monsieur très élégant, en tenue de soirée, qui avait déjà bu son compte, à en juger par sa mine. Je...

— Un instant, Jess, interrompit l'inspecteur. Avez-vous déjà vu un mort ?

— Non, monsieur. Mais je ne suis plus un enfant.

L'inspecteur prit son bras et il l'obligea à se pencher sur le cadavre.

— Est-ce le client qui voulait de la bière ? demanda-t-il.

Jess Lynch dévisagea le mort avec une sorte d'avidité craintive.

— Oui, monsieur, c'est lui. Je le reconnais parfaitement.

— Etait-il habillé ainsi lorsqu'il vous a parlé ?

— Oui, monsieur.

— Réfléchissez bien. Il ne lui manque rien ?

34

Ellery sortit du coin sombre d'où il suivait l'interrogatoire.

Visiblement perplexe, le jeune homme regarda tour à tour l'inspecteur et la dépouille. Les Queen, père et fils, guettaient avec le même intérêt la réponse qui allait sortir de ses lèvres. Enfin, sa physionomie s'éclaira subitement et il s'écria :

— Si, monsieur, son chapeau ! Quand il m'a parlé, il était coiffé d'un haut-de-forme !

L'inspecteur Queen parut satisfait.

— Continuez, Jess, dit-il. Ah ! Dr Prouty ! Sans reproche, vous vous êtes fait attendre !

Un homme grand et maigre, portant une trousse noire et fumant un mauvais cigare — au mépris du règlement contre l'incendie — s'avançait à longues enjambées. Il serra là main des Queen, posa sa trousse et dit :

— Nous venons de déménager et ma nouvelle ligne téléphonique n'est pas encore installée. Le Bureau Central a donc été obligé d'envoyer un homme me prévenir à domicile. De plus, j'étais fatigué et déjà couché. Croyez-moi, inspecteur, je n'ai pas perdu une minute pour accourir. Où est le client ? Ah ! Le voici !

Le médecin légiste s'agenouilla près de la dépouille et un policeman fut désigné pour l'éclairer, à l'aide d'une lampe électrique, pendant son examen.

L'inspecteur entraîna Jess Lynch à l'écart.

— Nous en étions au moment où ce monsieur vous a demandé une bouteille de bière, dit-il. Que s'est-il passé ensuite, Jess ?

— Comme de juste, je répondis que nous vendions seulement de l'orangeade. Alors, il s'approcha de moi et murmura : « Il y a un demi-dollar à gagner si vous allez immédiatement me chercher une bouteille de bière, mon petit. » Son haleine empestait l'alcool. Mais, aujourd'hui que les pourboires sont supprimés, un demi-dollar est bon à prendre. Je répondis qu'il m'était impossible de m'absenter pendant l'entracte mais que, dès le lever du rideau, j'irais acheter une bouteille de bière et que je la lui apporterais, dans la salle. Ce monsieur m'expliqua alors où était sa place, il rentra dans le théâtre, et j'attendis que l'ouvreuse eût refermé la porte, à la fin de l'entracte. Ensuite, laissant ma buvette dans l'allée, je fis un saut jusque chez Libby's et...

— Laissez-vous habituellement votre buvette dehors, Jess ?

— Non, monsieur. Je l'ai fait ce soir, parce que le monsieur était pressé d'avoir la bière. D'habitude, je rentre juste avant la fermeture de la porte et je vais déposer ma marchandise au sous-sol. Bref, j'achetai une bouteille de bière chez Libby's et je me glissai dans la salle pour la porter au client. Il se montra généreux, car il me donna un dollar pour ma peine.

— Vous avez très bien raconté votre histoire, Jess, déclara l'inspecteur. Dites-moi, maintenant : ce monsieur occupait-il ce fauteuil-ci ? Etait-ce la place qu'il vous avait indiquée ?

— Oui, monsieur. Il m'avait dit : « LL32, gauche » et c'est bien à cette place que je l'ai trouvé, au bout de la rangée.

— Il n'y avait personne auprès de lui ?

— Non, monsieur. Cela m'a frappé, car la salle est toujours comble et, ce soir, il y avait plusieurs places inoccupées dans ce coin-là.

— Vous feriez un bon détective, Jess. Avez-vous remarqué, par hasard, le nombre de places vides ?

— Il faisait sombre et j'étais pressé. Il devait y en avoir une demi-douzaine : les unes à côté de ce monsieur, les autres juste devant lui.

— Un instant, Jess. Avez-vous, par un autre hasard, vu le haut-de-forme de votre client, quand vous lui avez remis la bouteille de bière ?

Le jeune homme se retourna, effrayé par la voix d'Ellery.

— Oui, oui, monsieur, bredouilla-t-il. Il tenait son

36

chapeau sur les genoux quand il a pris la bouteille;
mais, avant de partir, je l'ai vu mettre le haut-de-forme
sous son fauteuil.

— Pouvez-vous nous dire depuis combien de temps
le second acte était commencé, à ce moment-là?

Jess Lynch poussa un soupir de soulagement en
entendant de nouveau la voix rassurante de l'inspecteur. Il réfléchit avant de répondre :

— Depuis une dizaine de minutes, monsieur. Je
connais bien la pièce. Or, je me suis faufilé, par la porte
principale, au moment où, sur la scène, la jeune fille
vient de tomber entre les mains de la « bande ».

— Quel garçon observateur! murmura Ellery, souriant.

Toute frayeur oubliée, le vendeur de rafraîchissements rendit le sourire, mais la question suivante
d'Ellery le fit rougir jusqu'aux oreilles :

— Libby's se trouve juste en face du théâtre, si je ne
me trompe. Comment vous a-t-il fallu dix minutes pour
traverser la rue, acheter la bière et revenir, Jess?

— Eh bien, monsieur, je me suis attardé un instant,
pour bavarder avec ma petite amie.

— Votre petite amie? demanda l'inspecteur avec une
curiosité paternelle.

— Elinor Libby, la fille du patron, monsieur. Elle
voulait me garder dans la boutique, mais je lui ai expliqué la situation et elle m'a laissé partir, en me faisant
promettre de revenir sitôt ma course terminée, ce que
je fis. Au bout de quelques minutes, je me souvins de
ma buvette laissée dehors et...

— Ah! fit Ellery. Ne me dites pas que, par une chance
extraordinaire, vous êtes retourné dans l'impasse, Jess!

— Si, monsieur, répondit le garçon, surpris. Nous y
avons été tous les deux, Elinor et moi.

— Combien de temps y êtes-vous restés?

Les yeux de l'inspecteur lancèrent un éclair. Il redou-
bla d'attention pour écouter la réponse de Jess à la
question d'Ellery.

— Je voulais emporter immédiatement la buvette, monsieur. Mais Elinor suggéra d'attendre la fin de l'acte. C'était une bonne idée : quelques minutes avant 22 h 05, j'irais chercher un nouvel approvisionnement d'orangeade et je serais à mon poste pour le second entracte. Nous restâmes donc dans l'impasse, monsieur... Je n'ai rien fait de mal, n'est-ce pas ?

— Réfléchissez bien, Jess, dit Ellery. A quelle heure êtes-vous arrivés dans l'impasse, Elinor et vous ?

— Voyons... (Le jeune garçon se gratta la tête.)... Il était environ 21 h 25 quand je remis à ce monsieur la bouteille de bière. Ensuite, je retournai chez Libby's et Elinor me retint pendant quelques minutes. Il devait être 21 h 35 quand je revins, accompagné d'Elinor, près de ma buvette.

— Parfait. A quelle heure avez-vous quitté l'impasse ?

— A 22 heures tapantes, monsieur. Elinor a consulté sa montre quand je lui ai demandé s'il était temps d'aller chercher mon nouvel approvisionnement d'orangeade.

— A cet instant, vous ne vous doutiez pas de ce qui s'était passé dans le théâtre ?

— Non, monsieur. Nous avions beaucoup de choses à nous raconter, Elinor et moi. Je ne me suis douté de rien jusqu'au moment où nous sortions de l'impasse et où Johnny Chase, un des ouvreurs, m'apprit qu'il y avait eu un accident dans la salle et que Mr Panzer l'avait chargé de garder l'entrée de l'impasse gauche.

Ellery retira son pince-nez, geste qui dénotait chez lui une certaine agitation intérieure.

— Redoublez d'attention, Jess, dit-il. Quelqu'un est-il passé par l'impasse, dans un sens ou dans l'autre, pendant que vous parliez à Elinor ?

La réponse fut immédiate et définitive :

— Non, monsieur. Je n'ai vu âme qui vive.

— Merci, mon garçon.

L'inspecteur congédia le jeune Lynch avec un bon sourire, accompagné d'une tape dans le dos. Puis, s'étant retourné, il aperçut Panzer — dont la déclaration était restée sans effet — et il l'appela d'un signe impératif.

— Je désire avoir quelques précisions relatives à l'horaire de la pièce, Mr Panzer, dit-il. A quelle heure commence le second acte ?

— A 21 h 15 et il se termine à 22 h 10.

— La représentation de ce soir concordait-elle avec cet horaire ?

— Assurément. Une ponctualité absolue est nécessaire, à cause des jeux d'éclairage et autres contraintes techniques.

L'inspecteur fit, à mi-voix, un calcul mental :

— Donc, il était 21 h 25 quand Jess Lynch vit Field en bonne santé. Il fut trouvé mort à... Doyle !

Le policeman accourut.

— ... Pouvez-vous me dire l'heure qu'il était quand Pusak donna l'alarme ?

Doyle se gratta la tête.

— Je ne m'en souviens plus exactement, inspecteur, répondit-il. Le second acte touchait à sa fin, mais...

— Manque de précision, interrompit l'inspecteur, irrité. Où sont les acteurs ? Ah ! Je les vois... Allez m'en chercher un.

Doyle, au pas de course, se dirigea vers le groupe formé par la troupe, au fond de la salle, face à la scène. L'inspecteur appela le détective Piggott qui se tenait à quelque distance, entre un homme et une femme.

— Vous avez amené le portier, Piggott ?

— Le voici, monsieur, répondit l'interpellé.

Un grand bonhomme décoratif, encore dans son uniforme, la casquette tremblant dans sa main, s'avança d'un pas hésitant.

— C'est bien vous qui êtes en faction à l'entrée du théâtre, sous la marquise ? demanda l'inspecteur.

— Oui, monsieur, répondit l'autre, tortillant sa casquette.

— Réfléchissez bien. Quelqu'un a-t-il quitté le théâtre par la porte principale durant le second acte ?

Le portier prit le temps de la réflexion ; puis il répondit lentement mais avec assurance :

— Non, monsieur. Personne n'est sorti du théâtre ; personne, sauf le vendeur d'orangeade, veux-je dire.

— Et vous êtes resté tout le temps sur le trottoir ?

— Oui, monsieur.

— Bien. Maintenant : vous rappelez-vous avoir vu quelqu'un *entrer* pendant le deuxième acte ?

— Voyons... Jessie Lynch, le vendeur d'orangeade, est entré dès le début du deuxième acte.

— Personne d'autre ?

Silence. Le portier faisait visiblement un gros effort pour se souvenir. Au bout d'un instant, l'air malheureux, les yeux ternes, il murmura :

— J'ai oublié, monsieur.

L'inspecteur le dévisagea avec irritation. La nervosité du bonhomme n'était pas manque de sincérité. Il transpirait et regardait Panzer à la dérobée, comme s'il prévoyait que sa défaillance de mémoire devait lui coûter son emploi.

— Excusez-moi, continua-t-il humblement. Quelqu'un a pu entrer... Mais ma mémoire a baissé et je ne m'en souviens plus.

— Depuis combien de temps êtes-vous portier de théâtre, mon ami ? demanda Ellery, d'une voix tranquille.

Les yeux troublés du bonhomme se tournèrent vers son nouvel interrogateur.

— Bientôt dix ans, monsieur, répondit-il. Je n'ai pris cet emploi que lorsque je n'ai plus été bon à grand-chose et...

— Je comprends, interrompit Ellery avec bonté. (Puis, après une brève hésitation, il ajouta, d'un ton ferme :) Un homme qui a été portier pendant tant d'années peut oublier les allées et venues, au cours du premier acte. Mais l'arrivée de quelqu'un, durant le deuxième acte, est assez exceptionnelle pour être remarquée. En réfléchissant bien, vous devriez être capable de répondre catégoriquement, dans un sens ou dans l'autre. Faites un effort.

— Je... je ne me rappelle pas, monsieur. Je pourrais dire que personne n'est entré, mais ce serait peut-être inexact. Franchement, je ne sais pas.

— Bien. (L'inspecteur posa la main sur l'épaule du portier.) N'y pensez plus, mon ami. Nous sommes peut-être trop exigeants. Vous pouvez vous retirer.

Le portier s'éloigna aussi vite que ses vieilles jambes le lui permettaient et Doyle s'avança, suivi par un bel homme maquillé pour la scène et portant un costume de tweed.

— Voici Mr Peale, l'acteur principal de la pièce, inspecteur, annonça le policeman.

Queen tendit la main au nouvel arrivant.

— Enchanté de faire votre connaissance, Mr Peale, dit-il. J'ai un petit renseignement à vous demander.

— A vos ordres, inspecteur, répondit l'acteur d'une voix chaude.

Il regarda le dos du médecin légiste, penché sur la dépouille, puis il détourna vivement les yeux.

— Vous étiez en scène quand l'alarme fut donnée, Mr Peale ?

— Oui. La troupe, au complet, était en scène. Que désirez-vous savoir ?

— Pouvez-vous déterminer exactement le moment où vous avez remarqué qu'il se passait quelque chose d'anormal dans la salle ?

— Parfaitement, inspecteur. C'était une dizaine de minutes avant la fin du deuxième acte, au point culminant de la pièce, quand je dois décharger mon revolver. En cours de répétition, une controverse s'éleva au sujet de cette scène, c'est pourquoi je suis à même de préciser l'heure.

— Merci mille fois, Mr Peale, dit l'inspecteur Queen en s'inclinant. C'est tout ce que je voulais savoir. Excu-

sez-moi de vous avoir obligés à rester debout, vos camarades et vous. Le temps de veiller à tout nous a manqué... Vous êtes entièrement libres de regagner les coulisses, à la seule condition d'y rester jusqu'à nouvel
ordre.

L'acteur salua et il alla rejoindre le gros de la troupe,
dans le fond du théâtre. A côté de son père, absorbé
dans ses réflexions, Ellery essuyait distraitement les
verres de son pince-nez.

— Qu'en pensez-vous, Ellery ? demanda tout bas
l'inspecteur.

— La situation est claire, mon cher Watson, murmura Ellery. A 21 h 25, Jess Lynch vit la respectable victime en bonne santé. Le cadavre fut découvert à 21 h 55
environ. Problème : que s'est-il passé dans l'intervalle ?
C'est enfantin.

— Vraiment ? riposta l'inspecteur. Piggott !

— Oui, monsieur.

— Est-ce l'ouvreuse ?

Piggott lâcha le bras d'une jeune femme pimpante,
trop fardée, avec des dents éblouissantes et un sourire
agressif. Tout en avançant, elle soutint avec effronterie
le regard de l'inspecteur.

— Vous êtes l'ouvreuse affectée à ce côté-ci du
théâtre, miss... ?

— O'Connell, Madge O'Connell. Oui !

L'inspecteur la prit doucement par le bras.

— Je vais vous demander d'être aussi brave que vous
êtes impertinente, ma petite, dit-il. Venez.

Madge O'Connell blêmit quand l'inspecteur s'arrêta à
l'entrée de la rangée LL.

— Excusez-moi de vous interrompre pendant une
seconde, docteur, acheva Queen.

— J'ai presque fini, inspecteur.

Le médecin légiste se releva et, mâchonnant son
cigare d'un air soucieux, il s'écarta. Queen observa l'ouvreuse qui sursauta à la vue du cadavre.

— Vous souvenez-vous d'avoir placé cet homme pour la soirée, miss O'Connell ? demanda-t-il brusquement.

La jeune femme hésita avant de répondre :

— J'en ai l'impression. Mais j'ai placé plus de deux cents personnes, comme d'habitude, et il m'est impossible d'être catégorique.

L'inspecteur poursuivit, indiquant les sept fauteuils vides :

— Vous rappelez-vous si ces places sont restées inoccupées pendant les deux premiers actes ?

— Voyons... Oui, je crois que personne ne s'est assis là de toute la soirée, monsieur.

— Avez-vous vu quelqu'un marcher dans l'allée, pendant le second acte, dans un sens ou dans l'autre ? Réfléchissez bien, miss O'Connell; il me faut une réponse exacte.

Les yeux hardiment fixés sur l'inspecteur, elle marqua une nouvelle hésitation.

— Non... Je n'ai vu personne dans l'allée. Mais je ne sais rien de cette affaire. Je suis une fille travailleuse et...

— Nous n'en doutons pas, ma petite. Où vous tenez-vous habituellement, pendant vos moments de repos ?

Elle indiqua l'autre extrémité de l'allée, près de la scène.

— Vous êtes restée à cette place pendant tout le deuxième acte, miss O'Connell ?

Elle humecta ses lèvres avant de répondre :

— Attendez... Oui, je n'ai pas bougé. En tout cas, je puis vous assurer que je n'ai rien remarqué d'anormal, pendant la représentation.

— Merci. Ce sera tout pour l'instant.

L'ouvreuse s'éloigna d'un pas souple et balancé. L'inspecteur se retourna et il vit le médecin légiste debout, occupé à refermer son sac. Le Dr Prouty sifflotait mélancoliquement.

— Vous avez terminé, docteur ? demanda Queen. Quelles sont vos conclusions ?

— Le décès remonte à deux heures environ. Au début, la cause m'a paru difficile à déterminer; maintenant, je crois pouvoir avancer qu'il s'agit d'une forme quelconque d'empoisonnement par l'alcool. Remarquez la teinte bleutée de la peau... Et puis, ce type-là pue littéralement l'alcool. Il devait être soûl comme un lord! Néanmoins, l'action des poisons alcoolisés ordinaires est moins foudroyante. C'est tout ce que je puis vous dire, pour l'instant.

Pendant que le Dr Prouty boutonnait son manteau, l'inspecteur tira de sa poche la gourde de Field, enveloppée dans un mouchoir, et il la lui tendit.

— Voici la gourde du défunt, docteur, dit-il. Vous voudrez bien en analyser le contenu, quand les experts du service anthropométrique auront relevé les empreintes digitales, s'il y en a. Et ce n'est pas tout... (L'inspecteur chercha des yeux et ramassa la bouteille de bière, posée dans un coin.) Le contenu de cette bouteille doit être analysé également, docteur.

Gourde et bouteille disparurent dans le sac du médecin légiste, puis celui-ci mit son chapeau et dit :

— Je file, inspecteur. Aussitôt après l'autopsie, je vous enverrai un rapport détaillé qui, espérons-le, facilitera vos recherches. En venant, j'ai téléphoné à la morgue pour demander l'ambulance; elle doit être arrivée. A bientôt.

Le Dr Prouty bâilla et s'éloigna.

Deux infirmiers chargés d'une civière apparurent. Sur un signe de l'inspecteur, ils se hâtèrent d'emporter la victime, recouverte d'un drap. Détectives et policemen, groupés près de la porte, poussèrent un soupir de soulagement : pour eux, le plus dur était fait et ils pourraient bientôt aller se coucher. Les spectateurs — chuchotant, remuant, toussant à qui mieux mieux — s'agitèrent avec un regain d'intérêt quand la dépouille fut enlevée.

L'inspecteur venait de se tourner, avec un soupir las, vers son fils, quand un fort remous se produisit à l'autre extrémité de la salle. Les policemen eurent beau réclamer l'ordre à cor et à cri, une partie du public se leva, pour regarder. Ellery, les yeux brillants, s'écarta, tandis que son père disait quelques mots à un détective, son voisin. Le « remous » avançait par saccades. Il était provoqué par deux policemen, traînant de force un individu récalcitrant. Arrivés en haut de l'allée gauche, après avoir traversé la salle dans sa largeur, les policemen obligèrent leur captif à se lever et à marcher entre eux; c'était un petit individu à la mine de fouine, sobrement vêtu et coiffé d'un feutre noir rappelant le chapeau que certains pasteurs campagnards portent encore de nos jours. Sa bouche tordue vomissait d'horribles injures et il se débattait comme un diable. Mais, parvenu devant l'inspecteur, il abandonna brusquement la lutte.

— Nous avons surpris cet individu au moment où il cherchait à se faufiler dehors, de l'autre côté du théâtre, inspecteur, dit l'un des policemen, secouant rudement le bras du captif.

Queen prit sa tabatière, aspira, éternua joyeusement et contempla avec un large sourire le tableau formé par l'homme silencieux, entre ses gardes.

— Vous tombez à pic, Parson ! dit-il.

Où l'on voit beaucoup d'appelés et deux élus

Certaines natures, de par une faiblesse particulière, ne peuvent supporter le spectacle d'un homme larmoyant. Seul du cercle silencieux et menaçant qui entourait John Cazzanelli, dit « Parson » (1), Ellery fut pris de dégoût.

Le ton cinglant de l'inspecteur opéra. Brusquement

(1) Pasteur.

redressé, Cazzanelli soutint pendant une seconde son regard ; puis, crachant, jurant, il joua des pieds et des poings. La fureur qui l'animait devint communicative, un troisième policeman entra dans la mêlée et aida les autres à maîtriser le fougueux prisonnier. Une fois par terre, Cazzanelli s'effondra, comme un ballon dégonflé. Un policeman l'ayant remis sans ménagement sur ses pieds, il resta immobile, les yeux baissés, les mains crispées sur le bord de son chapeau.

Ellery détourna la tête. Son père prit avec le prisonnier le ton qu'il aurait employé à l'égard d'un enfant difficile, calmé après un accès de rage.

— Ces manières ne m'impressionnent pas, Cazzanelli. Que s'est-il passé lors de notre dernière rencontre, au Old Slip, sur le quai ?

— Répondez quand on vous parle !

Une bourrade dans les côtes accompagna l'ordre du policeman.

— Je ne sais rien et n'ai rien à dire, murmura l'autre.

— Vous m'étonnez, Parson, dit doucement l'inspecteur. Je ne vous ai pas demandé ce que vous saviez.

— C'est un abus de pouvoir ! cria Cazzanelli, indigné. Je vaux tous ceux qui sont ici ! J'ai payé ma place comme les autres ! De quel droit veut-on m'empêcher de rentrer chez moi ?

— Vous avez payé votre place ? demanda l'inspecteur, en se balançant sur ses talons. Montrez votre billet à papa Queen, mon garçon.

Cazzanelli plongea la main dans une poche de son veston, puis dans l'autre. Son expression de contrariété croissait à mesure que ses mains s'enfonçaient dans ses poches et en ressortaient vides.

— Enfer ! s'écria-t-il, enfer. C'est bien ma chance ! Je garde toujours mon billet et, ce soir précisément, je l'ai jeté. Désolé, inspecteur.

— Assez de comédie ! gronda Queen. Que faisiez-vous ici, ce soir ? Pourquoi avez-vous essayé de filer en catimini ? Répondez !

Cazzanelli regarda autour de lui. Maintenu d'une poigne ferme par deux policemen, entouré d'hommes à la mine décidée... Ses chances d'évasion étaient minces. Comme ultime ressource, il usa d'une nouvelle transformation de sa personnalité, procédé souvent employé avec succès : son visage prit une expression de pieuse innocence outragée, ses yeux se voilèrent de tristesse : le petit gangster changé en martyr chrétien, entouré de ses vils bourreaux !

— Vous savez que vous n'avez pas le droit de me retourner ainsi sur le gril, n'est-ce pas, inspecteur ? Par contre, tout homme a le droit d'exiger l'assistance d'un avocat.

Il se tut, comme si tout avait été dit.

— Quand avez-vous vu Field pour la dernière fois ? demanda l'inspecteur.

— Field ? S'agit-il de Monte Field ? Je n'ai jamais entendu parler de lui, inspecteur, déclara « Parson » d'une voix hésitante. De quel méfait voulez-vous encore me charger ?

— Je n'ai aucune mauvaise intention à votre égard, Parson. Mais, puisque vous ne tenez pas à parler en ce moment, nous remettrons à plus tard la suite de cet entretien. Rappelez-vous que l'affaire du cambriolage aux Soieries Bonomo n'a jamais été approfondie. (L'inspecteur se tourna vers un policeman pour ajouter :) Conduisez notre ami dans le bureau de Mr Panzer et tenez-lui compagnie, dans l'antichambre, jusqu'à mon arrivée.

Ellery, regardant le policeman entraîner Cazzanelli vers le fond du théâtre, entendit son père murmurer :

— Notre Parson n'est pas malin. S'être laissé pincer comme un enfant !

— Acceptez avec reconnaissance les petites grâces, dit Ellery en souriant. Une erreur en entraîne vingt autres.

— Voici une des listes, inspecteur.

C'était Velie, présentant plusieurs feuillets couverts de noms et d'adresses hâtivement inscrits.

— Qu'avez-vous trouvé d'intéressant, Thomas ? demanda Queen, se frottant les mains en signe de bonne humeur.

— L'autre liste n'est pas encore prête, répondit le détective. Mais je crois que celle-ci présente déjà un certain intérêt, chef.

Ellery lut par-dessus l'épaule de son père. Arrivé au milieu d'une feuille, celui-ci s'arrêta à un nom, leva les yeux et demanda à Velie :

— Morgan. Benjamin Morgan... Ce nom vous dit-il quelque chose, Thomas ?

— J'attendais la question, répondit Velie avec un sourire. Benjamin Morgan, un avocat de la même trempe que Monte Field, fut pendant longtemps son associé. La rupture date de deux ans !

L'inspecteur fit un signe d'assentiment, puis, haussant les épaules, il dit :

— Il va falloir faire plus ample connaissance avec Mr Morgan. Mais finissons cette liste, d'abord.

Le sergent qui, mieux qu'Ellery, connaissait la prodigieuse mémoire de son supérieur, observa respectueusement celui-ci pendant qu'il étudiait chaque nom, levait les yeux de temps à autre, réfléchissait, poursuivait sa lecture. Finalement, il rendit les feuillets à Velie en disant :

— C'est tout ce que je trouve. Un autre nom vous avait-il frappé, Thomas ?

— Non, inspecteur, répondit Velie, tournant les talons.

— Attendez, Thomas ! Avant de compléter la seconde liste, priez Mr Morgan de vous accompagner dans le bureau de Panzer. Assurez-vous qu'il a son billet et évitez de l'alarmer.

Velie parti, l'inspecteur appela Panzer qui se tenait à l'écart, observant le travail méthodique des détectives occupés à relever les noms des spectateurs. Le directeur accourut.

— A quelle heure fait-on habituellement le ménage de la salle, Mr Panzer? demanda Queen.

— Les balayeuses sont arrivées et elles attendent depuis un bon moment, inspecteur. Dans la plupart des théâtres, le ménage a lieu le matin. Mais, ici, mes employées le font sitôt la soirée terminée. Qu'attendez-vous de moi?

La physionomie d'Ellery, rembrunie par la question de son père, s'éclaira à cette réponse du directeur.

— Voici, Mr Panzer : quand tout le monde sera parti, veillez à ce que le ménage soit fait avec un soin particulier. Recommandez à vos employées de ramasser le moindre bout de papier, l'objet le plus insignifiant, les billets ou les morceaux de billets surtout. Ces femmes sont dignes de confiance, je pense?

— J'en réponds, inspecteur. J'emploie la même équipe depuis la construction du théâtre, et je puis vous garantir que vos instructions seront scrupuleusement suivies. Que devrai-je faire des balayures?

— Faites-les porter, soigneusement emballées, et dès demain matin, au Bureau Central. Chargez une personne sûre de cette commission car la question est beaucoup plus importante qu'il n'y paraît à première vue. Vous comprenez, Mr Panzer?

— Je comprends parfaitement, inspecteur.

Panzer s'éloigna juste à temps pour permettre à un détective grisonnant d'approcher de Queen. Le nouvel arrivant portait la seconde et dernière liste comprenant les noms et adresses des spectateurs.

— De la part du sergent Velie, dit-il.

Queen prit vivement la liste. Ellery se rapprocha pour lire par-dessus son épaule et, soudain, au bas de la dernière page, il vit le doigt de son père s'arrêter sous un nom. L'inspecteur termina sa lecture, puis, avec un sourire triomphant, il murmura quelques mots à l'oreille de son fils.

— Ah! fit Ellery, les yeux brillants.

— Cherchez Velie et envoyez-le-moi immédiatement, Johnson, reprit l'inspecteur, s'adressant au détective. Ensuite, vous irez trouver cette dame... (Il souligna, d'un trait d'ongle, un nom et un numéro de fauteuil inscrits sur la liste.) ... et vous la prierez de vous suivre dans le bureau du directeur. Un certain Mr Morgan m'y attend déjà. Restez dans le bureau et si ces personnes parlent ensemble, tendez l'oreille afin de pouvoir me répéter ce qui aura été dit. Traitez la dame avec courtoisie.

— Bien, monsieur. Velie m'a également chargé de vous dire qu'il a groupé, à l'écart des autres, les spectateurs non munis de billets. Quels sont vos ordres à l'égard de ces personnes?

— Leurs noms figurent-ils sur les listes, Johnson?

— Oui, monsieur.

— Dans ces conditions, dites à Velie de dresser une liste spéciale des spectateurs sans billets et de les laisser partir, avec les autres.

— Inspecteur...

Panzer toussa poliment pour annoncer son retour.

— Je vous écoute, Panzer, dit Queen. Les femmes de ménage sont prévenues?

— Oui, inspecteur. J'ai fait le nécessaire et je reste à votre entière disposition. Maintenant... Hum! Maintenant, permettez-moi de vous poser une question, inspecteur : le public en a-t-il encore pour longtemps à attendre? Je suis harcelé de questions ou de menaces voilées et...

Le visage brun de Panzer luisait de transpiration. Queen l'interrompit :

— L'attente touche à sa fin, rassurez-vous. Cependant, avant de partir, vos spectateurs seront soumis à une nouvelle épreuve. Oui, je suis obligé de les faire fouiller, un à un, Panzer. Ecoutez tranquillement protestations, plaintes et menaces, mon cher. Je suis responsable de tout ce qui se passe ici, ce soir, et je veille-

50

rai à ce que vous ne soyez jamais mis en cause. Ceci dit, l'auxiliaire de la police est occupée en bas, et il nous faudra une femme pour fouiller les dames. Pouvez-vous mettre à ma disposition une employée respectable qui accepterait une besogne ingrate et saurait tenir sa langue, ensuite ?

— J'ai votre affaire, répondit Panzer après une courte réflexion. Mrs Phillips, l'habilleuse. C'est une femme d'un certain âge, consciencieuse et aux manières agréables.

— Parfait. Allez chercher Mrs Phillips immédiatement et qu'elle attende, à la porte principale, les instructions du sergent Velie.

Velie était arrivé juste à temps pour entendre la dernière phrase. Panzer se dirigea vers la scène.

— Vous avez fait le nécessaire pour Morgan ? demanda Queen.

— Oui, inspecteur.

— Bien. Maintenant, Thomas, je compte sur vous pour surveiller l'évacuation de l'orchestre et des loges. Les spectateurs doivent sortir un à un, par la grande porte, après avoir été fouillés individuellement. Piggott !

Le détective accourut et l'inspecteur continua :

— Accompagnez Mr Queen et le sergent Velie et aidez-les à fouiller les hommes. Une employée du théâtre fouillera les dames. Examinez tous les paquets, cherchez dans toutes les poches, ramassez les billets. Enfin et surtout : veillez à ce qu'aucun spectateur ne sorte avec *deux chapeaux*. Celui que nous cherchons est un haut-de-forme en soie; mais si vous voyez un chapeau quelconque de trop, emparez-vous du propriétaire et tenez-le bien. Au travail, mes amis !

Ellery quitta la colonne contre laquelle il était adossé et il suivit Piggott. Velie fermait la marche; l'inspecteur rappela ce dernier :

— Hep, Thomas ! Attendez que l'orchestre soit évacué avant de faire sortir les spectateurs du balcon.

Envoyez un homme là-haut pour assurer l'ordre. (Queen se tourna ensuite vers Doyle.) Descendez bien vite au vestiaire, mon garçon, et ouvrez l'œil quand les spectateurs prendront leurs affaires. Quand tout le monde sera parti, ratissez le vestiaire au peigne fin et si vous trouvez un objet oublié, apportez-le-moi.

L'inspecteur s'adossa contre la colonne du fond, sentinelle de marbre gardant le fauteuil dans lequel un homme avait été assassiné. Flint accourait, les yeux brillants :

— Vous avez trouvé quelque chose, mon garçon ? demanda Queen.

Le détective lui tendit, en silence, la moitié d'un billet bleu marqué : « LL30 gauche. »

— Diable ! fit l'inspecteur. Où avez-vous trouvé cela, Flint ?

— Devant la porte principale. J'ai eu l'impression qu'il était tombé là, quand le propriétaire est entré.

Queen tira de sa poche le billet trouvé dans celle du défunt. Il compara en silence les deux billets correspondant aux fauteuils voisins. « LL30 gauche ». « LL32 gauche ». Au dernier chiffre près ils étaient identiques; deux petits morceaux de papier cartonné bleu, déchirés d'un côté. L'inspecteur les mit dos à dos, puis, le regard perplexe, il les tourna face à face; finalement, n'étant toujours pas satisfait, il les mit face contre dos.

Dans aucune des trois positions, le bord déchiré de l'un ne correspondait à celui de l'autre !

Où l'inspecteur Queen
fait de nouvelles connaissances

Le chapeau enfoncé sur les yeux, l'inspecteur Queen, gagnant le fond du théâtre, cherchait machinalement, dans sa poche, son inséparable tabatière. Mais ses pensées l'absorbaient au point de lui faire oublier son petit vice : sa main se ferma sur les deux billets et sa grimace laissa supposer que ses pensées étaient plutôt déplaisantes.

Avant d'ouvrir la porte sur laquelle on lisait « Bureau du Directeur », Queen se retourna pour embrasser la salle du regard. Au milieu du brouhaha général, des détectives et des policemen circulaient dans les rangs, donnant des ordres, répondant aux questions, dirigeant l'évacuation méthodique de l'orchestre. Les hommes, alignés dans une allée centrale, les femmes — mi-fâchées, mi-amusées — faisaient la queue dans l'autre, et tous attendaient d'être fouillés avant de sortir. Peu de protestations dans l'ensemble : tous étaient trop fatigués pour regimber contre cette dernière mesure vexatoire. Mrs Phillips — robe noire, aspect très respectable — fouillait les spectatrices. En face d'elle, Piggott, avec la dextérité acquise par l'habitude, faisait des passes rapides sur les vêtements des hommes. Velie observait les réactions de chacun et, à l'occasion, fouillait un spectateur. Près de là, Ellery fumait une cigarette et ne semblait penser à rien de plus important qu'à l'édition originale dont il avait manqué l'acquisition.

L'inspecteur soupira et il ouvrit la porte.

L'antichambre du bureau directorial était une petite pièce lambrissée de chêne et meublée de quelques fauteuils. L'un de ceux-ci était occupé par Cazzanelli qui, ignorant la lourde patte d'un policeman posée sur son épaule, fumait une cigarette avec un air de complète indifférence.

— Par ici, Parson, ordonna l'inspecteur sans s'arrêter.

Le petit gangster se leva, il jeta adroitement sa cigarette dans un cendrier et emboîta le pas à Queen. Le policeman suivit.

L'inspecteur ouvrit la porte du bureau, il jeta un coup d'œil à l'intérieur, puis s'effaça pour laisser passer les deux hommes. La porte se referma en claquant sur le trio.

Louis Panzer avait évité la banalité habituelle des « bureaux » de ce genre. Lampe à abat-jour vert d'eau, table sculptée, portemanteau en fer forgé, divan à couverture de soie, d'autres meubles encore, disposés avec goût dans la pièce. Aux murs, à la place des habituelles photographies de stars ou de producteurs, une grande tapisserie, de jolies gravures, un tableau de maître.

Mais les six personnes réunies dans la pièce intéressèrent plus l'inspecteur que le caractère artistique du domaine de Mr Panzer. Le voisin du détective Johnson était un homme en tenue de soirée impeccable : la cinquantaine, corpulent, avec des yeux perçants et une moue perplexe. Plus loin, un groupe dont le personnage central était une jeune fille, d'une beauté frappante, mise avec une luxueuse simplicité. Elle s'entretenait à voix basse avec deux autres femmes et un beau garçon, en habit, haut-de-forme à la main, debout derrière son fauteuil.

A la vue de l'inspecteur, le monsieur isolé se leva avec un regard interrogateur. La conversation animée du quatuor cessa brusquement et Queen n'aperçut plus, autour de lui, que des visages solennels. Il s'avança vers la table directoriale et appela Johnson d'un signe de la main.

— Qui sont les trois personnes supplémentaires, Johnson ? demanda-t-il à voix basse.

— Le monsieur âgé est Morgan, murmura le détective. La jolie fille est la dame que vous m'aviez chargé d'amener ici. Les trois autres l'entouraient quand je l'ai abordée ; de bons amis, apparemment. Bref, ils l'ont suivie comme un seul homme et j'ai pensé que vous désireriez peut-être leur parler, inspecteur. La jeune fille a paru nerveuse, quand je lui ai transmis vos ordres, mais elle a obéi immédiatement.

— Avez-vous entendu quelque chose d'intéressant ?

— Rien, inspecteur. Morgan ne connaît apparemment aucun des autres et ceux-ci n'ont fait que se demander ce que vous vouliez à la miss.

— Merci.

Sur un signe de son supérieur, Johnson regagna son coin et l'inspecteur s'adressa aux personnes présentes :

— Je ne m'attendais à trouver ici que les deux personnes avec lesquelles je désire avoir un petit entretien, commença-t-il. Les trois autres peuvent rester, puisqu'elles sont venues. Mais, pour l'instant, veuillez tous passer dans l'antichambre et attendre que j'en aie fini avec ce monsieur.

Queen désigna le petit gangster qui, ébloui de se trouver en si belle compagnie, se tenait immobile dans son coin. Les deux hommes et les trois femmes sortirent, en bavardant avec animation.

Comme Johnson refermait la porte, l'inspecteur ordonna :

— Amenez-moi ce gibier de potence !

Queen s'assit dans le fauteuil de Panzer ; Johnson arracha Cazzanelli de son coin, et le poussa jusqu'à la table.

— A nous deux, Parson, dit Queen, menaçant. Maintenant que je vous ai devant moi, nous allons pouvoir bavarder tranquillement. Compris ?

Les yeux fuyants, l'autre garda le silence.

— Vous refusez de parler, Johnny ? Un bon conseil, n'abusez pas de ma patience.

— Je vous l'ai dit et je le répète : je ne sais rien et je ne dirai rien avant d'avoir vu mon avocat, déclara le gangster.

— Votre avocat ? A propos, Parson, qui est votre avocat ?

L'autre se mordit la langue et garda un silence obstiné. L'inspecteur se tourna vers son subordonné.

— Vous vous êtes occupé de l'affaire du Babylone, n'est-ce pas, Johnson ? demanda-t-il.

— Oui, chef.

— Cette fois-là, vous avez récolté un an de prison, Parson. Vous vous en souvenez?

Même silence.

— Ma mémoire a besoin d'être rafraîchie, Johnson, continua l'inspecteur. Qui était l'avocat de notre ami, ici présent?

— Field. Nom d'un...!

— Parfaitement. Monte Field, actuellement couché sur une table de la morgue. La petite comédie a assez duré, Parson! Qu'espérez-vous gagner en prétendant que vous ne connaissiez pas Monte Field? Vous le connaissiez assez bien pour compléter son nom, alors que je n'en avais cité que la deuxième partie. Parlez, maintenant!

De saisissement, Cazzanelli était presque tombé sur le policeman. Il humecta ses lèvres et dit:

— Vous me tenez, inspecteur. Mais, parole d'honneur, je n'ai pas vu Field depuis un mois... Bon sang! Vous n'allez pas me mettre ce coup-ci sur le dos!

Il roulait des yeux chargés d'angoisse. Le policeman l'obligea à se redresser.

— Du calme, Parson, du calme, dit l'inspecteur. Je me renseigne, voilà tout. Naturellement, si vous désirez confesser le crime, j'appellerai mes hommes, nous recueillerons vos aveux et, ensuite, nous irons tous nous coucher, l'esprit tranquille. Dois-je les appeler?

— Non! rugit le gangster, le poing menaçant.

Le policeman saisit adroitement son bras et le lui tordit derrière son dos.

— Je n'ai rien à confesser, poursuivit Cazzanelli. Je n'ai pas vu Field ce soir et je ne savais même pas qu'il était dans ce théâtre de malheur! J'ai des amis influents, inspecteur. Vous pourriez regretter certains procédés.

— Tant pis, Johnny, soupira l'inspecteur. Donc, vous n'avez pas tué Monte Field. Ceci dit, à quelle heure êtes-vous arrivé au théâtre, et où est votre billet?

— Je ne voulais rien dire jusqu'ici, parce que j'étais

sur mes gardes, à propos du crime, commença le gangster. Maintenant, c'est différent. Je suis arrivé vers 20 h 30 et voici mon invitation.

Joignant le geste à la parole, il tira de sa poche et tendit à Queen un billet bleu perforé.

— Comment vous étiez-vous procuré cette invitation, Johnny? demanda l'inspecteur, empochant le billet après l'avoir regardé.

— Je... Mon amie me l'avait donné.

— Ah! Cherchez la femme, dit gaiement l'inspecteur. Et comment s'appelle cette jeune Circé, Johnny?

— Pardon? Comment?... C'est... Vous ne lui attirerez pas d'ennuis au moins, inspecteur? C'est une bonne petite et elle ne sait rien non plus, je le jure.

— Son nom!

— Madge O'Connell, une ouvreuse du théâtre.

L'inspecteur et Johnson échangèrent un regard. Le détective sortit. Queen se carra confortablement dans son fauteuil.

— Mon vieil ami Parson Johnny ne sait rien au sujet de Monte Field, dit-il. Bien. (Tout en parlant, il observait le chapeau que le gangster tenait à la main : un feutre noir bon marché qui complétait son costume foncé.) Passez-moi votre chapeau, Johnny! ordonna-t-il brusquement. (L'inspecteur prit le couvre-chef, retourna la bande de cuir, examina l'intérieur et, finalement, rendit le feutre à son propriétaire.) Réparons une omission, dit-il ensuite. Fouillez Mr Cazzanelli, mon garçon.

Le petit individu se laissa fouiller de mauvaise grâce, mais sans résistance. Le policeman tira de sa poche un gros portefeuille qu'il tendit à son supérieur.

Queen compta rapidement les billets, puis il rendit le portefeuille au policeman qui le remit dans la poche de son propriétaire.

— Quelle fortune, Johnny! murmura l'inspecteur. Ces billets sentent les Soieries Bonomo... Bah! (Il rit et demanda au policeman :) Pas de gourde ? Rien sous le gilet ou la chemise ?

Le policeman répondit par un signe de tête négatif. La fouille s'acheva en silence et Parson Johnny venait de reboutonner son veston quand le détective Johnson revint, accompagné de l'ouvreuse interrogée précédemment dans la soirée.

Madge O'Connell resta clouée sur place, les yeux rivés sur son amant qui baissait le nez ; puis, après avoir regardé l'inspecteur, elle lança :

— Vous vous êtes fait pincer, imbécile ! Je vous avais pourtant dit de vous tenir tranquille !

Sur ce, elle tourna le dos à Parson et se repoudra rageusement.

— Pourquoi ne m'aviez-vous pas dit que vous aviez une invitation pour votre ami John Cazzanelli, mon enfant ? demanda doucement l'inspecteur.

— Mes petites affaires personnelles ne regardent pas la police, riposta l'autre avec impertinence. Johnny était en dehors de cette histoire.

— La question n'est pas là, déclara l'inspecteur, jouant avec sa tabatière. Votre mémoire est-elle revenue, depuis notre précédent entretien, Madge ?

— Plaît-il ?

— Je résume vos premières déclarations : au début de la soirée, vous avez placé un grand nombre de spectateurs ; vous ne vous souvenez plus d'une façon précise d'avoir conduit Monte Field, la victime, au dernier rang de l'orchestre ; pendant vos moments de repos, vous êtes restée debout, à votre place habituelle, autrement dit en haut de l'allée. Est-ce exact, Madge ?

— Assurément, inspecteur. Qui dit le contraire ?

L'impertinente ouvreuse donnait des signes de nervosité ; mais, sous le regard de Queen, elle cessa de tortiller ses doigts. Cazzanelli intervint d'une manière bien inattendue :

— N'aggravez pas votre cas, Madge. Tôt ou tard, cet

oiseau de malheur découvrira que nous étions ensemble, et vous aurez des ennuis. Videz votre sac!

— Bravo, Parson! s'écria l'inspecteur. La raison vient avec l'âge, d'après ce que je vois. Dois-je comprendre que vous étiez ensemble? Quand, pourquoi et pendant combien de temps?

Madge O'Connell avait rougi, puis pâli. Elle foudroya son amant d'un regard venimeux, puis elle se retourna vers Queen.

— Autant parler, puisque ce salaud a mangé le morceau! dit-elle. Voici tout ce que je sais, et gare à vous si l'affaire arrive aux oreilles de Panzer!

L'inspecteur fronça les sourcils, mais ne souffla mot.

— Je m'étais procuré une invitation pour Johnny, poursuivit-elle. Un fauteuil d'orchestre, donnant sur l'aile gauche. Ce que j'avais trouvé de mieux, quoi! Les invitations sont toujours pour deux places, de sorte que le fauteuil voisin n'était pas loué. Pendant le premier acte, je fus trop occupée pour aller m'asseoir à côté de Johnny; mais, après le premier entracte, tous les spectateurs étant placés, je fus libre de mes mouvements. Sachez donc que, pendant presque tout le second acte, j'eus la joie d'être assise à côté de ce petit salaud! Et pourquoi n'aurais-je pas profité de ce fauteuil libre? J'ai le droit de me reposer de temps en temps, il me semble!

— Vous m'auriez épargné du temps et de la peine, si vous m'aviez dit cela plus tôt, Madge, déclara l'inspecteur. Vous ne vous êtes pas levée une seule fois, pendant le second acte?

— Si, une fois ou deux peut-être. Mais tout était calme, le directeur ne se montrait pas et je revins auprès de Johnny.

— Avez-vous remarqué Field, au passage?

— Non... non, inspecteur.

— Avez-vous remarqué s'il y avait quelqu'un, à côté de lui?

— Non, monsieur. Je n'avais même pas remarqué ce Mr Field. Je... je n'ai pas regardé de ce côté, j'imagine.

— Dans ces conditions, vous ne vous souvenez évidemment pas d'avoir, pendant le second acte, placé un retardataire dans l'avant-dernier fauteuil du dernier rang ?

— Non, monsieur. Ah ! Je n'aurais pas dû aller m'asseoir à côté de Johnny ! Mais je n'ai rien vu de suspect, pendant toute la soirée, je le jure.

Sa nervosité augmentait à chaque question de l'inspecteur. Cazzanelli écoutait, les yeux baissés.

— Vous pouvez vous retirer, miss O'Connell, dit l'inspecteur, en se levant brusquement.

Comme elle se tournait vers la porte, son amant, l'air de rien, s'apprêta à la suivre. Sur un signe de l'inspecteur, le policeman le ramena prestement à sa place.

— Pas si vite, Johnny ! dit Queen, glacial. O'Connell !

L'ouvreuse se retourna avec une feinte désinvolture.

— Pour l'instant, je ne dirai rien à Mr Panzer. Mais je vous conseille de bien vous tenir et d'apprendre à parler correctement à vos supérieurs. Sinon, gare à vous !

Elle essaya de rire, rougit et s'enfuit.

Queen se tourna vers le policeman.

— Passez-lui les menottes et conduisez-le au poste de police, ordonna-t-il, désignant le petit gangster.

Le policeman salua. Un éclair d'acier, suivi d'un « clic ». Et Parson, hébété, contempla ses mains liées. Le policeman l'emmena, sans lui laisser le temps d'ouvrir la bouche.

L'inspecteur se laissa tomber dans le fauteuil de cuir. Il prisa sans plaisir apparent et dit d'un ton radouci :

— Voulez-vous prier Mr Morgan d'entrer, Johnson ?

. . . .

Benjamin Morgan s'avançait d'un pas qui, quoique ferme, ne dissimulait pas entièrement une certaine agitation mêlée d'étonnement. Après avoir salué l'inspecteur, il s'assit avec l'évidente satisfaction d'un homme d'affaires, heureux de retrouver les fauteuils de son club, après une journée de labeur. Queen ne fut pas dupe; il fixa sur le nouvel arrivant un regard scrutateur qui entama son assurance.

— Je me présente, Mr Morgan, dit-il enfin, d'un ton amical. Inspecteur Richard Queen.

— Je m'en doutais, répondit Morgan, se levant pour lui serrer la main. Vous savez qui je suis, inspecteur. Il y a quelques années, j'ai souvent plaidé en votre présence, aux assises. Vous souvenez-vous de l'affaire Doolittle...

— Mary Doolittle! Je pense bien! Elle était accusée de meurtre et vous l'avez fait acquitter! Je me demandais où je vous avais déjà vu, Mr Morgan. Maintenant, tout me revient et je vous félicite pour cet éclatant succès.

— Un des plus beaux de ma carrière, dit l'avocat en riant. Mais ces jours de gloire sont révolus, inspecteur. Comme vous le savez peut-être, je me suis retiré des affaires criminelles.

— Vraiment? Pourquoi? (L'inspecteur prisa, éternua et reprit :) Vous avez eu des ennuis?

— Beaucoup d'ennuis, oui. Puis-je fumer? demanda brusquement Morgan.

Sur l'assentiment de l'inspecteur, il alluma un gros cigare et s'enveloppa de fumée.

Le silence, ponctué par le tic-tac d'une pendule, devint électrique, embarrassant. Morgan, se sentant observé, croisa et décroisa les jambes; Queen, le menton sur la poitrine, semblait absorbé dans ses réflexions. Enfin, l'avocat toussa et demanda d'une voix rauque :

— Où voulez-vous en venir, inspecteur? Est-ce une forme raffinée de vos méthodes d'inquisition?

L'inspecteur sursauta et il leva les yeux.

— Pardon? Oh, excusez-moi, Mr Morgan. Mon esprit vagabonde... Je me fais vieux, sans doute.

Il se leva et, les mains croisées derrière le dos, il fit le tour de la pièce. Morgan le suivit des yeux; puis l'inspecteur vint se planter devant lui.

— Savez-vous pourquoi je vous ai fait appeler, Mr Morgan ? demanda-t-il à brûle-pourpoint.

— Non, inspecteur. J'imagine, naturellement, que ma présence ici est motivée par l'accident survenu ce soir. Mais le rapport m'échappe, je l'avoue.

Morgan tira violemment sur son cigare. L'inspecteur s'appuya sur le bureau.

— Le rapport, Mr Morgan ? dit-il. Peut-être comprendrez-vous mieux quand vous saurez le nom de la victime. C'est Monte Field et il s'agit d'un meurtre, non d'un accident.

La nouvelle, annoncée d'un ton calme, produisit sur Morgan un effet stupéfiant. Il se leva d'un bond, les yeux hors de la tête, les mains tremblantes, le souffle rauque. Son cigare tomba sur le tapis.

— *Monte Field !*

Il dévisagea l'inspecteur, puis s'affala dans le fauteuil, tremblant de la tête aux pieds.

— Ramassez votre cigare, Mr Morgan, dit Queen. Je ne voudrais pas abuser de l'hospitalité de Mr Panzer.

L'avocat obéit machinalement.

« Mon ami », songea l'inspecteur, « ou vous êtes un acteur de premier ordre, ou vous êtes sous le coup d'une terrible émotion. » Puis, à voix haute, il ajouta :

— Ressaisissez-vous, Mr Morgan. Pourquoi la mort de Field vous affecte-t-elle à ce point ?

— Mais, mon cher ! Monte Field... Grands dieux !

Il rejeta la tête en arrière, secoué par un rire homérique. Un rire qui n'en finissait plus, une crise de nerfs, plus exactement. Queen le gifla, puis, le saisissant par le col de son habit, il l'obligea à se lever.

— Ne vous oubliez pas, Morgan ! ordonna-t-il.

Le ton rude fit son effet. L'avocat cessa de rire et il retomba dans le fauteuil, frémissant, mais lucide.

— Excusez-moi, inspecteur, murmura-t-il, en sortant

son mouchoir pour s'éponger. Cette nouvelle inattendue m'a saisi.

— Je m'en suis aperçu. Si la terre s'était fendue sous vos pieds, vous n'auriez pu marquer plus vive surprise. Maintenant, Morgan, expliquez-moi la raison de tout ceci.

L'avocat épongeait son visage ruisselant de transpiration. Congestionné, tremblant comme une feuille, il hésita, mordillant sa lèvre inférieure, puis il déclara :

— A vos ordres, inspecteur. Que désirez-vous savoir ?

— Il y a un progrès, dit Queen. Quand avez-vous vu Monte Field pour la dernière fois, Morgan ?

— Je... Je ne l'ai pas revu depuis une éternité. Vous savez probablement que nous avons été associés pendant un certain temps. Notre cabinet était florissant, puis un désaccord survint et nous reprîmes, d'un commun accord, notre liberté. Je... Je ne l'ai pas revu depuis lors.

— Combien de temps cela fait-il ?

— Un peu plus de deux ans.

— Bien. Pourquoi votre association fut-elle rompue ?

L'avocat répondit, les yeux baissés :

— Vous connaissez probablement la réputation de Field aussi bien que moi, inspecteur. Une discussion de principes s'éleva entre nous et nous décidâmes de nous séparer.

— Vous vous êtes quittés amicalement ?

— Mon Dieu... Vu les circonstances, oui.

L'inspecteur pianota sur le bureau. Morgan se remettait lentement de son saisissement. La question que lui posa alors Queen parut le surprendre :

— A quelle heure êtes-vous arrivé au théâtre, ce soir ?

— Vers 20 h 15, inspecteur.

— Montrez-moi votre billet, je vous prie.

L'avocat le tira d'une poche, après avoir fouillé dans plusieurs autres. Queen le prit, sortit de son gousset les trois billets qu'il avait déjà récoltés et, les mains sous la table, il se livra à un petit examen. Levant les yeux au bout d'un moment, il empocha les quatre billets.

— « M2, centre », dit-il. Vous étiez bien placé, Morgan. Qu'est-ce qui vous a décidé à venir applaudir *Gunplay*, ce soir ?

— Tout le monde en parle, commença l'avocat, embarrassé. Mais je ne suis pas un pilier de théâtre, loin de là, et je n'aurais sans doute jamais vu le « succès de la saison » si la direction du Théâtre Romain n'avait eu l'amabilité de m'adresser une invitation pour la représentation de ce soir.

— Vraiment ? Et quand avez-vous reçu cette invitation ?

— Samedi matin, à mon bureau. Un mot des plus flatteurs accompagnait le billet.

— Ah ! Vous avez reçu une lettre ? L'auriez-vous sur vous, par hasard ?

— Je le crois, dit Morgan, fouillant ses poches. Oui ! La voici !

Il tendit à l'inspecteur une petite feuille rectangulaire de papier blanc ordinaire. Queen la regarda en transparence et parut s'intéresser à la marque de fabrique, visible en filigrane entre les lignes dactylographiées. Puis il posa la feuille sur le buvard, ouvrit le tiroir supérieur de la table directoriale et fourragea dedans jusqu'à ce qu'il eût trouvé ce qu'il cherchait : une feuille de papier à l'en-tête du Théâtre Romain. Celle-ci était grande, carrée, ornée d'un volumineux en-tête qui prenait le quart de la page. Ayant comparé les deux feuilles, l'inspecteur poussa un soupir et il lut celle que Morgan lui avait remise.

« La direction du Théâtre Romain a l'honneur d'inviter Mr Benjamin Morgan à la représentation de *Gunplay*, qui sera donnée le lundi 24 septembre, à 20 h 30. La direction serait heureuse de connaître l'opinion éclairée de Mr Morgan, sommité du barreau new-yorkais, sur les aspects social et juridique de la pièce. Elle

64

assure Mr Morgan que l'acceptation de cette invitation ne comportera, pour lui, aucune obligation d'aucune sorte et elle serait grandement honorée de sa présence.

« *Signé* : Le Théâtre Romain.

« Pour le Directeur : S. »

Le « S » était griffonné à l'encre et à peine lisible.

L'inspecteur leva les yeux. Il sourit et dit :

— On n'est pas plus aimable, Mr Morgan. Je me demande... (Souriant toujours, il appela d'un signe Johnson, témoin muet de l'entretien.) Allez chercher Mr Panzer et, si possible, l'agent de publicité.

Le détective sortit et l'inspecteur continua d'un ton léger :

— Voulez-vous me prêter vos gants pendant un instant, Mr Morgan ?

Visiblement surpris, l'avocat posa sur le bureau ses gants en soie blanche, complément obligatoire de la tenue de soirée. L'inspecteur parut s'y intéresser vivement, il les tourna à l'envers, examina une tache imperceptible au bout d'un doigt et il alla même jusqu'à les enfiler, avec une plaisanterie appropriée à l'adresse de leur propriétaire. Finalement, il les rendit à celui-ci et reprit :

— Au tour de votre chapeau, maintenant, Mr Morgan ! Voulez-vous me permettre...

De plus en plus surpris, Morgan lui tendit son haut-de-forme. L'inspecteur, sifflotant un air à la mode, admira les reflets soyeux de cet article de première qualité, puis il le retourna pour en examiner l'intérieur. Sur la coiffe de soie blanche, on lisait, en lettres d'or, le nom du fabricant : « James Chauncey & Co. ». Deux initiales « B.M. » figuraient sur la bande de cuir.

Queen, souriant, essaya le haut-de-forme, qui lui allait parfaitement. Il l'ôta presque immédiatement, le rendit à son propriétaire, et dit :

— Excusez-moi d'avoir ainsi abusé de votre complaisance, Mr Morgan.

Il inscrivait une note sur son calepin quand la porte s'ouvrit devant Johnson, accompagné de Panzer et de Harry Neilson. L'agent de publicité se jeta dans un fauteuil, Panzer s'avança, d'un pas hésitant.

— Qu'y a-t-il pour votre service, inspecteur? demanda-t-il, faisant un louable effort pour ne pas paraître étonné de voir un autre assis à sa place.

— Combien d'espèces de papier à lettres utilisez-vous dans ce théâtre, Mr Panzer? demanda Queen.

Le directeur écarquilla les yeux.

— Une seule, inspecteur, répondit-il. Vous en avez un exemplaire devant vous, sur le buvard.

— Hum! (L'inspecteur lui tendit l'invitation que Morgan avait reçue.) Veuillez examiner attentivement cette feuille, Mr Panzer, reprit-il. A votre connaissance, y en a-t-il de semblables dans votre théâtre?

Panzer retourna la feuille.

— Non, dit-il. Je réponds... Par exemple! s'écria-t-il à la vue des premières lignes dactylographiées. Neilson!

Il agita la lettre sous le nez de l'agent de publicité, accouru à son appel.

Neilson s'empara du papier, lut le texte et s'écria, non sans admiration :

— Nom d'un chien! Voilà qui bat tous les records du métier! (Puis, sous le feu accusateur de quatre paires d'yeux, il relut la lettre et la rendit à Panzer en disant :) Malheureusement, cette idée géniale n'est pas de moi et je ne suis pour rien dans la rédaction de cette invitation. Pourquoi diable n'y avais-je pas pensé?

Neilson regagna son coin, les bras croisés sur sa poitrine.

Le directeur exprima sa stupéfaction.

— C'est très singulier, inspecteur. A ma connaissance, le Théâtre Romain n'a jamais utilisé ce papier à lettres et je n'ai certainement jamais autorisé ce moyen de publicité. Et si Neilson déclare n'y être pour rien...

Un haussement d'épaules compléta sa phrase. L'inspecteur mit la lettre dans sa poche.

— Merci, messieurs. Ce sera tout pour l'instant, dit-il, en congédiant les deux hommes d'un signe de tête. (Quand la porte se fut refermée sur eux, Queen frappa la table de sa main ouverte; puis, se tournant vers l'avocat, rouge jusqu'à la racine des cheveux, il demanda simplement :) Qu'en pensez-vous, Mr Morgan?

L'autre se leva d'un bond.

— C'est un sale coup monté! s'écria-t-il, en brandissant son poing sous le nez de l'inspecteur. Je n'en sais pas plus long que vous à ce sujet, si vous me permettez cette petite impertinence! De plus, si vous pensez m'effrayer avec cette ridicule comédie de gants et de chapeau! A propos, vous n'avez pas examiné mon caleçon, inspecteur!

Il s'arrêta, écarlate, à bout de souffle.

— Pourquoi vous mettre dans cet état? demanda calmement Queen. On croirait que je vous ai accusé du meurtre de Monte Field. Asseyez-vous et calmez vos esprits, mon cher. Je vous ai posé une simple question.

L'avocat s'effondra dans le fauteuil, il passa une main tremblante sur son front et murmura :

— Excusez-moi. Je me suis emporté. Mais de tous les sales coups montés...

L'inspecteur l'observa pendant qu'il demandait à son mouchoir et à son cigare de lui donner une contenance; Johnson toussota et leva les yeux au plafond; un éclat de voix, vite étouffé, partit du théâtre. Enfin, la voix tranchante de l'inspecteur rompit le silence :

— C'est tout, Morgan. Vous pouvez partir.

Morgan se leva, ouvrit la bouche, pinça les lèvres et, mettant son chapeau sur sa tête, tourna les talons. Johnson, sur un signe de son supérieur, s'avança pour lui ouvrir la porte. Les deux hommes sortirent ensemble.

Resté seul, Queen tira de sa poche les quatre billets, la lettre que Morgan lui avait remise et le sac de soirée orné de strass trouvé dans la poche du défunt. Il ouvrit le sac et vida son contenu sur le bureau : quelques cartes de visite gravées au nom de « Frances Ives-Pope », deux petits mouchoirs de dentelle, le poudrier complet d'une femme élégante, une bourse contenant vingt dollars et de la monnaie, un passe-partout. L'inspecteur, songeur, remit le tout dans le sac et regarda autour de lui. Le portemanteau l'attira : il prit le seul chapeau qui y était accroché, un feutre, et en examina l'intérieur. Les initiales : « L.P. » et la pointure « 6 3/4 » retinrent son attention; puis il raccrocha le chapeau et ouvrit la porte.

Les quatre personnes assises dans l'antichambre se levèrent avec le même empressement. Les mains dans les poches, l'inspecteur souriait sur le seuil.

— Je peux enfin vous recevoir, dit-il. Entrez, je vous prie.

Il s'effaça poliment pour laisser passer les trois femmes et leur compagnon. Au milieu d'une certaine agitation, le jeune homme avança des fauteuils et les femmes s'assirent. Quatre paires d'yeux étaient braquées sur l'inspecteur qui, de la porte, observait la scène avec un sourire paternel. Puis il jeta un coup d'œil dans l'antichambre, ferma la porte et alla s'asseoir devant le bureau.

— Je m'excuse de vous avoir fait attendre aussi longtemps, commença-t-il. Des obligations professionnelles... peu importe. Hum! Voyons! Et tout d'abord, mesdames et monsieur, faisons plus ample connaissance.

Il se tourna vers la plus jolie femme du trio.

— Miss Frances Ives-Pope, si je ne me trompe? Sans avoir eu le plaisir de vous être présenté, je crois vous reconnaître.

La jeune fille leva les sourcils et répondit d'une voix musicale :

— Je suis bien Frances Ives-Pope. Mais, sans indiscrétion, comment le savez-vous, monsieur? acheva-t-elle avec un sourire.

C'était une splendide créature dans tout l'éclat de la

jeunesse, avec d'immenses yeux bruns, un teint laiteux, un sourire enchanteur. La vue d'une jeune fille aussi belle, aussi « saine » était un plaisir rafraîchissant pour des yeux blasés. L'inspecteur répondit gaiement :

— Le fait d'être connue par un policeman vous paraît troublant, n'est-ce pas ? Mais l'explication est parfaitement simple, miss Ives-Pope. Vous tentez souvent les photographes. Pas plus tard qu'aujourd'hui, je vous ai vue dans la rubrique d'un journal.

Elle rit avec une certaine nervosité.

— Tout s'explique ! dit-elle. J'étais un peu effrayée, je l'avoue... A quel sujet désiriez-vous me voir, monsieur ?

— Hélas, pour moi, le sujet est invariable, soupira l'inspecteur. Quand je commence à m'intéresser à quelqu'un, le devoir professionnel me rappelle à l'ordre. Avant de continuer, voulez-vous me nommer vos amis ?

Une toux embarrassée, à trois voix, salua cette question. Frances dit gracieusement :

— Excusez-moi... Inspecteur, n'est-ce pas ? Permettez-moi de vous présenter miss Hilda Orange et miss Eve Ellis, mes amies intimes, et Mr Stephen Barry, mon fiancé.

L'inspecteur marqua un certain étonnement.

— Les trois principaux acteurs de *Gunplay,* si je ne me trompe ? dit-il, les yeux fixés sur le petit groupe. (Ayant reçu un signe de tête affirmatif et unanime, il se retourna vers Frances.) Une simple petite question, miss Ives-Pope, dit-il avec un sourire désarmant : pourquoi vos amis vous ont-ils accompagnée ? Mon subordonné était chargé de vous amener ici... seule.

Les trois acteurs se levèrent avec une raideur pleine de dignité. Frances tourna vers l'inspecteur un regard implorant.

— Je... Excusez-moi, inspecteur. C'est la première fois que je dois être interrogée par un représentant de la police et j'avais prié mon fiancé et mes amies d'assister à l'entrevue. Je ne croyais pas agir contre votre gré et...

— Je comprends très bien. Cependant...

Queen souriait, mais le geste qu'il fit était sans réplique.

Stephen Barry se pencha sur le fauteuil de sa fiancée.

— Je resterai si vous le désirez, ma chérie, dit-il avec un regard de défi à l'adresse de l'inspecteur.

— Mais, Stephen...

Queen garda une expression inflexible et la jeune fille ajouta vivement :

— Allez-vous-en, mon chéri. Attendez-moi tous les trois dans l'antichambre. Vous ne me garderez pas longtemps, n'est-ce pas, inspecteur ?

— Pas très longtemps, non.

Queen était brusquement passé de la douceur paternelle à la sévérité. L'assistance y fut sensible et le départ s'effectua dans une atmosphère d'hostilité.

Grande, forte, conservant aux alentours de la quarantaine des restes de beauté brutalement accentués par le maquillage, l'actrice Hilda Orange se pencha sur Frances et foudroya Queen du regard.

— Nous vous attendrons tous, ma chérie, déclara-t-elle. Si vous vous sentez un peu fatiguée, appelez et on verra ce que l'on verra !

Tête haute, elle gagna la porte. Eve Ellis caressa la main de Frances.

— Ne vous inquiétez pas, mon chou, dit-elle d'une voix claire. Nous sommes de cœur avec vous.

Elle prit le bras de Barry et suivit Hilda Orange. Au moment de claquer la porte, le jeune acteur jeta dans la pièce un dernier regard chargé de colère et de tendre anxiété.

L'inspecteur adopta aussitôt une manière brusque et impersonnelle. Il se leva et dit, les yeux fixés sur Frances :

— Voici la seule raison pour laquelle je désirais vous voir, miss Ives-Pope. (Plongeant la main dans une poche, il en tira, avec un geste de prestidigitateur, le sac

orné de strass.) Je tenais à vous rendre, personnellement, votre sac.

Frances avait blêmi. Elle se souleva sur son siège et
balbutia :

— Mon sac de soirée !

— Précisément. On l'a trouvé ce soir, dans le théâtre.

— Suis-je sotte ! (Elle retomba sur son siège, avec un
petit rire nerveux.) Je ne m'étais pas encore aperçue de
sa disparition !

— Mais, miss Ives-Pope, la seule chose importante,
dans l'histoire de ce sac, c'est l'endroit où il a été
trouvé. (L'inspecteur marqua une pause impression-
nante, puis il ajouta :) Vous savez qu'un homme a été
assassiné, pendant la représentation ?

— Oui. Je...

— Eh bien, miss Ives-Pope, votre sac a été trouvé
dans la poche de cet homme.

Un éclair de terreur folle brilla dans les yeux de la
jeune fille; puis, avec un cri étranglé, elle glissa de son
fauteuil et tomba face contre terre, sur le tapis.

Queen s'élança, une expression de sympathie apitoyée
remplaçant sa mine inflexible. Au même instant, la
porte s'ouvrit brusquement et, basques d'habit au vent,
Stephen Barry fit irruption dans la pièce. Hilda Orange,
Eve Ellis et Johnson suivaient.

— Qu'avez-vous osé lui faire, maudit policeman ?
gronda Barry.

Repoussant l'inspecteur, il prit tendrement dans ses
bras la jeune fille évanouie, écartant des mèches de cheveux noirs tombées sur ses yeux, murmurant des mots
sans suite à son oreille. Elle soupira, ouvrit les yeux,
reconnut son fiancé et balbutia :

— Steve, je me suis évanouie !

Sa tête retomba sur l'épaule de Barry. Celui-ci
ordonna, en tapotant les mains glacées de sa fiancée :

— Un verre d'eau !

Quand Johnson eut apporté le gobelet, le jeune

acteur obligea Frances à avaler quelques gouttes d'eau. Elle s'étrangla, reprenant lentement connaissance.

Ensuite, les deux actrices repoussèrent Barry et mirent les deux hommes à la porte. Queen suivit docilement Johnson et l'acteur indigné.

— Je vous fais mon compliment ! gronda ce dernier. Je parie que vous l'avez assommée, avec la finesse habituelle des policemen !

— Allons, allons, jeune homme, répondit tranquillement l'inspecteur. N'oubliez pas à qui vous parlez, je vous prie. Miss Ives-Pope a été bouleversée, voilà tout.

Ils attendirent, dans un silence chargé d'électricité, que la porte se rouvrît. Les actrices parurent, soutenant Frances. Barry courut à elle.

— Vous allez mieux ? demanda-t-il, en saisissant ses mains.

— Ramenez-moi... à... la... maison... Steve, murmura-t-elle, en s'appuyant lourdement sur son bras.

L'inspecteur s'effaça pour laisser passer le quatuor. Son regard attristé suivit le petit groupe jusqu'à la porte principale du théâtre.

Où le procureur du district devient biographe

L'inspecteur Richard Queen était un homme à part. Petit et sec, grisonnant et marqué par les fines rides de l'expérience, son physique se serait adapté à toutes les conditions sociales. Il aurait pu être homme d'affaires, veilleur de nuit, ce qu'il aurait voulu.

Cette exceptionnelle faculté d'adaptation lui servait dans son métier, et bien rares étaient ceux qui le connaissaient réellement. Pour ses collaborateurs, ses ennemis, les déchets de l'humanité qu'il livrait à la justice, pour tous ceux qui l'approchaient, l'inspecteur restait une énigme, un personnage important que l'on craignait, faute de pouvoir deviner ce qu'il allait dire ou faire. Au fond, le redoutable inspecteur Queen était un « cœur d'or », un homme sans méchanceté, perspicace, souvent blessé par la cruauté du monde. Et tel se retrouva-t-il dans le bureau de Panzer, quand il n'y eut plus personne pour le voir.

L'inspecteur revivait la dernière scène. Frances Ives-Pope réunissait tous les dons qu'un père pouvait désirer pour sa propre fille. De l'avoir vue blême et terrorisée l'avait peiné; d'avoir vu son fiancé se cabrer pour la défendre le faisait rougir.

Sobre sous tous les rapports, à l'exception du tabac à priser, l'inspecteur ouvrit sa tabatière avec un soupir, et il aspira voluptueusement une double pincée odoriférante.

Quand un coup péremptoire fut frappé à la porte, il était redevenu le caméléon habituel : un célèbre inspecteur, assis devant un bureau, la tête pleine de graves et décisives pensées. En réalité, il souhaitait le prompt retour d'Ellery.

— Entrez !

La porte s'ouvrit devant un homme mince, aux yeux perçants, emmitouflé jusqu'aux oreilles.

— Henry ! s'écria l'inspecteur, en se levant. Je croyais que le docteur vous avait ordonné de rester au lit ! Que diable venez-vous faire ici ?

Le procureur du district Henry Sampson se laissa tomber dans un fauteuil.

— Les médecins radotent, déclara-t-il. Où en sommes-nous ?

Il grogna et palpa sa gorge. L'inspecteur se rassit.

— Vous êtes le plus indiscipliné des malades, déclara-t-il. A ce train-là, vous êtes bon pour une congestion pulmonaire, malheureux !

— Bah, je suis assuré ! Mais vous n'avez pas répondu à ma question, Queen.

— Ah, oui... « Où en sommes-nous ? » m'avez-vous

demandé, je crois. Réponse : nous en sommes à zéro, mon cher Henry. Etes-vous satisfait ?

— Soyez plus explicite, je vous prie. Rappelez-vous que je suis malade et que ma tête est près d'éclater.

— Henry, dit gravement l'inspecteur, je vous avertis que nous avons sur les bras une des plus mauvaises affaires que nous ayons jamais eues à débrouiller. Si votre tête est près d'éclater, que dirais-je de la mienne ?

Le procureur du district fronça les sourcils.

— Si vous êtes dans le vrai, ce qui est certain, cette tuile tombe à un mauvais moment. Les élections approchent. Crime spectaculaire et impuni... Incompétence des autorités en place...

— C'est un côté de la question auquel je ne pensais pas, l'interrompit Queen. Un homme a été tué, Henry. Or, je l'avoue franchement, je n'ai la plus petite indication ni sur l'identité du meurtrier, ni sur la manière dont il s'y est pris.

— Touché ! dit Sampson en riant. La leçon était méritée. Mais si vous aviez entendu ce que je viens d'entendre, au téléphone !

— Permettez, mon cher Watson, comme dirait Ellery, interrompit l'inspecteur avec une de ses sautes d'humeur caractéristiques. Voici ce qui s'est passé, si je ne m'abuse : vous étiez chez vous, au lit probablement. Votre téléphone sonna. Une voix indignée vous parvint : « Je ne supporterai pas d'être traité comme un vulgaire criminel ! Au nom de la liberté individuelle, je demande une sanction sévère contre ce Queen ! » etc.

— Continuez, dit Sampson.

— Le propriétaire de la voix indignée est un petit gros, arborant des lunettes à monture d'or, il parle d'un ton sec, criard et porte un touchant intérêt à sa famille, laquelle se compose de son épouse et d'une fille. Enfin, vous êtes « son excellent ami le procureur du district Sampson ». Suis-je dans le vrai ?

— Bravo, mon cher Holmes ! s'écria le procureur du

district. Nommez-moi ce monsieur, pendant que vous y êtes.

— Hum, fit l'inspecteur, en rougissant. Mais, pour le reste, je ne me suis pas trompé, n'est-ce pas ? Je... Ah, Ellery ! Que je suis content de vous voir !

Ellery venait d'entrer. Il serra cordialement la main de Sampson, fit une remarque de pure politesse sur les dangers qui menaçaient la vie d'un procureur du district et déposa ses paquets sur le bureau : l'un était une grande cafetière, l'autre un sac de pâtissier.

— Sachez, messieurs, que la fouille générale est finie, terminée, et que les détectives exténués ont bien mérité un petit souper de minuit.

Il rit et tapa affectueusement sur l'épaule de son père.

— Quelle bonne surprise, Ellery ! Vous êtes des nôtres, Henry ? ajouta l'inspecteur, remplissant de café fumant trois gobelets en carton.

— J'ignore la raison de cette fête intime, mais j'en suis, répondit Sampson, en levant son gobelet.

— Que s'est-il passé, Ellery ? demanda l'inspecteur, sirotant avec satisfaction son café.

— Les dieux ne boivent ni ne mangent, riposta Ellery, qui entama un chou à la crème. Je ne suis qu'un simple mortel et je voudrais bien savoir ce qui s'est passé dans votre chambre de tortures improvisée. Ah ! Je puis cependant vous apprendre quelque chose : Mr Libby, chez lequel j'ai acheté ces excellents gâteaux, confirme les dires de Jess Lynch au sujet de la bouteille de bière. D'autre part, miss Elinor Libby corrobore l'histoire de l'impasse.

Queen s'essuya la bouche avec un grand mouchoir.

— Prouty se chargera d'analyser la bière, dit-il. Quant à moi, j'ai interrogé plusieurs personnes et je n'ai plus rien à faire.

— Merci, dit brièvement Ellery. Vous n'êtes guère bavard, mon père. Avez-vous mis le procureur du district au courant des récents événements ?

— Voici ce que je sais, messieurs, intervint Sampson. Il y a une demi-heure environ, un de mes « excellents amis », un homme influent, m'apprit par téléphone qu'un inconnu avait été assassiné pendant la représentation de *Gunplay*. L'inspecteur Queen et sa suite, me dit-il, avaient envahi la salle comme un ouragan, obligeant d'honnêtes citoyens à attendre plus d'une heure avant de rentrer chez eux. Bref, la police, une fois de plus, a usé de procédés vexatoires et arbitraires. Mon ami se plaignit même d'avoir été fouillé, ainsi que sa femme et sa fille, avant d'être enfin autorisé à quitter le théâtre.

« Les commentaires de mon informateur sont inutiles, je les passerai donc sous silence. En arrivant au théâtre, j'appris par Velie le nom de la victime. Et ce nom, messieurs, est le plus intéressant de toute l'histoire, conclut le procureur du district.

— Vous en savez autant que moi, plus peut-être, car je vous soupçonne de connaître à fond les troubles antécédents de Monte Field, déclara l'inspecteur. Que s'est-il passé pendant la fouille, Ellery ?

Ellery croisa confortablement les jambes.

— Comme prévu, la fouille générale fut un fiasco complet, dit-il. Rien de suspect ne fut trouvé, personne n'eut l'air coupable ou simplement embarrassé, nul ne sortit des rangs pour confesser son crime.

— Oui, c'était prévu, soupira Queen. Nous avons affaire à forte partie. J'imagine que vous n'avez pas vu la moindre trace d'un chapeau supplémentaire ?

— Voilà la raison pour laquelle j'honorais le foyer de ma présence, déclara Ellery. Non, père, pas de chapeau.

— La fouille est terminée ?

— Elle finissait quand j'ai traversé la rue pour aller acheter ces provisions chez Libby. Il ne restait plus qu'à lâcher les spectateurs du balcon, lesquels étaient furieux. A l'heure actuelle, tout le monde est parti : les spectateurs, les employés, la troupe. Drôle de métier que celui d'acteur ! Après avoir été des héros, pendant toute la soirée, ces gens-là redeviennent brusquement, dans la rue, de simples particuliers ! A propos, Velie a également fouillé les cinq personnes sortant de ce bureau, au cas où vous les auriez oubliées, père. La jeune personne a une voiture que je voudrais bien posséder... Miss Ives-Pope et ses amis, ai-je cru comprendre.

— Nous sommes devant un butoir, c'est clair, murmura Queen. Voici toute l'histoire, Henry.

Sampson écouta attentivement le résumé concis des événements survenus au cours de la soirée. Pour terminer, l'inspecteur raconta la petite scène qui s'était déroulée dans le bureau de Panzer.

— Telle est la situation, conclut-il. A vous l'honneur, Henry. Parlez-nous de Monte Field. Nous savons que c'était un personnage louche, mais c'est tout.

— Un personnage louche ! répéta le procureur du district. Vous êtes indulgent ! Votre tâche s'annonce ardue et un incident quelconque de son passé peut vous fournir une indication utile. Je vais donc, de mémoire, vous raconter son édifiante histoire.

« L'œil de la police se fixa sur Field du temps de mon prédécesseur, à la suite d'une série de scandales auxquels il fut soupçonné d'avoir été mêlé. Cronin, alors procureur adjoint, s'attela à la tâche; mais nous n'avions, comme point de départ, que les indications d'un homme de paille, expulsé de la bande, et Cronin ne découvrit rien de précis contre Field. Il s'agissait, naturellement, d'une surveillance assez discrète pour que l'intéressé ne la soupçonnât jamais. Bref, le scandale fut étouffé et le pauvre Cronin, malgré son zèle, resta le bec dans l'eau. Rendons-lui cette justice : Field était malin.

« Après ma nomination, sur les instances de Cronin, nous approfondîmes le passé de Field. Il descendait d'une vieille famille de la Nouvelle-Angleterre, d'une de ces familles authentiques dont les ancêtres débarquèrent du *Mayflower*. Enfant, et jusqu'au jour de son entrée dans une école préparatoire ultra-chic, il eut un précepteur : vous voyez le genre. C'était apparemment une nature difficile, conservant un fond d'orgueil familial car, lors du scandale dont je vous ai parlé, il modifia son nom : et Fielding devint Monte Field.

« Son père l'envoya à Harvard où, aidé par un talent naturel d'orateur, il passa brillamment une licence de droit. Mais sa famille fut frustrée de la légitime satisfaction due à ce succès car, dès sa sortie de Harvard, il eut une vilaine histoire de femme. Son père le renia impitoyablement : il avait déshonoré son nom, les siens ne le connaissaient plus... et ainsi de suite.

« Notre ami ne se laissa pas abattre par l'adversité. Pour compenser la part d'un bel héritage dont il était désormais privé, il décida de gagner de l'argent pour son compte. Sur ses débuts, nous n'avons pu recueillir aucun renseignement précis; mais nous le retrouvons au moment où il s'associe avec un certain Cohen, avocat véreux par excellence. Quelle association, mes amis ! Ces deux hommes si bien appariés ramassèrent l'argent à la pelle et se constituèrent une magnifique clientèle, choisie parmi la pire racaille de l'époque. Au point de vue légal, Cohen & Field étaient imbattables; ils remportèrent d'incroyables succès et durent refuser des clients. Pour les criminels, ce fut l'âge d'or.

« Cohen, l'homme expérimenté de l'association, la vieille ficelle qui, incapable de parler couramment l'anglais, n'en savait pas moins rédiger un contrat, fixer les honoraires, etc., Mr Cohen, dis-je, finit tristement ses jours. Par une nuit d'hiver, on le trouva sur la berge de North River, avec une balle dans la tête; et bien que douze années se soient écoulées depuis lors, le meurtrier de Mr Cohen est toujours inconnu, au sens légal du terme naturellement. Nos soupçons ne purent jamais être confirmés, mais je croirais volontiers que ce crime impuni fut expié, ce soir.

— Ah! murmura Ellery. Voilà donc le genre de l'homme! Même dans la mort, il reste antipathique.

Quel dommage d'avoir raté une édition originale à cause de ce Mr Monte Field !

— N'y pensez plus, rat de bibliothèque, grogna l'inspecteur. Continuez, Henry.

Sampson régla son sort au dernier gâteau, puis il reprit :

— Je vais maintenant chanter les louanges de Mr Field. Après le décès de son associé, il tourna la page, travailla en tout bien tout honneur, remonta peu à peu le courant. En quelques années, il avait presque effacé son mauvais renom et commençait à se faire remarquer par les sommités du barreau.

« Cette période de bonne conduite apparente dura six ans. Puis notre lascar rencontra Ben Morgan, nanti d'une bonne clientèle, jouissant d'une réputation irréprochable mais auquel manquait l'étincelle qui fait les grands avocats. Field, on ne sait trop comment, décida Morgan à former une association. A dater de là, les affaires allèrent bon train.

« Rappelez-vous le New York de l'époque : cambriolages, escroqueries retentissantes, contrebande élevée à la hauteur d'une institution, enlèvements conduisant au meurtre ! Il y avait de quoi mettre la police sur les charbons ardents. Nous soupçonnâmes l'existence d'une gigantesque entreprise criminelle comprenant des recéleurs, des gangsters, des hommes de loi et, dans certains cas, des politiciens. Vos services, Queen, parvinrent à " pincer ", de temps en temps, un comparse; mais l'organisation subsista et j'ai lieu de croire que feu Mr Monte Field était le cerveau qui dirigeait l'ensemble.

« Voyez comme c'était facile pour un homme de sa valeur. Sous la tutelle de son premier associé, il s'était familiarisé avec la pègre; puis, Cohen devenu inutile, il s'en débarrassa. Notez que je brode actuellement sur des hypothèses probables, mais non confirmées. Ensuite, sous couvert d'une profession honorablement exercée, Field mit tranquillement sur pied une énorme entreprise criminelle. Comment s'y prit-il ? Mystère. Mais, quand il fut prêt à prendre son essor, il consolida sa position en s'associant au respectable Morgan et mena de main de maître la bande qui fut responsable des principaux exploits criminels enregistrés au cours des cinq dernières années.

— Quel fut le rôle de Morgan dans tout cela ? demanda Ellery.

— J'y venais. Morgan, apparemment, ignorait les opérations clandestines menées par son associé. C'est la droiture personnifiée et, à ma connaissance, il a souvent refusé des causes douteuses. J'imagine que les relations commencèrent à se gâter le jour où Morgan eut vent de ce qui se passait. Il vous renseignera mieux que moi à ce sujet, vous n'aurez qu'à l'interroger. Bref, l'association fut rompue. Depuis lors, Field a montré le bout de l'oreille, tout en observant une prudence suffisante pour rester à l'abri des poursuites. Nous avons soupçonné beaucoup de choses, nous n'avons jamais rien pu prouver.

— Excusez-moi de vous interrompre, Henry, dit l'inspecteur. Afin de pouvoir contrôler les dires de Morgan, j'aimerais avoir des renseignements complémentaires sur cette rupture d'association. En possédez-vous ?

— Oui, certes ! répondit Sampson. Vous avez joliment bien fait de revenir sur ce sujet. Avant la rupture, alors qu'ils déjeunaient ensemble au Webster Club, une discussion épouvantable éclata entre les associés. Ce fut au point que les occupants des tables voisines durent intervenir. Morgan, fou de rage, proféra des menaces de mort contre Field, lequel, si je ne me trompe, conserva tout son calme.

— Les témoins vous ont-ils appris quelle était l'origine de la dispute ? demanda Queen.

— Non, malheureusement. Tout rentra d'ailleurs dans l'ordre. Morgan et Field se séparèrent sans autre éclat et, jusqu'à ce soir, leurs noms ne furent plus associés.

Dans le silence qui suivit, Ellery siffla quelques mesures d'une mélodie de Schubert. Son père prisa avec une sorte de rage.

— Je dirais volontiers que Mr Morgan est dans de bien mauvais draps, murmura enfin Ellery.

L'inspecteur poussa un grognement, Sampson déclara :

— C'est votre affaire, messieurs. Ma ligne de conduite personnelle est toute tracée : maintenant que Field n'est plus, je vais mettre le nez dans ses dossiers et archives... Avec un peu de chance, son meurtre conduira à l'anéantissement définitif de sa bande. Un de mes hommes prendra possession de son bureau, dès demain matin.

— Hesse le garde déjà, dit distraitement l'inspecteur. Vous pensez que c'est Morgan ? demanda-t-il, les yeux brillants, à Ellery.

— Permettez-moi de répéter ma phrase de tout à l'heure : « Je dirais que Mr Morgan est dans de bien mauvais draps. » Mais je n'ai pas été plus loin. Oui, Morgan paraît tout désigné comme suspect n° 1... A un détail près, messieurs, ajouta Ellery.

— Le chapeau, dit instantanément l'inspecteur Queen.

— Pardon, *l'autre chapeau,* rectifia son fils.

Où les Queen font le point

— Faisons le point, continua Ellery. Examinons la situation dans ses grandes lignes.

« Voici les faits : Monte Field, un individu louche, probablement chef d'une bande criminelle et sans aucun doute entouré d'ennemis, est trouvé assassiné au Théâtre Romain, dix minutes avant la fin du second acte, à 21 h 55 exactement. Le meurtre est découvert par un certain William Pusak, employé d'intelligence médiocre, assis dans la même rangée, cinq fauteuils plus loin. Pusak, voulant sortir, essaie de passer devant la victime qui murmure, avant de rendre le dernier soupir : " Meurtre... été assassiné... "

« Doyle, le policeman de service, réquisitionne un médecin présent dans la salle, lequel déclare que la victime a succombé à un empoisonnement par l'alcool. Le Dr Prouty, médecin légiste, confirme ultérieurement ce diagnostic, et il reste perplexe devant l'action foudroyante du poison. En ce qui concerne la cause du décès, nous devons attendre les conclusions médicales de l'autopsie.

« Les policemen du quartier répondent à la demande de renfort lancée par Doyle, puis les hommes du Bureau Central arrivent sur les lieux. La première question qui se pose est la suivante : le meurtrier a-t-il pu quitter le lieu du crime entre le moment où il fut commis et celui où il fut découvert ? Nous savons que, sur l'ordre de Doyle, le directeur fit immédiatement garder toutes les issues.

« Dès mon arrivée, l'importance de ce point ayant attiré mon attention, je me livrai à une petite enquête personnelle, auprès des ouvreurs. Il résulte de cette enquête que, durant le second acte, toutes les issues du théâtre furent constamment gardées, à l'exception de deux portes dont je parlerai plus tard. Le témoignage de Jess Lynch, le vendeur de rafraîchissements, a établi que Field, auquel il avait parlé dans l'impasse pendant le premier entracte, était apparemment en bonne santé dix minutes après le début du second acte; quand Lynch lui porta une bouteille de bière, il occupait le fauteuil dans lequel il fut ultérieurement trouvé mort.

« Dans la salle elle-même, un ouvreur stationné au pied de l'escalier conduisant au balcon certifia que personne n'était monté ou descendu pendant le second acte. Ce témoignage élimine la possibilité où se serait trouvé le meurtrier de gagner le balcon.

« Les deux exceptions notées plus haut concernent les deux portes de l'allée de gauche et qui ouvrent sur l'impasse, lesquelles portes n'étaient pas gardées, comme elles auraient dû l'être, et ce, parce que Madge O'Connell, l'ouvreuse, était assise dans la salle, à côté de son amant. Sachant cela, j'envisageai la possibilité que le meurtrier se fût sauvé par une de ces portes, placées à souhait pour favoriser sa fuite. Néanmoins, cette possibilité fut écartée par la déclaration de Madge O'Connell que j'ai questionnée pour mon compte personnel, après l'interrogatoire conduit par mon père.

— Misérable! gronda l'inspecteur. Vous l'avez cuisinée derrière mon dos!

— Parfaitement, répondit Ellery en riant. Et j'ai ainsi découvert un fait de la plus haute importance. Ecoutez bien : O'Connell jure qu'avant d'aller s'asseoir à côté de Parson Johnny, elle actionna du pied le dispositif intérieur qui ferme les deux portes, en haut et en bas. Quand l'alerte fut donnée, l'ouvreuse courut à une porte, puis à l'autre; toutes deux étaient encore fermées et elle les ouvrit pendant que Doyle s'efforçait de rétablir l'ordre dans la salle. Conclusion : à moins que cette fille ne m'ait menti, ce que je ne crois pas, le meurtrier n'est pas sorti par une de ces portes, puisqu'elles étaient fermées intérieurement quand le meurtre fut découvert.

— Que le diable m'emporte! s'écria Queen. Elle ne m'a rien dit de cela, la mâtine! Attendez que je remette la main dessus!

— Soyez logique, monsieur le gardien de la paix! protesta Ellery. Lui avez-vous demandé si elle avait fermé les portes? Non, n'est-ce pas? Alors... En tout cas sa déclaration tardive paraît mettre hors de cause les deux portes situées du côté où le meurtre fut commis. Oh! J'admets certaines possibilités : celle, par exemple, que Madge O'Connell fût une complice. Mais ce n'est qu'une possibilité, pas même une théorie. Il me semble que le meurtrier, dont le crime fut soigneusement prémédité, tout le prouve, n'aurait pas couru le risque d'attirer l'attention en sortant par une porte latérale, pendant le second acte. De plus, si Madge O'Connell est innocente de toute complicité, il ne pouvait prévoir son abandon de poste.

« Restait l'entrée principale. Là encore, l'employé du contrôle et le portier certifièrent que — à l'exception de l'inoffensif vendeur de rafraîchissements — personne n'était *sorti* par cette porte pendant le second acte.

« Je résume : toutes les issues ayant été gardées ou fermées, l'impasse ayant été, à partir de 21 h 35, constamment surveillée par Lynch et Elinor Libby d'abord, puis par Johnny Chase, l'ouvreur, et enfin par la police, j'en arrive à l'inévitable conclusion suivante, messieurs : quand le meurtre fut découvert et pendant toute la durée de notre enquête, *le meurtrier était dans le théâtre!* (Un silence suivit cette déclaration d'Ellery qui ajouta, au bout d'un instant :) Incidemment, quand j'ai interrogé les ouvreurs, je leur ai demandé s'ils avaient vu quelqu'un changer de place pendant le second acte. Tous m'ont répondu négativement.

Queen aspira une double pincée de tabac.

— Bon travail et beau raisonnement, mon fils, dit-il. Mais tout cela ne nous apporte rien de sensationnel ou de concluant. En admettant que le meurtrier fût dans le théâtre, comment pouvions-nous mettre la main dessus?

— Ellery n'a pas dit que vous pouviez « mettre la main dessus », intervint Sampson en souriant. Ne soyez pas aussi chatouilleux, mon cher. Nul ne vous accusera de négligence dans l'exercice de vos fonctions, croyez-moi. Ce soir, comme toujours, vous avez été à la hauteur de la situation.

L'inspecteur poussa un grognement.

— Je reconnais que je m'en veux de ne pas avoir approfondi davantage cette histoire de portes, dit-il. Mais, même si le meurtrier avait pu s'enfuir aussitôt après le crime, je devais, au cas où il se serait encore trouvé dans le théâtre, conduire mon enquête comme je l'ai fait.

— Mais, naturellement, papa! s'écria Ellery. Vous étiez débordé d'occupations alors que je pouvais, les mains dans les poches, me promener et observer d'un œil critique.

— Et maintenant, parlez-moi des suspects possibles, dit Sampson.

— Oui, parlons-en, reprit Ellery. Jusqu'ici, nous ne pouvons tirer aucune conclusion de leurs paroles ou de leurs actions. D'abord, qui avons-nous? Parson Johnny, un gangster venu sans doute au Théâtre Romain pour le seul plaisir d'assister à une pièce peignant son propre milieu. Madge O'Connell, une énigme peu sympathique : elle peut être complice, simplement négligente, complètement innocente... elle peut être tout ce que l'on veut. William Pusak : je passe, en raison de son crâne déprimé. Benjamin Morgan, le plus intéressant de tous. Mais que savons-nous de ses faits et gestes, ce soir? Son histoire d'invitation est louche, car n'importe qui, à commencer par lui-même, a pu écrire cette lettre; et nous ne devons oublier ni la menace de mort proférée publiquement contre Field, ni l'inimitié — dont la cause est inconnue — qui existait entre eux depuis deux ans. Pour clore la liste : Miss Frances Ives-Pope, dont j'ai malheureusement manqué l'entrevue avec papa et dont le sac de soirée fut trouvé dans la poche de la victime. Le fait est très intéressant, messieurs. Expliquez-le comme vous pourrez.

« Voilà où nous en sommes, conclut Ellery. Le bilan des résultats obtenus à cette heure n'est guère réjouissant : pléthore de soupçons et insuffisance de précisions.

— Jusqu'ici, vous vous êtes maintenu sur un terrain ferme, dit l'inspecteur. Mais vous avez passé deux faits sous silence, mon fils. Les fauteuils vacants d'une part, un détail significatif concernant les billets de l'autre. Vous n'ignorez pas que le bord déchiré du billet découvert sur Field ne concorde pas avec le bord déchiré du billet « LL30, gauche » trouvé par Flint et que nous devons, par la force des choses, attribuer au meurtrier. Les déchirures dissemblables prouvent que les deux billets furent présentés séparément au contrôle !

— Marquez un point, dit Ellery. Mais laissons cela de côté pour l'instant et examinons le problème du chapeau haut de forme appartenant à Field.

— Ce chapeau... Eh bien, qu'en pensez-vous ? demanda l'inspecteur.

— Ceci. D'abord, nous savons presque certainement que son absence n'est pas accidentelle. Dix minutes après le commencement du second acte, Jess Lynch a vu Field, tenant son haut-de-forme sur ses genoux. Donc, la seule hypothèse raisonnable, au sujet de sa disparition soudaine, est que le meurtrier l'emporta avec lui. Pourquoi ? Je ne vois que deux réponses possibles : le chapeau était compromettant en soi, autrement dit, il désignait le meurtrier d'une façon quelconque, et actuellement inexpliquée; ou encore, le haut-de-forme contenait un objet que le meurtrier voulait s'approprier. Ici, vous objecterez : « Pourquoi n'a-t-il pas emporté le mystérieux objet et laissé le chapeau ? » Vraisemblablement, si cette supposition est exacte, parce que le meurtrier n'eut pas le temps d'extraire l'objet convoité; ou parce qu'il ne savait pas comment l'extraire. Dans les deux cas, il devait emporter le haut-de-forme. Etes-vous d'accord jusqu'ici ?

Le procureur du district fit un signe d'assentiment. Queen, les yeux légèrement voilés, s'abstint de toute réponse. Ellery enchaîna, en essuyant énergiquement les verres de son pince-nez :

— Cherchons ensemble ce qu'un chapeau haut de forme peut contenir. Les seuls objets qui se présentent à mon esprit sont : des papiers quelconques, des billets de banque, des bijoux ou autres menus articles précieux. Naturellement, cet objet problématique ne pouvait être mis simplement dans la calotte, sous peine de tomber chaque fois que le propriétaire du chapeau se découvrirait. Nous sommes donc amenés à croire que cet objet, quelle que fût sa nature, était caché dans la coiffe, et ceci réduit encore notre liste de possibilités. Les objets solides d'une certaine taille étant éliminés, il ne reste que des papiers, des billets de banque et, à la rigueur, un bijou. Vu ce que nous savons sur Field, j'écarterais volontiers cette dernière possibilité et je dirais : « Si notre homme portait dans son haut-de-forme une chose de valeur, celle-ci devait se rapporter à sa profession. »

« Une question demande à être examinée de près, car elle peut devenir le pivot de notre analyse et de nos recherches. La voici, messieurs : le meurtrier savait-il, *avant* le crime, qu'il serait nécessaire d'emporter le chapeau de Monte Field ? En d'autres termes : le meurtrier connaissait-il, d'avance, le caractère particulier, dangereux ou autre, de ce haut-de-forme ? Je maintiens que la déduction logique des faits tend à prouver que le meurtrier ignorait l'importance spéciale du chapeau.

« Maintenant, suivez-moi bien. L'absence du haut-de-forme appartenant à Monte Field et celle du chapeau de rechange indiquent clairement que ce haut-de-forme devait être emporté. Par qui ? Plus que probablement par le meurtrier. Là-dessus, je pense que nous sommes d'accord ? *Pourquoi ?* Ecartons momentanément la question et nous nous trouvons en présence d'une double possibilité : a) le meurtrier savait d'avance que le chapeau devait être emporté; b) le meurtrier fut pris au dépourvu. Examinons, à fond, le premier cas. Prévenu d'avance, le meurtrier eût très probablement apporté au théâtre un chapeau destiné à remplacer celui de la victime. C'eût été une sage précaution et l'auteur d'un crime aussi soigneusement prémédité aurait acquis sans peine les renseignements indispensables : tour de tête de Field, genre de chapeau qu'il portait habituellement, etc. *Mais il n'y a pas de chapeau de rechange.* Conclusion logique : le coupable ignorait l'importance du chapeau de Field, sans quoi il aurait fait en sorte d'en laisser un autre plutôt que d'attirer l'attention des enquêteurs sur l'*absence* fort suspecte du haut-de-forme appartenant à la victime. Si, à côté du défunt, nous avions trouvé un chapeau quelconque, aurions-nous soupçonné la substitution ? Non, n'est-ce pas ? Donc, nous n'aurions jamais pensé que le chapeau de Field pût présenter un intérêt particulier.

« Pour servir de corroboration : même si, pour une obscure raison personnelle, le meurtrier ne voulait pas laisser un chapeau de rechange, il se serait arrangé pour couper la coiffe et prendre ce qu'il y avait dans le haut-de-forme. Il lui suffisait, à cet effet, de se munir d'un instrument tranchant quelconque, un canif, par exemple. Car un chapeau *vide*, même avec la coiffe coupée, eût été moins suspect que l'*absence complète* de chapeau. S'il avait su d'avance ce que le haut-de-forme contenait, le criminel aurait certainement préféré ce dernier procédé; mais il se trouva complètement pris au dépourvu. Je crois donc pouvoir avancer que, avant de venir au Théâtre Romain, le meurtrier ne savait pas qu'il se verrait obligé d'emporter un chapeau ou son contenu. *Quod erat demonstrandum.*

Le procureur du district buvait les paroles d'Ellery. L'inspecteur, apparemment plongé dans une sorte de léthargie, resta la main en l'air, à mi-chemin entre la tabatière et son nez.

— Où voulez-vous en venir, Ellery ? demanda Sampson. Pourquoi vous importe-t-il tellement de savoir que le meurtrier ignorait l'importance décisive du chapeau ?

Ellery sourit.

— J'y arrivais, dit-il. Le crime ayant été commis pendant le second acte, je désire, pour ma satisfaction personnelle, acquérir la certitude que le meurtrier, ignorant alors l'importance décisive du chapeau, ne put, d'une façon ou d'une autre, utiliser le premier entracte comme moment essentiel de son plan. Certes, nous retrouverons peut-être le haut-de-forme dans un coin quelconque du théâtre, et mon beau raisonnement tombera à l'eau. Mais je ne le crois pas.

— Votre analyse pourrait paraître élémentaire à certains, mon vieux, mais je la trouve parfaitement logique, déclara Sampson. Vous auriez dû être avocat.

— Le cerveau Queen est imbattable! dit l'inspecteur avec un sourire épanoui. Je vais maintenant m'attaquer à une autre question, sans toutefois perdre de vue l'énigme du chapeau. Vous avez certainement remarqué le nom du tailleur de Field, Ellery?

Souriant à son tour, Ellery tira de sa poche un petit livre, il l'ouvrit et montra le nom inscrit sur la page de garde.

— Browne Bros., messieurs... pas moins.

— Parfait, dit l'inspecteur. Velie ira dès demain matin chez notre grand tailleur. L'habit de Field a coûté trois cents dollars, s'il a coûté un cent. De plus, tout ce qu'il portait sur lui était d'aussi bonne qualité et venait de la même maison. C'est une habitude assez courante chez les gens riches et Browne met son point d'honneur à habiller ses clients de la tête aux pieds. D'où nous pouvons présumer que...

— Que Field achetait ses chapeaux chez Browne! s'écria Sampson, avec la satisfaction d'un homme qui vient de faire une importante découverte.

— Vous l'avez dit, Tacite, répondit Queen, souriant. Velie s'occupera de la question des vêtements et il se procurera, si possible, un chapeau identique à celui que Field portait ce soir. J'ai hâte de l'examiner de près!

Sampson toussa et il se leva.

— Je serais mieux dans mon lit, dit-il. Je ne l'ai d'ailleurs quitté que pour vous empêcher, sur votre lancée, d'arrêter le maire, Queen! Si vous aviez entendu mon « excellent ami »... Et ce n'est pas fini!

L'inspecteur le regarda avec un sourire un peu gêné.

— Un dernier mot, avant de partir, Henry, dit-il. Il s'agit de ma situation personnelle. Je sais que je n'y ai pas été de main morte, ce soir, mais vous devez comprendre que c'était nécessaire. Bref, allez-vous confier l'affaire à l'un de vos hommes?

Sampson le foudroya du regard.

— Où avez-vous été chercher que je critiquais votre manière de conduire l'enquête, vieux hibou? grogna-t-il. Jusqu'ici, je vous ai toujours laissé la bride sur le cou et je m'en suis bien trouvé. Aucun de mes hommes ne serait capable de réussir là où vous auriez échoué. Allez-y, mon cher Queen. Arrêtez, si c'est utile, la moitié des New-Yorkais contre leur gré; je serai toujours derrière vous.

— Merci, Henry, dit l'inspecteur. Je voulais en avoir le cœur net, voilà tout! Et, puisque vous êtes aussi chic, vous allez me voir à l'œuvre! (Il s'élança dans l'antichambre, ouvrit la porte donnant sur le théâtre et cria :) Mr Panzer! Voulez-vous venir un instant, je vous prie!

Queen, souriant, rentra dans le bureau. Le directeur le suivit de près.

— Mr Panzer, directeur du Théâtre Romain. Mr Sampson, procureur du district, dit l'inspecteur.

Quand les deux hommes se furent serré la main, il reprit :

— Vous pourrez bientôt rentrer chez vous et prendre un repos mérité, Mr Panzer. Avant cela, veuillez donner les instructions nécessaires pour que le théâtre soit fermé jusqu'à nouvel ordre et qu'il le soit de telle sorte qu'une souris ne puisse y entrer!

Panzer blêmit. Le haussement d'épaules de Sampson indiquait clairement qu'il s'en lavait les mains. Ellery inclina la tête en signe d'approbation.

— Mais... au moment où nous faisons salle comble, inspecteur! protesta faiblement le directeur. Est-ce absolument nécessaire?

— Cette mesure est tellement indispensable, mon cher, que ce théâtre sera gardé en permanence par deux policemen.

Le ton de l'inspecteur était sans réplique. Panzer, se

tordant les mains, regarda furtivement du côté de Sampson; mais le procureur du district admirait une gravure accrochée au mur et lui tournait le dos.

— C'est une catastrophe! gémit le directeur. Gordon Davis, le producteur, va me rendre la vie impossible! Mais je n'ai qu'à m'incliner.

— Consolez-vous, mon cher, dit Queen, radouci. Cette histoire vous fera une telle publicité que vous serez obligé d'agrandir votre théâtre lors de la réouverture, autrement dit, dans quelques jours. Quand vous serez prêt à partir, prévenez les hommes que je laisse ici et rentrez vous coucher. Je donnerai de mon côté les ordres nécessaires et je vous aviserai dès que la réouverture sera autorisée.

Panzer, hochant tristement la tête, serra les mains à la ronde avant de se retirer. Sampson se tourna instantanément vers l'inspecteur.

— Vous y allez fort, Queen! s'écria-t-il. Pourquoi exigez-vous la fermeture du théâtre? Il a déjà été ratissé au peigne fin, n'est-ce pas?

— Voyez-vous, Henry, répondit tranquillement l'inspecteur, le chapeau n'a pas été trouvé. Tous les spectateurs ont été fouillés et chacun n'avait qu'un seul couvre-chef : cela n'indique-t-il pas que celui que nous cherchons est encore ici? Et, dans ce cas, je ne donnerai à personne l'occasion de venir le reprendre. Si quelqu'un le trouve, ce sera moi!

Sampson fit un signe d'assentiment. Ellery conservait un air soucieux quand les trois hommes passèrent de l'antichambre dans la salle presque vide. Çà et là, un détective se penchait sur un fauteuil, les yeux rivés au sol; d'autres policemen inspectaient les loges d'avant-scène; près de la porte principale, le sergent Velie s'entretenait à voix basse avec Piggott et Hagstrom; le détective Flint et son équipe en étaient arrivés aux premières rangées de l'orchestre; quelques femmes de ménage promenaient d'un geste las des aspirateurs à poussière; dans un coin, une auxiliaire de la police parlait à une femme âgée : Mrs Phillips, l'habilleuse.

Les trois hommes gagnèrent la porte principale. Tandis qu'Ellery et Sampson contemplaient le tableau toujours déprimant qu'offre une salle de spectacle en dehors des heures de représentation, l'inspecteur dit quelques mots à Velie. Puis, se retournant vers ses compagnons, il annonça :

— C'est fini pour ce soir. En route, messieurs.

Sur le trottoir, les policemen avaient établi un barrage de cordes autour duquel la foule des curieux se pressait.

— Même à 2 heures du matin, Broadway est encore envahi par ces oiseaux de nuit, grogna Sampson.

Avec un adieu de la main, il monta dans sa voiture après que les Queen eurent poliment refusé d'être reconduits. Une petite armée de reporters assaillit le père et le fils.

— Bas les pattes ! fit l'inspecteur, les sourcils froncés.

— Donnez-nous quelques détails, inspecteur ! supplia un des journalistes.

— Vous trouverez le sergent Velie à l'intérieur, mes amis, répondit l'inspecteur. Adressez-vous à lui pour avoir votre pâture de nouvelles.

Ce fut une ruée générale vers la double porte vitrée. L'inspecteur sourit ; puis, montrant enfin sa lassitude, il dit à Ellery :

— Venez, fils. Faisons un bout de la route à pied.

DEUXIÈME PARTIE

« ... Exemple : un jour le jeune Jean C. vint me
trouver après un mois d'enquête diligente, relative à
un cas difficile. Il semblait abattu et, sans mot dire,
il me remit un papier officiel que je lus avec surprise.
C'était sa démission.

« — Voyons, Jean ! m'écriai-je. Que signifie ceci ?

« — J'ai échoué, monsieur Brillon, murmura-t-il.
« Un mois de travail donné au diable. J'ai suivi la
« mauvaise piste, j'ai failli à ma tâche.

« — Jean, mon ami, dis-je solennellement, voici
« pour votre démission. »

« Sous son œil étonné, je déchirai celle-ci en mille
morceaux et j'ajoutai :

« — Allez, maintenant. Recommencez tout,
« depuis le commencement, et n'oubliez jamais la
« maxime : " Celui qui veut savoir le vrai doit
« d'abord connaître le faux ! " »

Extrait de : *Les Souvenirs d'un préfet*,
par Auguste BRILLON.

Où les Queen rencontrent l'ami intime
de Mr Field

Du râtelier à pipes aux sabres entrecroisés sur la cheminée, l'appartement des Queen, situé dans West 87th
Street, était un domaine masculin. Ils habitaient à
l'étage supérieur d'une maison divisée en trois apparte-
ments, véritable relique de l'époque victorienne, à l'aspect rébarbatif, et quiconque gravissait pour la première fois leur escalier couvert d'une épaisse moquette
arrivait au sommet de son ascension convaincu que

seules des momies pouvaient demeurer derrière la lourde porte sur laquelle on lisait : « Les Queen ». Puis Djuna ouvrait la porte, souriait dans l'entrebâillement et le visiteur pénétrait dans un autre monde.

Plus d'une personnalité haut placée avait volontiers monté l'escalier peu engageant pour atteindre ce sanctuaire, plus d'une carte portant un grand nom avait été remise, par Djuna, aux habitants de ce paradis.

L'antichambre, si petite et si étroite que les murs semblaient se toucher, répondait à une inspiration capricieuse d'Ellery. Et, malgré son peu de luminosité, elle était encore assombrie par une sévère tapisserie représentant une scène de chasse offerte aux Queen par le duc de..., ce gentilhomme impulsif dont Richard Queen avait sauvé le fils d'un retentissant scandale sur lequel aucun détail ne fut jamais divulgué. Sous la tapisserie qui couvrait tout le mur, on voyait une lourde table portant une lampe et, pressée entre deux serre-livres de bronze, une édition des *Contes des Mille et Une Nuits* en trois volumes. Des chaises du même style et un tapis complétaient l'austère ameublement.

Après avoir traversé ce musée de l'art médiéval, on s'attendait à tout, sauf à l'harmonieuse gaieté de la pièce suivante. Le living-room était la revanche d'Ellery sur l'antichambre qu'il imposait à son père car, sans lui, l'inspecteur aurait depuis longtemps relégué au grenier la tapisserie et le reste.

Des étagères remplies de livres aux luisantes reliures de cuir tapissaient, du haut en bas, trois murs du living-room. Le quatrième était occupé par une cheminée monumentale, en vieux chêne, au-dessus de laquelle on pouvait admirer les fameux sabres croisés, cadeau du vieux maître d'escrime de Nuremberg, ancien ami du jeune Richard Queen, alors étudiant en Allemagne. Des lampes éclairaient doucement tous les coins de la grande pièce ; fauteuils confortables, divans bas, tabourets, coussins de cuir aux teintes éclatantes étaient disséminés un peu partout. En un mot, c'était le cadre idéal, pour deux intellectuels aux goûts raffinés. Et le personnage remuant de Djuna corrigeait la banalité qui, à la longue, aurait pu naître d'une si heureuse diversité.

Djuna, « homme à tout faire », factotum, commissionnaire, et mascotte, avait été recueilli par Richard Queen du temps où, Ellery étant au collège, il subissait l'épreuve de la solitude. Un boute-en-train de dix-neuf ans, n'ayant jamais connu ses parents et ignorant l'utilité d'un nom de famille, petit et mince, nerveux, insouciant, pétillant d'esprit et sachant être silencieux comme une souris, tel était ce Djuna qui adorait le vieux Richard à la manière dont les anciennes peuplades de l'Alaska vénéraient leurs totems. Entre Ellery et lui existait une affection réciproque, timide du côté de Djuna, et qui, en dehors du dévouement passionné, de serviteur à maître, trouvait rarement à s'épancher. Il couchait dans une petite chambre attenante à celles du père et du fils, et l'inspecteur disait en riant qu' « il avait l'ouïe assez fine pour entendre la chanson d'une puce, au milieu de la nuit ».

Le lendemain de cette soirée mouvementée, le téléphone sonna pendant que Djuna mettait le couvert du petit déjeuner. Il décrocha et dit :

— Ici, Djuna, le valet de chambre de l'inspecteur. De la part de qui, je vous prie ?

— Vraiment ? grogna une voix de basse, à l'autre bout du fil. Eh bien, fils d'un policeman à la manque, réveillez votre maître en vitesse.

— Avant de déranger l'inspecteur Queen, je dois savoir qui le demande, monsieur.

Djuna, qui avait immédiatement reconnu la voix du sergent Velie, sourit et fit une grimace. Mais une petite main d'acier le saisit au collet et il se retrouva au milieu de la pièce.

Habillé des pieds à la tête, les narines palpitant de leur première ration matinale de tabac, l'inspecteur lança dans l'appareil :

— Ignorez Djuna, Thomas. Quoi de neuf ?

— Oh, c'est vous, inspecteur ? Excusez-moi de vous déranger à cette heure, mais Ritter vient de me téléphoner de l'appartement Field et j'ai tenu à vous avertir aussitôt.

— L'ami Ritter a mis quelqu'un dans le sac, si je comprends bien ? Qui ?

— Une dame fort peu vêtue, inspecteur, répond Velie. Cette dame se trouvait dans l'appartement Field, et Ritter déclare que sa femme demandera le divorce, si le tête-à-tête se prolonge indéfiniment. Vos ordres, monsieur ?

L'inspecteur rit de bon cœur.

— Envoyez deux hommes chez Field, pour protéger la vertu de Ritter, dit-il. J'irai sur les lieux dès que j'aurai réussi à tirer Ellery de son lit.

Il raccrocha, sourit, appela Djuna. La porte de la cuisine s'ouvrit aussitôt et Djuna parut.

— Dépêchez-vous de préparer les œufs et le café, fiston ! lança-t-il, avant de jeter un coup d'œil dans la chambre à coucher.

— Bonjour, mon père, dit Ellery qui vaquait à sa toilette.

— Tiens, vous êtes levé, constata l'inspecteur. Je croyais que j'allais être obligé de vous tirer du lit, paresseux !

— Je vous ai donc évité cette première peine et, dès que Djuna m'aura donné la nourriture terrestre, je vous débarrasserai de ma personne, déclara Ellery. J'ai une course à faire.

Il entra dans le living-room, tenant à la main son col et sa cravate.

— Halte-là ! rugit l'inspecteur. Où comptez-vous aller, jeune homme ?

— Chez mon bouquiniste, inspecteur chéri. Vous n'imaginez tout de même pas que j'ai renoncé à ce Falconer, édition originale ? Dieu veuille qu'il soit encore là, ce matin !

— Au diable le Falconer ! décréta son père. On ne

96

laisse pas un travail inachevé. Djuna! Où est-il passé, le petit misérable?

Djuna entra, balançant un plateau d'une main, un pot à lait de l'autre. Tout fut prêt en un clin d'œil; après quoi, père et fils expédièrent en silence leur petit déjeuner.

— Maintenant que nous sommes rassasiés, dites-moi où le torchon brûle, demanda Ellery, posant sa tasse vide.

— Au lieu de poser des questions oiseuses, courez chercher votre manteau et votre chapeau, fils de mon malheur, grogna Queen.

Dans un minimum de temps, un taxi les déposa devant la porte d'un immeuble monumental. L'inspecteur adressa un clin d'œil au détective Piggott qui fumait sur le trottoir, puis un rapide ascenseur monta les Queen au quatrième étage où le détective Hagstrom leur indiqua la porte de l'appartement 4-D. L'inspecteur sonna. Ellery lut l'inscription gravée sur la plaque de cuivre et il se retournait, avec un sourire amusé, vers son père, quand la porte fut ouverte par Ritter.

— Bonjour, inspecteur, dit-il. Je suis bien aise de vous voir.

Les nouveaux arrivants entrèrent dans un petit vestibule surchargé de meubles. D'où ils étaient, ils voyaient la partie centrale du living-room et, à l'autre extrémité de celui-ci, une porte fermée. Ils voyaient aussi, devant cette porte, une élégante mule féminine qui se balançait au bout d'une fine cheville.

L'inspecteur s'avança, changea d'avis, ouvrit la porte d'entrée et appela Hagstrom, posté sur le palier. Le détective accourut.

— Entrez, dit l'inspecteur. J'ai besoin de vous.

Escorté par Ellery, Ritter et Hagstrom, il pénétra dans la pièce.

Une femme, vêtue d'un négligé suggestif, se leva d'un bond, écrasant une cigarette d'un coup de talon nerveux. Au déclin de la beauté, teint fané sous une épaisse couche de rouge, cheveux ébouriffés. Et dans l'immédiat, une furie qui apostropha l'inspecteur d'une voix stridente :

— C'est vous la grosse légume ? Dans ce cas, qu'est-ce qui vous a pris d'envoyer un de vos flics ici, et de me faire garder toute la nuit, comme une prisonnière ?

L'inspecteur resta cloué au sol. Elle bondit, prête à sauter sur lui. Ritter brisa son élan et la retint par le bras.

— Tout doux, grogna-t-il. Fermez le bec jusqu'à ce que vous soyez invitée à parler.

Elle le brava du regard puis, d'un mouvement de panthère, elle se dégagea et tomba, pantelante, dans un fauteuil.

Les poings sur les hanches, l'inspecteur la dévisagea avec un visible déplaisir. Ellery ne lui avait accordé qu'un bref regard, et il faisait maintenant le tour de la pièce, examinant les tentures, les gravures japonaises, ouvrant un livre, furetant dans les coins.

L'inspecteur dit à Hagstrom :

— Emmenez Madame dans la pièce voisine, et tenez-lui compagnie pendant un moment.

Sans cérémonie, Hagstrom tira la femme de son fauteuil. Elle le toisa et, tête haute, suivie par le détective, elle gagna la porte.

— Et maintenant, Ritter, mon garçon, racontez-moi ce qui s'est passé, soupira Queen, en s'asseyant confortablement.

Ritter, les yeux injectés, fit son rapport :

— Quand j'arrivai ici, hier soir, je commençai par aller dans la cour, pour regarder si les fenêtres de l'appartement donnant de ce côté étaient éclairées. Non, derrière comme devant, tout était plongé dans l'obscurité. Je montai et sonnai. Pas de réponse. Je sonnai plus fort. Cette fois, j'entendis tourner la poignée et cette femme demanda : « C'est vous, mon chéri ? Qu'avez-vous fait de votre clef ? » « Ah ! pensai-je, la belle amie de Mr Field ! » Et, du même geste, je bloquai la porte du

98

pied et saisis la dame avant qu'elle n'ait eu le temps de dire ouf! Eh bien, monsieur, le plus surpris des deux a peut-être été moi... Je pensais qu'elle était habillée, vous comprenez? Au lieu de quoi, je ne serrais dans la main qu'un bout de chemise de soie. J'ai dû rougir...

— Ah! Les occasions offertes aux bons serviteurs de la loi! murmura Ellery, les yeux fixés sur un petit vase laqué.

— Mais je la tenais et ne la lâchai pas, reprit le détective. Elle hurlait comme une brûlée, mais j'étais le plus fort. Une fois dans le living-room où elle avait allumé une lampe, je pus la regarder à mon aise. Elle tremblait de peur, mais elle ne manqua pas de cran, car elle m'injuria copieusement, voulant savoir de quel droit je m'introduisais, la nuit, chez une dame, et ainsi de suite. Je lui montrai mon insigne. Du coup, la voilà qui rentre dans sa coquille et refuse de répondre à une seule de mes questions!

— Pourquoi? demanda l'inspecteur.

— C'est difficile à savoir, monsieur. Le fait est là. A la vue de mon insigne, elle réagit magnifiquement, et il me fut impossible d'en tirer un traître mot, hormis cette ritournelle : « Attendez le retour de Monte, espèce de brute! »

— Vous ne lui avez rien dit au sujet de Field? demanda Queen, en baissant la voix.

Ritter posa sur son supérieur un regard chargé de reproche.

— Jamais de la vie, monsieur, dit-il. Enfin, de guerre lasse, je jetai un coup d'œil dans la chambre et, la trouvant vide, j'y installai la dame, laissant la porte de communication ouverte et l'électricité allumée. J'ai passé la nuit ici. La dame se coucha au bout d'un certain temps et j'imagine qu'elle dut s'endormir. Mais, vers 7 heures du matin, la sarabande recommença! Elle devait penser que Field avait été arrêté et elle réclamait un journal à grands cris. Il ne s'est rien passé d'autre, depuis mon coup de téléphone au Bureau Central.

Ellery profita du silence pour dire, de son coin :

— Vous ne devinerez jamais de quoi notre ami l'avocat se nourrissait l'esprit, père. *Le Caractère révélé par la graphologie.*

L'inspecteur grogna en se levant :

— Laissez vos éternels bouquins de côté et venez.

Il ouvrit la porte de la chambre. La femme était assise, les jambes croisées, sur le lit, un monument à baldaquin en faux Louis XV et dont les rideaux damassés descendaient jusqu'au plancher. Hagstrom se tenait adossé contre la fenêtre.

Queen embrassa la pièce du regard, puis il se tourna vers Ritter et dit à voix basse :

— Le lit était-il défait, quand vous êtes entré, hier soir ? Avait-on l'impression que quelqu'un s'était couché dedans ?

Le détective fit un signe d'assentiment. Son supérieur reprit :

— Allez prendre un repos bien mérité, Ritter. Envoyez-moi Piggott que vous trouverez sur votre chemin.

Ritter salua et sortit. L'inspecteur alla s'asseoir sur le lit, à côté de la femme qui détourna la tête et alluma une cigarette en manière de défi.

— Je suis l'inspecteur Queen, de la Police Métropolitaine, ma chère, annonça doucement l'inspecteur. Un avertissement d'abord : en gardant un silence obstiné ou en mentant, vous vous attirerez toutes sortes de désagréments. Mais vous comprenez parfaitement la situation, j'en suis sûr !

La femme s'écarta et dit entre ses dents :

— Je ne répondrai à aucune question avant de savoir ce qui vous autorise à les poser. Je n'ai rien à me reprocher et n'ai aucun compte à rendre à la police. Mettez cela dans votre pipe et fumez-le, monsieur l'inspecteur !

L'allusion faite au tabac rappela à Queen son petit vice. Il prisa et dit avec bonhomie :

— C'est juste. Il faut se mettre à la place d'une

100

femme tirée de son sommeil, au milieu de la nuit. Vous étiez couchée, n'est-ce pas ?

— Naturellement !

Elle se mordit la lèvre. Queen enchaîna :

— Et vous vous êtes trouvée en face d'un policeman. Je comprends que vous ayez eu peur, ma chère.

— Je n'ai pas eu peur !

— Quelle femme courageuse vous faites, Mrs... Mrs comment ? Vous n'allez pas refuser de me dire votre nom ?

— Rien ne m'oblige à vous le dire, mais il n'y a pas de mal à cela. Donc, je m'appelle Angela Russo, Mrs Angela Russo et je suis... Je suis la fiancée de Mr Field.

— Parfait. Et que faisiez-vous, hier soir, dans cet appartement, Mrs Russo ?

— Cela ne vous regarde pas ! Maintenant, je veux rentrer chez moi et vous n'avez aucun droit de me retenir, mon vieux !

Ellery sourit dans son coin. L'inspecteur prit paternellement la main de l'impertinente.

— Croyez-moi, chère Mrs Russo, les raisons qui me poussent à vous demander ce que vous faisiez ici, hier soir, sont excellentes, dit-il. Allons, un bon mouvement...

Elle repoussa sa main et s'écria :

— Je n'ouvrirai pas la bouche avant de savoir où est Monte ! Si vous l'avez arrêté, laissez-moi tranquille ! Je ne sais rien.

— Mr Field n'est pas en prison, articula l'inspecteur en se levant. Il est ailleurs. J'y ai mis assez de bonne volonté, madame. Monte Field est mort.

— Monte... Field... est...

Les lèvres d'Angela Russo restèrent entrouvertes. Elle se leva d'un bond, serrant son négligé autour de ses formes généreuses, et dévisagea l'impassible Queen. Puis, éclatant de rire, elle retomba sur le lit et s'écria :

— Allons donc ! Vous me faites marcher !

— Je n'ai pas l'habitude de plaisanter au sujet de la mort, répondit l'inspecteur avec un demi-sourire. Je vous répète, sur l'honneur, que Monte Field n'est plus.

Elle le dévisageait toujours, les lèvres frémissantes.

— J'ajouterai même qu'il a été assassiné. Peut-être daignerez-vous me répondre, maintenant, Mrs Russo. Dites-moi, où étiez-vous hier soir, à 21 h 45, acheva Queen, en se baissant pour lui parler à l'oreille.

Les grands yeux de Mrs Russo, remplis d'épouvante, se fixèrent sur l'inspecteur. Ne trouvant aucun réconfort de ce côté, elle poussa un cri, tomba sur l'oreiller chiffonné et fondit en larmes.

Queen se détourna pour parler tout bas à Piggott, entré depuis quelques instants dans la pièce. Les sanglots cessèrent brusquement. Mrs Russo se redressa, essuyant ses larmes avec un mouchoir de dentelle, les yeux brillant d'un singulier éclat.

— J'ai compris, dit-elle tranquillement. Hier soir, à 21 h 45 j'étais ici, dans cet appartement.

— Pouvez-vous le prouver ? demanda Queen, prenant sa tabatière.

— Je ne peux rien prouver et rien ne m'y oblige. Cependant, si vous cherchez un alibi, le portier a dû me voir quand je suis entrée dans l'immeuble vers 21 h 30.

— C'est facile à vérifier. Voyons... Pourquoi êtes-vous venue ici, hier soir, Mrs Russo ?

— Monte m'avait donné rendez-vous. Hier après-midi, il avait téléphoné chez moi et nous avions décidé de passer la soirée ensemble. Comme il prévoyait qu'il serait retenu, par une affaire, jusqu'à 22 heures environ, il m'avait dit de l'attendre ici. Je viens... Je viens souvent comme cela. Généralement, nous allons à droite ou à gauche, puis nous finissons la soirée ici. Etant fiancés, vous comprenez...

— Oui, je comprends. (Embarrassé, l'inspecteur s'éclaircit la voix, puis il demanda :) Et, ne le voyant pas arriver, vous ne vous êtes pas inquiétée, Mrs Russo ?

— J'ai pensé qu'il avait été retenu plus longtemps

qu'il ne le prévoyait et, me sentant un peu lasse, j'ai fait un petit somme.

— Il ne vous avait dit ni où il allait, ni la nature de son affaire ?

— Non.

Queen aborda prudemment un nouveau sujet :

— Je vous serais très obligé si vous pouviez me renseigner sur les habitudes de Mr Field concernant le théâtre, Mrs Russo.

La façon dont elle dévisagea son interrogateur prouva qu'elle reprenait peu à peu ses esprits.

— Monte n'allait pas souvent au théâtre, répondit-elle. Pourquoi ?

L'inspecteur sourit.

— C'est une question, si je ne me trompe ? demanda-t-il.

Sur un signe de son supérieur, Hagstrom tira un calepin de sa poche. Queen reprit :

— Pouvez-vous me nommer les amis de Mr Field, ainsi que les personnes avec lesquelles, à votre connaissance, il entretenait des relations d'affaires ?

D'un geste gracieux, Mrs Russo croisa les mains derrière sa tête.

— Je serai une mauvaise informatrice, répondit-elle d'une voix suave. J'ai connu Monte il y a six mois environ, à un bal masqué de Greenwich Village, et nos fiançailles ont été tenues secrètes, vous comprenez. Je ne pense pas qu'il ait eu beaucoup d'amis mais, en tout cas, je n'en ai rencontré aucun. Et, naturellement, j'ignore tout de ses relations d'affaires.

— Quelle était la situation financière de Field, Mrs Russo ?

— Comme si une femme était au courant de ces questions ! s'écria-t-elle, ayant retrouvé tout son aplomb. Monte avait toujours le geste large et je ne l'ai jamais vu à court d'argent. Quand nous sortions ensemble, il lui est souvent arrivé de dépenser cinq cents dollars dans sa nuit. Tel était Monte... un chic type. Il ne méritait pas cela ! Pauvre chéri !

Elle essuya une larme au coin de l'œil, et renifla bruyamment.

— Et son compte en banque ? insista l'inspecteur.

Mrs Russo passa sans transition des larmes au sourire.

— Je n'ai jamais été curieuse, déclara-t-elle. Tant que Monte me traitait bien, ses affaires d'argent ne me regardaient pas et, de plus, j'aurais perdu mon temps si je l'avais interrogé là-dessus.

— Où étiez-vous, hier soir, *avant* 21 h 30, Mrs Russo ?

La question venait d'Ellery. Elle se retourna, surprise par le son de cette nouvelle voix, et ses yeux s'animèrent.

— J'ignore qui vous êtes, monsieur, répondit-elle. Mais si vous voulez le savoir, adressez-vous aux amoureux de Central Park. Je m'y suis promenée, seulette, d'environ 19 h 30 jusqu'à mon arrivée ici.

— Comme c'est heureux ! murmura Ellery.

L'inspecteur gagna la porte et il appela les trois hommes d'un signe.

— Nous allons vous laisser à votre toilette, Mrs Russo, dit-il. Ce sera tout pour l'instant.

Il sortit le dernier et ferma la porte, après lui avoir lancé un regard paternel.

Les quatre hommes procédèrent à une fouille rapide mais complète du living-room. Hagstrom et Piggott s'attaquèrent au bureau sculpté, Ellery feuilleta avec intérêt le manuel de graphologie, l'inspecteur ouvrit un placard situé à l'entrée de la pièce, contre la porte donnant sur le vestibule. C'était une vaste penderie, remplie de manteaux, pardessus, capes, etc. Queen vida prestement les poches. Mouchoirs, clefs, vieilles lettres personnelles, portefeuilles et autres menus objets furent mis de côté. Sur la planche supérieure : quatre chapeaux.

— Ellery ! appela l'inspecteur. Des chapeaux.

En accourant, Ellery empocha le livre qu'il lisait. Son père lui montra les couvre-chefs qui furent aussitôt descendus et examinés de près : un panama, un feutre marron, un autre gris, un melon. Tous portaient la marque de Browne Bros.

Les trois premiers n'avaient pas de coiffe. Le melon seul retint l'attention du père et du fils. Queen palpa la doublure, retourna le cuir d'entrée de tête et, finalement, poussa un soupir.

— C'est infantile d'attendre une indication quelconque de ces chapeaux, dit-il. Nous savons que Field portait un haut-de-forme hier soir et il est matériellement impossible que ce chapeau se trouve dans cet appartement. Nous sommes arrivés à la conclusion que le meurtrier était encore dans le théâtre lors de notre arrivée sur les lieux; or, Ritter était ici dès 23 heures. Le chapeau n'a donc pu être rapporté chez Field et, toute impossibilité matérielle mise à part, c'eût été, pour le meurtrier, la dernière des choses à faire. Il devait savoir que le domicile de la victime serait immédiatement fouillé. Je baisse, Ellery. Il n'y a rien à tirer de ces couvre-chefs.

Sur ce, l'inspecteur haussa les épaules et lança le melon sur la planche.

— Vous avez raison, papa, déclara Ellery, la mine grave. Ces chapeaux ne signifient rien; mais j'ai une drôle d'impression. A propos! Avez-vous pensé, hier soir, qu'un objet autre que le haut-de-forme et appartenant à Field avait pu disparaître également?

— Ah! Si toutes les questions étaient aussi peu embarrassantes que celle-ci! soupira Queen. Une canne, mon fils. Mais que pouvais-je faire à ce sujet? En admettant que Field ait eu une canne, rien n'empêchait une personne qui n'en avait pas en entrant de sortir avec ladite canne. Et comment pouvais-je distinguer cette personne ou identifier l'objet suspect? Dans ces conditions, mieux valait n'y point penser, et si la canne est toujours dans le Théâtre Romain, elle y restera, soyez tranquille.

Ellery dit en riant :

— Je devrais pouvoir citer Shelley ou Wordsworth en témoignage de mon admiration pour votre génie. Malheureusement, en fait de louange poétique, je ne trouve que ceci : « Vous m'avez damé le pion ! » Je viens d'y penser à l'instant, devant ce placard ouvert et ne contenant aucune canne d'aucune sorte. Or, si le propriétaire de cette riche garde-robe avait possédé une canne de soirée, tout porte à croire qu'il en aurait un assortiment, pour compléter ses autres tenues. Si nous ne trouvons pas de jonc ou de badine dans le placard de la chambre — ce qui semble probable, tous les manteaux et pardessus étant apparemment dans celui-ci — cette absence élimine la possibilité que Field soit allé au théâtre hier soir avec une canne. *Ergo* : n'y pensons plus.

— Un bon point, El, répondit distraitement l'inspecteur. Je ne m'étais pas tenu ce raisonnement. Allons voir si les autres ont trouvé quelque chose d'intéressant.

Ils traversèrent la pièce pour revenir au bureau dont Hagstrom et Piggott examinaient le contenu. Une petite liasse de papiers divers était posée sur le dessus du meuble. Piggott répondit par ces mots à la question de son supérieur :

— Je ne vois rien d'intéressant, monsieur. Des lettres — la brûlante correspondance de Mrs Russo, principalement —, des factures, des reçus. Vous voyez le genre.

L'inspecteur examina les papiers.

— Sans intérêt, conclut-il. Finissons-en.

Les papiers remis en place, Piggott et Hagstrom fouillèrent rapidement le living-room : meubles auscultés, coussins piqués, tapis retournés : le travail consciencieux de policemen connaissant leur métier. Comme les deux Queen suivaient des yeux les opérations, la porte de la chambre s'ouvrit et Mrs Russo —

106

costume tailleur marron, toque provocante — parut. Elle resta sur le seuil, écarquillant de grands yeux candides. Les détectives ignorèrent sa présence et poursuivirent leur tâche comme si de rien n'était.

— Que font-ils, inspecteur ? demanda-t-elle d'un ton insouciant, démenti par son regard observateur. Ils cherchent « la surprise » ?

— Vous avez tenu à nous prouver qu'une femme sait s'habiller vite, Mrs Russo, dit Queen, admiratif. Vous rentrez chez vous ?

— Naturellement, répondit-elle avant de détourner les yeux.

— Et vous demeurez à... ?

Elle donna un numéro de MacDougal Street, dans Greenwich Village.

— Merci, dit courtoisement l'inspecteur, en inscrivant l'adresse.

Elle s'éloignait déjà quand Queen la rappela :

— Mrs Russo ! Avant de partir, peut-être auriez-vous l'amabilité de nous donner un petit renseignement. Mr Field était-il... Comment dire ? Mr Field était-il un gros buveur ?

Mrs Russo éclata de rire.

— Oui et non, répondit-elle. J'ai vu Monte boire pendant la moitié d'une nuit et rester sobre comme... comme un pasteur. D'autres fois, il était dans les vignes pour un rien.

— Le cas est assez fréquent, murmura l'inspecteur. Je ne voudrais pas vous arracher des confidences, Mrs Russo. Mais peut-être connaissez-vous la source d'où provenait sa provision d'alcool ?

Le sourire de Mrs Russo fut instantanément remplacé par l'expression d'une innocente indignation.

— Pour qui me prenez-vous ? demanda-t-elle. J'ignore cette source ; mais, quand je la connaîtrais, je ne la nommerais pas. Plus d'un *bootlegger* laborieux vaut dix fois ceux qui le poursuivent !

— La chair est faible, dit Queen, conciliant. Néanmoins, madame, j'ose espérer que vous me donnerez le renseignement, s'il m'est ultérieurement nécessaire ?

Silence.

— Ce sera tout, Mrs Russo. Je vous prie seulement de ne pas quitter New York, car vous pouvez être appelée à témoigner prochainement.

— Au revoir, dit-elle, en relevant la tête.

Elle tenait déjà la poignée de la porte d'entrée quand l'inspecteur la rappela de nouveau.

— Mrs Russo ! Savez-vous, par hasard, ce que Ben Morgan a fait depuis la rupture de son association avec Field ?

Elle s'était retournée et fronça légèrement les sourcils.

— Qui est-ce ? demanda-t-elle après un soupçon d'hésitation.

— Tant pis, fit Queen. Au revoir.

Sur ce, il lui tourna le dos. La porte claqua. Au bout d'un instant, Hagstrom quitta à son tour l'appartement, laissant seuls les deux Queen et Piggott.

Tous trois, d'un même élan, coururent vers la chambre. Lit défait, négligé et chemise de nuit traînant sur le tapis. Aucun changement notable depuis tout à l'heure. L'inspecteur ouvrit le placard de la chambre.

— Fichtre ! dit Ellery. Notre ami était l'arbitre des élégances !

Ils fouillèrent, sans résultat, le placard. Ellery se haussa sur la pointe des pieds pour examiner l'étagère supérieure.

— Pas de chapeaux, pas de cannes... Question réglée ! murmura-t-il avec satisfaction.

Piggott avait disparu dans une petite cuisine. Il revint au bout d'un moment, ployant sous le poids d'une caisse à demi remplie de bouteilles. L'inspecteur en déboucha une, renifla au-dessus du goulot et tendit la bouteille à Piggott qui renifla à son tour.

— Rien de suspect, apparemment, dit le détective.

Mais, après le coup d'hier soir, j'aime autant ne pas y goûter !

— Saine et légitime prudence, déclara Ellery en riant. Mais, au cas où, changeant d'avis, vous vous décideriez à invoquer l'esprit de Bacchus, voici une prière appropriée, Piggott : « O vin ! Si tu n'es connu sous aucun nom, laisse-nous t'appeler : la Mort. (1) »

— On dirait de l'honnête whisky, dit l'inspecteur. Mais je le ferai analyser pour plus de...

Ellery l'interrompit en le saisissant brusquement par le bras. Les trois hommes, sur le qui-vive, tendirent l'oreille. Tous entendirent un faible grattement, provenant de la porte d'entrée.

— Ce doit être une clef, dans la serrure, murmura l'inspecteur. Courez dans le vestibule, Piggott, et foncez sur quiconque entrera !

Le détective traversa le living-room comme une flèche. Les deux Queen, invisibles du vestibule, restèrent dans la chambre.

Dans un silence complet, le grattement continuait. La clef, sans doute, tournait difficilement dans la serrure. Le pêne obéit soudain, la porte s'ouvrit pour claquer aussitôt après.

Cri étranglé, éclat d'une voix forte et rauque, juron à demi étouffé de Piggott, piétinement furieux... Ellery et son père s'élancèrent vers le vestibule.

Piggott était aux prises avec un fort individu vêtu de noir. Une valise était jetée par terre et un journal, volant encore, vint se poser aux pieds d'Ellery quand celui-ci se jeta dans la mêlée.

Les efforts conjugués des trois représentants de la police furent nécessaires pour maîtriser le gaillard. Finalement, soufflant comme un phoque, il resta cloué au sol, le bras de Piggott écrasant sa poitrine.

_____

(1) Ellery Queen parodiait vraisemblablement Shakespeare lorsqu'il dit : « O toi, invisible esprit du vin, si tu n'es connu sous aucun nom, laisse-nous t'appeler : le diable. »

L'inspecteur se baissa. Il contempla le visage congestionné du vaincu et demanda avec calme :

— Qui êtes-vous, monsieur ?

Où le mystérieux Mr Michaels paraît

L'homme se leva péniblement. Grand, fort, traits
imposants, yeux inexpressifs : rien de marquant dans
son physique ou ses manières, sauf, peut-être, l'extraordinaire banalité de l'ensemble. Quels que fussent son
niveau social et ses occupations, on eût dit qu'il s'était
attaché à effacer toute marque de personnalité.

— Que signifie cette façon de malmener les gens ?
demanda-t-il d'une voix profonde, mais sans résonance.

Queen se tourna vers Piggott.

— Que s'est-il passé ? interrogea-t-il avec une feinte
sévérité.

— Je me tenais derrière la porte, inspecteur, répondit le détective, haletant. Quand cet énergumène est
entré, j'ai posé une main sur son bras et il m'est tombé
dessus comme un tigre affamé. J'ai reçu son poing sur
la figure, et il sait cogner, le salaud ! Pour un peu, il
réussissait à s'enfuir.

L'inspecteur accepta l'explication d'un signe de tête.
L'adversaire de Piggott répliqua, sans se départir de
son calme :

— C'est un mensonge, monsieur. Il a sauté sur moi,
et je me suis défendu.

— Là ! Là ! murmura Queen. Nous n'en sortirons
jamais...

La porte s'ouvrit brusquement, le détective Johnson
entra et il entraîna son supérieur à l'écart.

— Le sergent Velie m'a envoyé, pensant que vous
auriez peut-être besoin de moi ici, inspecteur, dit-il. En
arrivant, j'ai vu ce type et je l'ai suivi à tout hasard.

— Excellent, murmura Queen. Vous tombez à pic, Johnson. (Faisant aux autres signe de le suivre, il entra dans le living-room et s'adressa d'un ton sec à l'inconnu :) La comédie est finie, mon garçon. Qui êtes-vous et que faites-vous ici ?

— Je m'appelle Charles Michaels, monsieur, et je suis le valet de chambre de Mr Field.

L'inspecteur nota une modification, presque imperceptible, dans l'attitude de l'individu. Cependant, ni son expression, ni son maintien n'avaient changé. Regardant Ellery, il lut dans les yeux de son fils la confirmation de son impression.

— Et que faisiez-vous, à cette heure matinale, avec cette valise ? demanda-t-il, désignant l'article de bazar que Piggott avait apporté dans le living-room.

Ellery passa dans le vestibule. Là, il se baissa et ramassa quelque chose.

— Pardon ? fit Michaels. Oh, la valise m'appartient, monsieur. Ce matin, je partais précisément en congé et Mr Field m'avait demandé de passer ici d'abord, pour le règlement de mes gages.

Les yeux de Queen pétillèrent. Il tenait la réponse ! C'étaient l'intonation et l'élocution de Michaels qui n'étaient plus les mêmes.

— Et vous veniez toucher vos gages ce matin ? murmura l'inspecteur. Tiens ! C'est curieux.

Une fugitive expression d'étonnement passa comme un éclair sur les traits de Michaels.

— Pourquoi ? demanda-t-il. Où est Mr Field ?

— Le maître est en terre, hélas ! dit moqueusement Ellery, revenant du vestibule et tenant à la main le journal que Michaels avait lâché pendant le corps à corps avec Piggott. Vraiment, mon vieux, vous y allez un peu fort ! continua-t-il. Voici *votre* journal et toute la première page est consacrée à « l'accident » survenu à Mr Field !

Michaels commença par soutenir le regard d'Ellery; mais il baissa les yeux pour répondre :

— Je n'ai pas encore eu le temps de parcourir ce journal, monsieur. Qu'est-il arrivé à Mr Field?

— Field a été assassiné, Michaels, articula l'inspecteur. Vous le saviez aussi bien que nous.

— Mais non, monsieur! protesta respectueusement le valet.

— Cessez de mentir! ordonna Queen. Dites-nous ce que vous faites ici; sinon, vous aurez le temps de parler derrière les barreaux!

— Je vous ai dit la vérité, monsieur. Il était convenu avec Mr Field que je viendrais chercher mon chèque ce matin. C'est tout ce que je sais, monsieur.

— Dans ce cas, pourquoi n'avez-vous pas sonné en arrivant?

L'autre écarquilla les yeux.

— J'ai un passe-partout, monsieur, répondit-il. Je m'en sers toujours, pour ne pas déranger Mr Field.

— Et pourquoi ne vous a-t-il pas remis le chèque hier?

— Je crois qu'il n'avait pas son carnet sous la main, monsieur.

— Vous manquez d'imagination, Michaels, déclara l'inspecteur. A quelle heure avez-vous quitté Field, hier soir?

— Vers 19 heures, monsieur. Je ne couche pas ici. L'appartement est trop petit et Mr Field aime... aimait à être tranquille. Le matin, j'arrive de bonne heure pour servir son petit déjeuner, préparer son bain et ses affaires. Après son départ pour le bureau, je fais le ménage, ensuite, je suis libre jusqu'au soir. Je reviens généralement vers 17 heures, pour préparer le dîner, sauf les soirs où Mr Field m'a prévenu qu'il dînait en ville. Dans ces cas-là, je sors son smoking ou son habit. Ensuite, je suis libre jusqu'au lendemain matin.

— Une bonne place, murmura Ellery. Et quelles affaires aviez-vous sorties, hier soir, Michaels?

Toujours déférent, l'homme répondit :

— Sous-vêtements, chaussettes, escarpins vernis,

chemise à plastron empesé, boutons de soirée, col, cravate blanche, habit, cape, chapeau...

— Quel genre de chapeau ? interrompit l'inspecteur.

— Son haut-de-forme, monsieur. Mr Field n'en avait qu'un, mais il venait de chez Browne Bros, je crois, et il était de toute première qualité.

Queen pianota sur le bras de son fauteuil.

— Et qu'avez-vous fait, hier soir, après votre départ d'ici, autrement dit à partir de 19 heures, Michaels ?

— Je suis rentré directement chez moi, monsieur. J'avais ma valise à préparer, et je me sentais un peu fatigué. Je me suis couché aussitôt après avoir mangé un morceau. Dès 21 h 30, j'étais au lit, acheva-t-il innocemment.

— Où habitez-vous ?

Michaels donna un numéro de East, 146th Street, dans le Bronx.

— Bien. Mr Field recevait-il régulièrement des visiteurs ici ? continua l'inspecteur.

— Vous m'embarrassez, monsieur, répondit poliment l'autre. Mr Field n'était pas liant de nature et puis, rentrant chez moi tous les soirs, je ne savais pas qui il recevait après mon départ. Cependant...

— Cependant ?

— Il y avait une dame, monsieur. Mais, vu les circonstances, je préfère ne nommer personne.

— Comment s'appelle cette dame ?

— J'ai scrupule à... Mrs Angela Russo, monsieur.

— Depuis combien de temps Mr Field connaissait-il Mrs Russo ?

— Depuis plusieurs mois, monsieur. Je crois qu'ils s'étaient rencontrés à une fête de Greenwich Village.

— Ils étaient fiancés ?

Michaels montra un léger embarras.

— Si l'on veut, monsieur. Mais il s'agissait de fiançailles plus intimes...

Un silence. L'inspecteur poursuivit :

— Vous êtes depuis combien de temps au service de Monte Field ?

— Il y aura trois ans le mois prochain.

L'interrogatoire s'enlisa. Interrogé sur les habitudes de Field par rapport au théâtre, sur sa situation financière et son attrait pour l'alcool, Michaels corrobora les dires d'Angela Russo, sans rien ajouter d'utile.

Revenant en arrière, l'inspecteur demanda :

— Comment étiez-vous entré dans cette place ?

— Par une annonce de journal, monsieur, répondit Michaels après réflexion.

— Bien. Et puisque vous êtes depuis trois ans bientôt au service de Field, vous connaissez probablement Mr Benjamin Morgan ?

Michaels se permit un franc sourire.

— Si je connais Mr Benjamin Morgan ! dit-il. J'ai beaucoup de respect pour lui, monsieur. Il a été l'associé de Mr Field, mais ils se sont séparés voici deux ans environ et je n'ai guère revu Mr Morgan depuis.

— Le voyiez-vous souvent, avant la rupture ?

— Non, monsieur, répondit le domestique d'un ton nuancé de regret. Mr Field était d'un autre... d'un autre genre que Mr Morgan et ils fréquentaient des milieux différents. Oh ! J'ai bien vu Mr Morgan trois ou quatre fois dans cet appartement, mais c'était toujours au sujet d'une affaire extrêmement urgente. Je ne peux rien affirmer puisque je rentre chez moi le soir ; mais, à ma connaissance, Mr Morgan n'a pas remis les pieds ici, depuis la rupture de l'association.

Queen sourit pour la première fois depuis le début de l'entretien.

— Merci pour votre franchise, Michaels, dit-il. Maintenant, je vais vous paraître bien potinier... Dites-moi, vous souvenez-vous d'avoir senti un désaccord quelconque, entre ces messieurs, au moment où ils se séparèrent ?

— Non, monsieur ! Je n'ai surpris ni altercation, ni

rien d'approchant. Au contraire, Mr Field me dit à l'époque que Mr Morgan et lui resteraient bons amis.

Quand une main effleura son bras, Michaels se retourna, avec son expression de politesse figée. Il se trouva face à face avec Ellery.

— Vous désirez, monsieur ? demanda-t-il.

— Michaels, mon ami, commença sévèrement Ellery, j'ai horreur de remuer de vieilles cendres. Mais pourquoi n'avez-vous pas parlé à l'inspecteur de votre temps de prison ?

L'homme se raidit, comme s'il venait de marcher sur un câble de haute tension. Tout le sang se retira de son visage et, la bouche ouverte, il fixa les yeux souriants d'Ellery.

— Comment... Comment avez-vous découvert cela ? bégaya-t-il, désarçonné d'un seul coup.

Queen rendit à son fils un muet hommage d'approbation. Les deux détectives se rapprochèrent de l'homme agité d'un tremblement nerveux. Ellery alluma une cigarette.

— Je viens de l'apprendre, de votre bouche, dit-il avec bonne humeur. Apprenez à consulter les oracles de Delphes, mon vieux.

Décomposé, tremblant toujours, Michaels se tourna vers l'inspecteur.

— Vous ne m'aviez pas questionné sur mon casier judiciaire, monsieur, murmura-t-il. De plus, un homme n'aime pas à raconter ces histoires-là à la police et...

— Où avez-vous purgé votre peine, Michaels ? demanda l'inspecteur avec bonté.

— Elmira Reformatory. C'était ma première condamnation, une peine légère. J'étais au chômage, affamé, j'ai volé une petite somme...

Queen se leva en disant :

— Comprenez que vous n'êtes pas entièrement libre de vos mouvements, Michaels. Vous pouvez rentrer chez vous, chercher un autre emploi si vous le désirez ;

mais restez à l'adresse que vous m'avez donnée et tenez-vous à ma disposition. Un instant...

Il fit quelques pas, ouvrit la valise et fourragea dans les effets qu'elle contenait : un costume foncé, des chemises, cravates, chaussettes propres ou sales. Queen referma la valise et il la tendit à son propriétaire, resté à l'écart et portant sur le visage une expression de patience résignée.

— Vous emportiez peu d'effets pour votre voyage, Michaels, remarqua l'inspecteur, souriant. Ce n'est vraiment pas de chance que vous soyez privé de votre congé. Mais telle est la vie, hélas !

Michaels murmura un au revoir, prit la valise et sortit. Piggott le suivit au bout d'un instant.

— Quelle canaille bien stylée ! s'écria Ellery. Ce type-là ment comme un arracheur de dents, père. Que venait-il chercher ?

— Il venait sûrement chercher quelque chose, murmura Queen. Donc, il y a, dans cet appartement, un objet important qui nous a apparemment échappé.

Il devint rêveur. Le téléphone sonna.

— Inspecteur ? demanda la voix claironnante de Velie. Je vous ai appelé au Bureau Central et, comme vous n'y étiez pas, je pensais bien vous trouver ici. Je n'ai pas perdu mon temps chez Browne Bros. Dois-je venir chez Field ?

— Non, répondit Queen, nous partons. J'irai au bureau, en sortant du cabinet de Field où je me rends de ce pas. C'est là que vous pourrez me téléphoner dans l'intervalle, si vous avez une communication importante à me faire. Où êtes-vous ?

— Dans un taxiphone de Fifth Avenue. Je sors de chez Browne.

— Bien. Retournez au Bureau Central et restez-y jusqu'à mon arrivée. Autre chose, Thomas : envoyez immédiatement un homme ici. (Queen se tourna vers Johnson après avoir raccroché.) Attendez l'arrivée de l'homme que je viens de demander, dit-il. Laissez-le de garde ici et organisez un roulement. Ceci fait, ralliez le Bureau Central. Venez, Ellery. La journée s'annonce chargée.

Les protestations d'Ellery restèrent vaines. Son père l'entraîna dans l'escalier, puis dans la rue où le bruit de la circulation étouffa le son de sa voix.

Où les hauts-de-forme de Mr Field prennent de l'importance

10 heures sonnaient quand l'inspecteur Queen et son fils ouvrirent la porte sur laquelle on lisait :

MONTE FIELD
AVOCAT

La grande antichambre déserte correspondait exactement aux goûts vestimentaires de Mr Field. Les Queen la traversèrent pour entrer dans la pièce attenante : le secrétariat. Là, n'étaient les étagères chargées de codes et autres imposants ouvrages de droit, on se serait cru dans la salle de rédaction d'un grand journal.

Une véritable effervescence régnait dans le secrétariat. Les dactylos avaient abandonné leurs places et leurs machines pour bavarder par petits groupes; les employés en faisaient autant, dans un coin et à voix basse; au centre du tableau, le détective Hesse s'entretenait avec un homme sec à la mine grave, aux tempes grisonnantes. Comme on pouvait s'y attendre, la fin tragique du « patron » avait provoqué une petite révolution dans son cabinet d'affaires.

A la vue des Queen, les employés des deux sexes, l'air fautif, regagnèrent hâtivement leurs bureaux. Dans le silence embarrassé qui suivit, Hesse, les yeux injectés et rendus brillants par l'insomnie, s'avança vers son supérieur.

— Bonjour, Hesse. Conduisez-nous dans le bureau particulier de Field, dit laconiquement l'inspecteur.

Situé au fond du secrétariat, le petit bureau du défunt avocat était d'un luxe écrasant.

— Notre ami aimait le faste, constata Ellery qui s'assit dans un fauteuil de cuir rouge.

— Je vous écoute, Hesse, dit l'inspecteur en imitant l'exemple de son fils.

Le détective fit brièvement son rapport :

— En arrivant ici, hier soir, je trouvai la porte fermée, le bureau plongé dans l'obscurité. Après avoir écouté, sans rien entendre, je conclus qu'il n'y avait personne et passai la nuit sur le palier. Ce matin, vers 8 h 45, le grand type auquel je parlais quand vous êtes arrivé s'amena et j'entrai avec lui. C'est un nommé Oscar Lewin, chef du secrétariat.

« De deux choses l'une, continua Hesse. Ou ce Lewin est muet, ou il sait tenir sa langue. Il était bouleversé, ayant appris par les journaux le meurtre de Field, et mes questions lui déplurent visiblement : bref, je n'ai rien pu en tirer. Ce qui s'appelle rien, monsieur. D'après Lewin, Field avait quitté son cabinet vers 16 heures, et il n'y était pas revenu dans la soirée. Lewin déclare qu'il a gagné directement son domicile et qu'il ne sait pas ce que les journaux ont raconté. Nous piétinons depuis ce matin, et nous vous attendions, inspecteur.

— Amenez-moi Lewin.

Hesse revint, accompagné d'un homme au physique déplaisant. D'une maigreur anormale, Oscar Lewin avait un visage osseux, des yeux noirs à l'expression rusée, un nez busqué qui évoquait rien de moins que la rapacité. L'inspecteur observa froidement le chef du secrétariat.

— C'est terrible ! Je n'y comprends rien. Dire que j'ai parlé à Mr Field à 16 heures, hier !

L'émotion de Lewin paraissait sincère.

— Mr Field était-il naturel, à ce moment-là? Il n'avait pas l'air soucieux, préoccupé?

— Au contraire, répondit nerveusement l'autre. Il était d'excellente humeur, il a plaisanté sur l'actualité politique et m'a annoncé qu'il allait voir une pièce excellente, à ce que l'on dit : *Gunplay.* Et, ce matin, le journal m'apprend qu'il a été assassiné pendant la représentation!

— Ah! Il vous avait parlé de la pièce, nota l'inspecteur. Vous aurait-il dit, par hasard, s'il y allait avec quelqu'un?

— Non, monsieur, répondit Lewin qui agita nerveusement les pieds.

— Bien. (Après un bref silence, l'inspecteur reprit :) Vu votre situation, Lewin, vous deviez être constamment en rapport avec Field. Que savez-vous de lui, personnellement?

— Rien, monsieur. Mr Field tenait ses employés à distance. A l'occasion, il laissait échapper un mot sur lui-même; mais c'était toujours d'une manière générale et souvent en guise de plaisanterie. Nous le considérions tous comme un patron juste, compréhensif et généreux. Je n'en sais pas davantage.

— Quelle était l'ampleur de ses affaires? Vous devez être au courant, Lewin?

— Ses affaires? (La voix de Lewin trahit un certain saisissement. Il enchaîna :) C'était un des meilleurs cabinets d'avocat de la place. J'y suis depuis deux ans seulement, mais j'ose dire que Mr Field avait des clients haut placés, inspecteur. Je puis vous en donner la liste, si vous le désirez?

— Rédigez-la et adressez-la-moi au Bureau Central, répondit Queen. Il avait une clientèle florissante et respectable, dites-vous? Recevait-il ici des visites personnelles, ces temps derniers principalement?

— Pas à ma connaissance. Je n'ai jamais vu que des clients venir ici. Certes, Mr Field pouvait en connaître quelques-uns à titre personnel, mais, pour moi, ce n'étaient que des « clients ». Ah! J'allais oublier... Michaels, son valet de chambre, venait parfois.

— Michaels? répéta l'inspecteur. Il faudra que je me souvienne du nom. Merci, Lewin, ce sera tout pour le moment. Donnez, pour la journée, congé aux employés, mais je vous prie de rester et de vous mettre à la disposition du policeman qui ne va pas tarder à arriver.

Lewin salua gravement et il se retira.

Queen se leva, sitôt la porte refermée.

— Où est le lavabo personnel de Field, Hesse? demanda-t-il.

Le détective lui indiqua une porte, dans le coin de la pièce. Queen, Ellery sur les talons, l'ouvrit.

La pièce, microscopique, était prise sur un coin du bureau; elle contenait, en tout et pour tout, un lavabo, une petite armoire à pharmacie et une penderie. Queen commença par l'armoire à pharmacie dont l'inventaire fut vite fait : une bouteille d'iode, une autre d'eau oxygénée, rasoir, blaireau, etc.

— Rien, déclara Ellery. Et dans la penderie?

La penderie ne contenait qu'un complet, une demi-douzaine de cravates et un feutre. L'inspecteur s'empara de celui-ci et il l'apporta dans le bureau pour le regarder de plus près; puis il le tendit à Ellery qui, dédaignant de l'examiner, alla le raccrocher immédiatement à sa place.

— Au diable ces chapeaux! explosa l'inspecteur.

Un coup fut frappé à la porte et Hesse introduisit un beau jeune homme, qui demanda poliment :

— L'inspecteur Queen?

— En personne. Et si vous êtes un reporter, vous pouvez dire à vos camarades que la police arrêtera, dans les vingt-quatre heures, le meurtrier de Field. C'est tout ce que j'ai à vous dire pour l'instant, monsieur.

Le jeune homme sourit.

— Excusez-moi, inspecteur, je ne suis pas reporter. Permettez-moi de me présenter : Arthur Stoates, nouveau secrétaire attaché au bureau du procureur du district. Mr Sampson n'a pu me joindre ce matin, et j'étais retenu ailleurs jusqu'à maintenant. Pauvre Mr Field, n'est-ce pas ?

Il eut un petit rire en jetant sur un siège son manteau et son chapeau.

— Tout dépend du point de vue auquel on se place, grommela l'inspecteur. Il nous donne assurément beaucoup de tracas. Quelles sont les instructions de Sampson ?

— Je ne suis pas très documenté sur la carrière de Field, mais Tim Cronin, qui ne pourra se libérer que dans le courant de l'après-midi, m'a envoyé ici en éclaireur. Cronin, vous le savez, s'est vainement acharné sur Field depuis des années. Il brûle de mettre le nez dans ses archives et dossiers.

— C'est compréhensible. D'après ce que Sampson m'a dit sur Cronin, il ne laissera rien passer. Hesse, emmenez Mr Stoates et présentez-le à Lewin. C'est le chef du secrétariat, Stoates ; ayez l'œil dessus, il ne m'inspire pas confiance. Une dernière recommandation : souvenez-vous que les affaires normales, concernant la clientèle régulière et honorable de Field, ne nous regardent pas. Vous chercherez des preuves relatives à des affaires louches, un point, c'est tout. A bientôt.

Stoates s'inclina avec un aimable sourire, puis il sortit avec Hesse. Père et fils restèrent tête à tête.

— Que vois-je dans votre main ? demanda vivement le premier.

— Un livre intitulé : *Les Révélations de la graphologie* que j'ai choisi sur une de ces étagères, répondit nonchalamment Ellery. Pourquoi ?

— A la réflexion, El, il y a quelque chose de louche dans cette histoire de graphologie, déclara l'inspecteur. (Il dodelina de la tête en signe de découragement, se leva et ajouta :) Venez, mon fils. Nous perdons notre temps ici.

En traversant le secrétariat où il ne restait plus que Hesse, Lewin et Stoates, l'inspecteur appela son subordonné et il lui dit avec bonté :

— Rentrez chez vous, Hesse. Ce n'est pas le moment de tomber malade.

Le détective sourit et il eut vite fait d'atteindre la porte.

Quelques minutes plus tard, l'inspecteur Queen était assis dans son bureau de Center Street, petite pièce confortable où l'on se sentait « chez soi ». Sitôt assis, Ellery se mit à étudier les manuels de graphologie qu'il s'était procurés, l'un chez Field, l'autre dans son cabinet. Le sergent Velie répondit au coup de sonnette de son supérieur.

— Bonjour, Thomas, dit Queen. Parlez-moi de la remarquable découverte que vous avez faite chez Browne Bros.

Velie s'installa sur l'une des chaises à haut dossier alignées contre le mur, puis il répondit :

— Je ne saurais dire si ma découverte est remarquable ou non, inspecteur; mais je la crois intéressante. Hier soir, vous m'avez chargé de me renseigner sur le haut-de-forme de Field. J'en ai un semblable sur mon bureau. Désirez-vous le voir ?

— Ne faites pas l'imbécile, Thomas, soupira l'inspecteur. Allez me chercher ce chapeau, au trot !

Velie revint presque aussitôt, portant un carton à chapeau. Il arracha la ficelle et découvrit un haut-de-forme si beau, si reluisant, que l'inspecteur, ébloui, l'examina avec respect. « 7 1/8 », lisait-on à l'intérieur.

— J'ai parlé à un vieil employé de la maison qui s'occupait personnellement de Field depuis des années, résuma Velie. C'était son vendeur attitré et, apparemment, tout ce que cet élégant personnage portait sortait de chez Browne Bros. Naturellement, le vieux bavard était très au courant des goûts et des acquisitions de Field, lequel était, paraît-il, un client « difficile à contenter ». Tous ses vêtements étaient faits sur mesure, il affectionnait les costumes de fantaisie, le dernier cri en matière de chemises ou de caleçons, les cravates...

— Quelles étaient ses préférences au sujet des chapeaux ? l'interrompit Ellery, sans quitter des yeux la page qu'il lisait.

— J'y venais, monsieur, répondit Velie. Le vendeur s'est étendu avec complaisance sur ce sujet. Quand j'ai parlé de hauts-de-forme, il m'a dit : « C'était la marotte de Mr Field, au cours des six derniers mois ! » Ce n'est pas tombé dans l'oreille d'un sourd, je vous prie de le croire ! Vérification faite sur le grand livre, Field avait bel et bien acheté trois chapeaux de soie, ce semestre-ci !

Père et fils se regardèrent, la même question au bord des lèvres.

— Trois... commença le premier.

— N'est-ce pas extraordinaire ? demanda doucement le second, en retirant son pince-nez.

— Au nom du ciel, où sont les deux autres ? poursuivit l'inspecteur. (Ne recevant pas de réponse, il se retourna vivement vers Velie.) Qu'avez-vous appris d'autre, Thomas ?

— Rien de très intéressant, sauf ceci, inspecteur : Field devait dépenser une fortune pour s'habiller. L'année dernière, il a acheté quinze costumes et rien de moins qu'une douzaine de chapeaux, y compris les hauts-de-forme !

— Chapeaux, chapeaux, chapeaux ! grogna Queen. Cet homme devait être piqué. Savez-vous s'il achetait aussi des cannes chez Browne ?

La consternation se peignit sur les traits de Velie.

— Je... Non, inspecteur, je n'ai pas pensé à le demander, avoua-t-il. Comme vous ne m'en aviez pas parlé, hier soir...

— Personne n'est parfait ! Téléphonez chez Browne et demandez le fameux vendeur au bout du fil, Thomas.

Velie décrocha un des récepteurs posés sur le bureau

et, après un court moment d'attente, il tendit l'appareil à son supérieur.

— Ici, l'inspecteur Queen, dit ce dernier. Si je comprends bien, vous étiez, depuis de longues années, le vendeur attitré de Monte Field? Bien, vous allez pouvoir me renseigner sur un petit détail : Field a-t-il jamais acheté des cannes ou des joncs dans votre maison? Comment? Oh, je comprends... Oui. Une autre question, maintenant : vous a-t-il jamais donné des instructions spéciales concernant la façon de ses vêtements, poches supplémentaires et ainsi de suite? Vous ne le croyez pas. Bien. Comment? Oui, c'est tout. Merci mille fois. (Ayant raccroché, Queen déclara, avec une grimace :) Feu notre ami semble avoir eu, pour les cannes, une aversion égale à son amour pour les chapeaux. Tous les efforts de son vendeur pour l'intéresser à ce genre d'articles restèrent vains : Field n'aimait pas les cannes. De plus, le vendeur a confirmé sa propre impression au sujet des poches rajoutées : rien de ce côté-là non plus. Nous ne sommes donc pas plus avancés qu'avant.

— Au contraire, protesta doucement Ellery. Maintenant, nous avons la quasi-certitude que le chapeau est *la seule pièce vestimentaire* de Field que le meurtrier ait emportée hier soir. A mon humble avis, cela simplifie la question.

— Je dois être bouché, car je ne vois pas en quoi, grogna son père.

— J'y pense, inspecteur, intervint Velie. Jimmy a envoyé son rapport anthropométrique. Dès que Jimmy a reçu, de la morgue, les empreintes de Field, il a examiné la gourde trouvée dans sa poche. Les quelques empreintes relevées dessus sont incontestablement celles de Field.

— La gourde peut n'avoir joué aucun rôle dans le meurtre, dit Queen. Attendons de recevoir le rapport de Prouty qui doit analyser son contenu.

— Et ce n'est pas tout, inspecteur, continua Velie.

Panzer nous a envoyé les balayures de la salle. Désirez-vous les voir ?

— Assurément, Thomas. Allez les chercher et, par la même occasion, apportez-moi la liste des personnes qui n'avaient pas de billet. Le numéro de la place correspondante est inscrit en face de chaque nom, n'est-ce pas ?

Le sergent fit un signe d'assentiment et il sortit. Ellery lisait toujours. Son père attachait sur sa tête baissée un regard morose quand Velie revint avec une liste dactylographiée et un gros paquet.

Son contenu fut soigneusement étalé sur le bureau : programmes chiffonnés, en grand nombre, bouts de papier provenant principalement de boîtes de bonbons, plusieurs billets qui avaient échappé aux recherches de Flint et de ses aides, deux gants de femme dépareillés, un petit bouton marron, le capuchon d'un stylo, un petit mouchoir brodé, etc. Bref, toutes sortes de menus objets qui sont habituellement perdus ou jetés dans un théâtre.

— Le butin ne paraît guère intéressant, soupira Queen. Enfin, réglons toujours la question des billets.

Après avoir réuni ceux-ci, Velie lut les lettres et les numéros à l'inspecteur qui biffait au fur et à mesure un nom sur la liste. Le pointage ne demanda que quelques minutes.

— C'est tout, Thomas ? demanda l'inspecteur, levant les yeux.

— C'est tout, chef.

— Eh bien, il reste encore une cinquantaine de billets non retrouvés. Où est Flint ?

— Dans un bureau quelconque, inspecteur.

Queen donna un ordre par téléphone. Flint ne se fit pas attendre.

— Qu'avez-vous trouvé hier soir ? demanda brusquement son supérieur.

— Beaucoup de saletés, des programmes principalement, que nous avons laissées aux femmes de ménage qui travaillaient avec nous, répondit Flint. Par contre, nous avons ramassé tous les billets que voici, inspecteur.

Il tira de sa poche des bouts de papier cartonné maintenus ensemble par un élastique. Velie s'en empara et le pointage méthodique reprit. Quand le sergent eut fini de lire lettres et numéros inscrits sur chaque billet, l'inspecteur frappa de la main la liste dactylographiée posée devant lui.

Ellery, arraché à sa lecture, leva les yeux.

— Fini! s'écria son père. Les noms de toutes les personnes qui n'avaient pu présenter leur billet sont maintenant rayés! Tous les billets manquants sont retrouvés... Ah, une idée!

Ayant consulté la liste, il chercha parmi les billets remis par Flint celui qui correspondait au fauteuil occupé par Frances Ives-Pope. Puis, tirant de son gousset les quatre billets collectés la veille au soir, il compara ceux de Field et de la jeune fille. Le bord déchiré par l'employé du contrôle ne concordait pas.

— Il nous reste une consolation, dit-il, en remettant les cinq billets dans son gousset. Nous n'avons retrouvé aucune trace des six billets correspondant aux fauteuils proches de celui que Field occupait!

Ellery ferma son livre avant de déclarer :

— Je m'y attendais. Et maintenant, papa, permettez-moi d'attirer votre attention sur une autre question, à savoir que nous ne savons pas au juste *pourquoi* Field se trouvait au Théâtre Romain, hier soir.

Queen fronça les sourcils.

— La question me tracasse également, depuis le début, répondit-il. Nous savons par Mrs Russo et par Michaels que Field n'aimait guère le théâtre...

— Bah! l'interrompit Ellery. Beaucoup de raisons peuvent décider un homme à aller au spectacle, même s'il ne l'aime pas d'une façon générale. Quoi qu'il en

126

soit, un fait demeure certain : Field y était, hier soir. Pourquoi ? Voilà ce que je voudrais bien savoir.

— S'agissait-il d'un rendez-vous d'affaires ? suggéra l'inspecteur. D'après Mrs Russo, son amant avait promis d'être rentré à 22 heures, ne l'oubliez pas.

— Je vote pour le « rendez-vous d'affaires », dit Ellery. Mais le témoignage de cette femme ne doit être accepté que sous réserve. Elle a pu mentir et, même si Field lui avait annoncé son retour vers 22 heures, rien ne prouve qu'il ait eu l'intention de tenir parole. Donc...

Ce fut au tour de l'inspecteur d'interrompre son fils :

— Tout bien pesé, Ellery, il est évident que Field n'était pas au Théâtre Romain, hier soir, en simple spectateur. Il y était pour traiter une affaire.

— Je partage cet avis, répondit Ellery, souriant. Mais il n'est jamais mauvais de peser le pour et le contre, père. En outre, une affaire se traite à deux : donc Field devait rencontrer quelqu'un. Ce quelqu'un était-il le meurtrier ?

— Vous abusez des questions, mon fils. Thomas, finissons-en avec ces balayures !

Velie présenta, un à un, les objets trouvés. Les gants, le capuchon de stylo, le bouton et le mouchoir furent rejetés après un bref examen de l'inspecteur. Il ne resta plus que les petits bouts de papier ayant enveloppé les bonbons, et les programmes froissés. Les premiers ne présentent aucun intérêt, Queen s'attaqua aux programmes. Soudain, il poussa un cri de joie :

— Regardez ce que je viens de trouver, mes amis !

Les trois hommes se penchèrent sur son épaule. La « découverte » de l'inspecteur était un programme, maintenant déplié, mais qui avait été visiblement froissé en boule et jeté. Sur une des pages intérieures, consacrée à l'élégance masculine, on voyait des gribouillages : mots, nombres ou dessins cabalistiques tracés machinalement par un désœuvré.

— On dirait le programme de Field ! s'écria Flint.

— Oui, monsieur, on le dirait, riposta l'inspecteur. Flint, il doit y avoir, dans les papiers trouvés sur Field hier soir, une lettre portant sa signature. Quand vous aurez mis la main dessus, apportez-la-moi.

Le jeune détective partit comme une flèche tandis que Ellery étudiait attentivement les griffonnages.

Quand Flint apporta la lettre demandée, l'inspecteur compara les signatures et tous purent constater qu'elles étaient de la même main.

— Nous les ferons examiner au laboratoire par Jimmy, déclara Queen. Mais leur authenticité ne fait aucun doute. C'est bel et bien le programme de Field, mes amis ! Qu'en pensez-vous, Thomas ?

— Hum ! fit le sergent. Je ne saurais dire à quoi les autres nombres se rapportent, mais le « 50.000 » indique certainement des dollars, chef.

— Notre ami devait chiffrer son compte en banque, murmura l'inspecteur. Il ne se lassait pas de lire son nom, dirait-on !

— Vous êtes injuste pour Field, protesta Ellery. Dans ses moments perdus, quand il est au théâtre, en attendant le lever du rideau par exemple, un homme peut très naturellement écrire ses initiales ou son nom sur le premier morceau de papier qui lui tombe sous la main... C'est une façon de s'occuper, et la question est du ressort de la psychologie. Field n'était peut-être pas aussi égocentrique que ces inscriptions pourraient le laisser supposer.

— C'est un détail, riposta l'inspecteur, les yeux fixés sur la page du programme.

— Revenons à l'essentiel, lança Ellery. Là encore, je ne suis pas de votre avis. Pour moi, le « 50.000 » n'a rien de commun avec le compte en banque de Field.

— Pourquoi ? demanda son père.

— C'est un chiffre trop rond pour indiquer le montant d'un compte en banque, mon père !

— Nous allons en avoir le cœur net, mon fils !

Et, décrochant son récepteur, Queen pria le policeman du standard de le mettre en communication avec le bureau de Field. Après une assez longue conversation téléphonique avec Lewin, il se tourna, la mine déconfite, vers Ellery.

— Vous aviez raison, dit-il. Le compte en banque personnel de Field est incroyablement minime, moins de six mille dollars ! Et cela, malgré de fréquents versements de dix ou quinze mille dollars; Lewin lui-même n'en revenait pas. Il ignorait, m'a-t-il dit, la situation financière de son patron jusqu'au moment où je l'ai chargé de se renseigner. Quant à moi, je suis prêt à parier des dollars contre des fèves que Field boursicotait ou jouait aux courses !

— La nouvelle ne me surprend pas, déclara Ellery. De plus, elle nous indique la raison probable du nombre « 50.000 » inscrit sur le programme. Oui, il s'agit de dollars, il s'agit même, à mon humble avis, d'une affaire dont le montant s'élève à cinquante mille dollars ! S'il était encore de ce monde, Field n'aurait pas perdu sa soirée d'hier, messieurs !

— Comment expliquez-vous les deux autres nombres ? demanda l'inspecteur.

— Je m'occuperai d'eux tout à l'heure, père. Actuellement, je donnerais beaucoup pour connaître l'affaire susceptible de rapporter, d'un seul coup, cinquante mille dollars à Mr Field.

— Quelle que soit la nature de l'affaire, mon fils, vous pouvez être certain qu'elle était inspirée par un mauvais génie, répondit sentencieusement l'inspecteur.

— Comment cela ?

— L'argent est la racine du mal, l'ignorez-vous ?

— La racine *et* le fruit, père. N'écorchez pas les citations.

— Qui ai-je plagié, mon fils ?

— Fielding, répondit Ellery, imperturbable.

Où le passé projette son ombre

Le téléphone sonna.

— Queen ? Ici, Sampson. Je suis au bureau et cela va mal. Le médecin déclare que je cours à une mort certaine si je ne m'arrête pas et, ici, on affirme que tout s'écroulera si je m'arrête... Qu'y puis-je ? J'ai un service à vous demander, Queen.

Le clin d'œil que l'inspecteur adressa à son fils disait clairement : « Nous y sommes ! »

— Je vous écoute, Henry.

— J'ai, dans mon bureau, un monsieur qui désire vivement vous rencontrer sans retard. C'est un homme qu'il me faut ménager, acheva le procureur du district dans un murmure.

— Ives-Pope, j'imagine ? Il jette feux et flammes parce que j'ai questionné sa fi-fille ?

— N'exagérons rien ! C'est un chic type, Queen. Vous venez, n'est-ce pas ? Et... et je vous demande d'être aimable, mon vieux.

— Je mettrai des gants de soie ! Et, si cela peut vous tranquilliser, j'amènerai Ellery, l'homme du monde de notre association.

— Parfait, dit Sampson, à présent détendu.

L'inspecteur raccrocha, puis il se tourna vers Ellery en disant :

— Pauvre Sampson, va ! Malade comme un chien, visé par les politiciens à la veille des élections, et ce Crésus sur les bras, par-dessus le marché ! En route, mon fils !

Ellery s'étira avec un grognement.

— Je tomberai malade à mon tour si cela continue, soupira-t-il.

Sur ce, il se leva prestement et enfonça son chapeau sur sa tête.

L'inspecteur donna ses dernières instructions à Velie :

— Fourrez le nez dans les affaires financières personnelles de Field, Thomas. Tâchez de savoir pourquoi il n'avait que six mille dollars sur son compte, alors qu'il avait un cabinet florissant et vivait princièrement. Pour moi, il jouait à Wall Street ou aux courses. Mais autant s'en assurer. Dans son bureau, vous trouverez un certain Lewin qui vous aidera; faites-vous montrer ses quittances et tout ce qui s'ensuit. Autre chose, Thomas, et ceci peut être extrêmement important : reconstituez l'emploi du temps de Field pour la journée d'hier. A ce soir.

N'entrait pas qui voulait dans le bureau du procureur du district. Il arriva même à un inspecteur de grand renom d'être traité sans les honneurs dus à son rang. Ellery fut courroucé, son père sourit et, finalement, le procureur du district en personne sortit de son bureau comme un diable de sa boîte et admonesta vertement le policeman coupable d'avoir laissé ses amis faire antichambre sur une banquette peu hospitalière.

Tout en conduisant ses « amis » vers le sanctuaire si bien gardé, Sampson continua de maudire l'offenseur, ce qui lui valut cet avertissement de Queen :

— Ménagez votre gorge, jeune homme. Suis-je assez présentable pour paraître devant Crésus ?

Sampson tint la porte ouverte. Un homme, les mains croisées derrière le dos, regardait par la fenêtre : quand le procureur du district referma la porte, il se retourna avec une agilité étonnante, vu sa taille et sa corpulence.

Franklin Ives-Pope évoquait l'époque virile de la haute finance, il rappelait le vieux Cornelius Vanderbilt et autres potentats dont le règne sur Wall Street s'était exercé autant par la force de leur personnalité que par la puissance de l'argent. Taillé d'un seul bloc et conservant la vigueur de la jeunesse, avec des yeux gris clair, une moustache et des cheveux poivre et sel, Ives-Pope était un des hommes les plus marquants que l'on pût rencontrer. En s'avançant, les Queen comprirent instantanément à qui ils avaient affaire.

Ives-Pope devança les présentations.

— Queen, le chasseur d'hommes ? dit-il d'une voix profonde et sympathique. Il y a longtemps que je désire vous connaître, inspecteur.

Queen serra avec dignité la main tendue; puis il répondit avec un demi-sourire :

— La réciproque est vraie, Mr Ives-Pope. Sans rancune pour l'argent qui est passé de ma poche dans la vôtre, le jour où j'ai risqué ma chance à Wall Street ! Je vous présente mon fils Ellery, l'orgueil de la famille.

L'homme bien bâti apprécia d'un coup d'œil la prestance d'Ellery. Il lui serra la main en déclarant :

— Vous pouvez être fier de votre père, Mr Queen.

— Ouf ! soupira le procureur du district, en avançant trois sièges. Tout s'est bien passé. Vous n'imaginez pas combien j'appréhendais cette rencontre, Mr Ives-Pope. Avec ce diable de Queen, on peut s'attendre à tout; je n'aurais pas été autrement surpris de le voir vous passer les menottes, pendant qu'il vous serrait la main !

Le rire franc du financier dissipa toute tension, et Sampson en arriva brusquement au fait.

— Mr Ives-Pope est ici, Queen, pour se rendre compte par lui-même de la situation concernant sa fille.

L'inspecteur inclina la tête. Sampson se tourna vers le financier et il enchaîna :

— Comme je vous l'ai déjà dit, monsieur, l'inspecteur Queen a toute notre confiance et il conduit toujours ses enquêtes sans le contrôle de notre organisme. Vu les circonstances, j'ai cru devoir me répéter devant l'inspecteur.

— C'est la bonne méthode, Sampson, déclara Ives-Pope. Je l'ai toujours appliquée dans la conduite de mes affaires personnelles et ce que je sais de l'inspecteur Queen me permet d'ajouter : votre confiance est bien placée.

— Le devoir professionnel m'oblige parfois à agir contre mon gré, commença gravement Queen. Le cas s'est produit hier soir, Mr Ives-Pope. J'imagine que votre fille a été bouleversée à la suite de notre entrevue ?

Le financier garda le silence ; puis, levant la tête, il regarda Queen dans les yeux et dit :

— Nous sommes, l'un et l'autre, des hommes d'expérience et des hommes d'affaires, inspecteur. Nous avons rencontré toutes sortes de gens, tourné des difficultés insurmontables pour le commun des mortels : bref, nous pouvons nous comprendre. Oui, ma fille Frances a été bouleversée, ainsi que sa mère dont la santé laisse toujours beaucoup à désirer. Quant à Stanford, mon fils... mais peu importe. Frances m'a tout raconté, hier soir, quand elle est rentrée avec ses amis. Je connais ma fille, et je parie ma fortune qu'il n'existe pas le plus lointain rapport entre Field et elle.

— Je ne l'ai accusée de rien, cher monsieur, répondit tranquillement l'inspecteur. Nul ne connaît mieux que moi les bizarreries qui peuvent se produire au cours d'une enquête criminelle ; c'est pourquoi je vais toujours jusqu'au fond du moindre détail. J'ai prié miss Ives-Pope d'identifier son sac ; ceci fait, je lui ai dit où il avait été trouvé. J'attendais, naturellement, une explication de sa part : je l'attends toujours. Vous serez le premier à comprendre que, trouvant un sac dans la poche d'une personne assassinée, la police a le devoir d'identifier la propriétaire du sac et de rechercher le rapport possible de cette personne avec le crime.

Ives-Pope pianota sur le bras de son fauteuil.

— Vous n'avez fait que votre devoir, inspecteur, dit-il. Et ce devoir vous impose d'éclaircir complètement cette affaire. Si besoin était, je serais le premier à vous en prier. Mais je ne veux pas plaider la cause de ma fille et j'ai en vous une confiance suffisante pour me rallier à votre jugement, quand vous aurez été jusqu'au fond des choses. (Et, après une pause, il ajouta :) Inspecteur

Queen, accepteriez-vous d'assister, demain matin, à une petite réunion que j'organise chez moi ? Frances est réellement souffrante et sa mère insiste pour la garder à la maison, sans quoi je n'envisagerais même pas la possibilité de vous déranger ainsi. Viendrez-vous ?

— Nous viendrons, Mr Ives-Pope.

Le financier semblait peu disposé à lever la séance. Il reprit, avec une certaine hésitation :

— J'ai toujours été un homme juste, inspecteur. Je me rends compte que l'on pourrait m'accuser d'user de ma situation en vue d'obtenir un passe-droit. Ce n'est pas le cas, croyez-moi. Frances a été tellement bouleversée hier soir qu'elle n'a pu vous donner les explications indispensables, mais je suis certain que, dans son cadre familial, elle pourra se justifier de toute participation possible à cette affaire. La présence de son fiancé l'aidera peut-être à retrouver le calme et l'assurance nécessaires... (La voix du financier trahissait un doute à ce sujet.) Pouvons-nous vous attendre vers 10 h 30 ? acheva-t-il.

— Entendu, Mr Ives-Pope. Qui assistera à cette réunion, je vous prie ?

— Vos dispositions seront les miennes, inspecteur. Si vous n'y voyez pas d'inconvénient, j'imagine que Mrs Ives-Pope tiendra à être présente. Mr Barry, mon futur gendre, expliqua sèchement Ives-Pope, sera là, et Frances aimera peut-être à avoir auprès d'elle quelques amis... des acteurs. Enfin, il est possible que mon fils Stanford nous honore de sa présence... si, toutefois, ses nombreuses occupations ne le retiennent pas ailleurs, ajouta le milliardaire avec une pointe d'amertume.

Un silence embarrassé plana dans la pièce. Ives-Pope se leva, les trois autres suivirent son exemple, et il reprit, d'un ton plus léger :

— Pas d'objection, inspecteur ?

— Aucune.

Ives-Pope se tourna vers le procureur du district.

— Il va sans dire que je compte sur vous, Sampson,

si vous pouvez disposer du temps nécessaire. Le trouve-rez-vous ?

— Je le prendrai, Mr Ives-Pope, répondit le procureur du district.

— Puis-je compter également sur vous, Mr Queen ? continua le financier, en s'adressant à Ellery. Vous avez, je le sais, suivi de très près cette enquête aux côtés de votre père et je serais heureux que vous fussiez des nôtres.

— Je viendrai, répondit simplement Ellery.

Ives-Pope prit congé et se retira.

— Qu'en pensez-vous, Queen ? demanda le procureur du district, nerveux.

— Mr Ives-Pope est un homme très intéressant et d'une parfaite droiture, répondit l'inspecteur.

— Oui, certes. Hum ! Avant votre arrivée, il m'a demandé, à titre amical, si vous ne pourriez pas mettre une sourdine à la publicité qui entoure cette affaire, Queen.

— Et il n'a pas eu le courage d'aborder la question avec moi, n'est-ce pas ? C'est humain. Eh bien, Henry, je prends bonne note de son souci paternel mais, si cette jeune fille est sérieusement compromise, elle tombera forcément sous la griffe des reporters.

— Bien, bien, Queen, dit Sampson avec humeur. Vous êtes seul juge. Ah ! ma maudite gorge !

Tirant un pulvérisateur de son tiroir, il s'en servit rageusement.

— Ives-Pope n'a-t-il pas fait récemment un don de cent mille dollars à l'Institut des Recherches Chimiques, Sampson ? demanda soudain Ellery.

Le procureur du district se gargarisait. Il répondit cependant :

— Je crois me souvenir en effet d'une libéralité de ce genre. Pourquoi cette question ?

Les glouglous du gargarisme ne lui permirent pas d'entendre l'explication d'Ellery. Queen fixa sur son fils un regard pénétrant, puis il consulta sa montre et dit :

— Il est l'heure de déjeuner, mes amis. Vous êtes des nôtres, Henry ?

Sampson sourit avec effort.

— J'ai du travail par-dessus la tête, mais un procureur de district n'est pas un pur esprit, après tout, dit-il. Déjeunons ensemble, à la condition que vous soyez mes invités. Je vous dois bien cela, Queen !

Avant de sortir, l'inspecteur décrocha le téléphone de Sampson.

— Mr Morgan ?... Bonjour, Morgan. Ici, l'inspecteur Queen. Pouvez-vous m'accorder un instant, dans le courant de l'après-midi ? Entendu, à 14 h 30. (L'inspecteur raccrocha, l'air satisfait, et il déclara à son fils :) Apprenez que la politesse est toujours récompensée, El.

Dans le cabinet de Benjamin Morgan, les Queen retrouvèrent le « bon ton » qui manquait à celui de Field ; mais l'accueil qu'ils reçurent fut empreint de réserve, malgré la boîte de cigares que Morgan leur présenta, après les avoir priés de s'asseoir.

— Merci, dit l'inspecteur. Mon tabac à priser suffira.

Ellery prit une cigarette et Morgan, les doigts tremblants, alluma un cigare.

— Je pense que vous désirez poursuivre notre conversation d'hier soir, inspecteur ? demanda-t-il.

Queen éternua, empocha sa tabatière, se carra dans son fauteuil et dit tranquillement :

— Vous m'avez fait des cachotteries, hier soir, mon cher Morgan.

— Comment cela ? s'écria l'avocat, en rougissant.

— Parlant de la dissolution de la firme Field & Morgan, m'avez-vous dit que vous vous étiez séparés amicalement, Field et vous ?

— Parfaitement.

— Dans ce cas, comment expliquez-vous certaine prise de bec au Webster Club ? Proférer des menaces de mort contre l'associé dont on est sur le point de se séparer me paraît être une drôle de façon de se quitter amicalement ?

Le silence se prolongea pendant plusieurs minutes. Ellery soupira, son père fixait patiemment Morgan qui leva enfin la tête et se mit à parler avec une passion contenue :

— Excusez-moi, inspecteur, commença-t-il, en détournant les yeux. J'aurais dû savoir que cette histoire parviendrait à vos oreilles. Elle est exacte. Je fuyais les rapports mondains avec Field, mais, un jour, nous déjeunâmes ensemble au Webster Club, sur son instigation, sous prétexte de régler certains détails relatifs à la dissolution projetée. Un désaccord survint, je m'emportai. Les menaces en question furent proférées sous le coup de la colère, une semaine après, je n'y pensais plus.

— Cela peut arriver, déclara Queen. Mais... Mais, Morgan, un homme n'en menace pas un autre de mort, même inconsidérément, à propos d'une petite question d'intérêt. (Il pointa sur l'avocat un doigt menaçant.) Allons, finissons-en, mon cher. Que cachez-vous ?

Morgan n'était plus qu'une loque aux lèvres terreuses. Son regard implorant alla du père au fils, mais il se heurta à la même expression implacable. Ellery, tel un vivisecteur observant un cobaye, intervint :

— Field vous tenait d'une façon ou d'une autre, mon cher Morgan. Jusqu'au fameux déjeuner au Webster, vous ignoriez cette emprise, et, ce jour-là, il abattit son jeu. La vérité saute aux yeux, voyons !

— Vous avez deviné juste, Mr Queen, répondit l'avocat. J'ai été l'une des plus malheureuses créatures que la terre ait portées. L'assassin de ce misérable mérite d'être décoré pour service rendu à l'humanité ! Field était un monstre, un corps sans âme, une brute immonde. Depuis qu'il est mort, je respire. Je suis heureux.

— Doucement, Morgan, dit l'inspecteur. Je crois volontiers que Field ne valait pas la corde pour le pendre, mais de tels propos sont imprudents. Ensuite ?

— Voici toute l'histoire, murmura Morgan, les yeux

fixés sur son buvard. Elle commence par une « erreur de jeunesse ». J'étais encore étudiant, elle était serveuse au restaurant de l'université. Ce n'était pas une mauvaise fille, mais j'avais le diable au corps et elle était faible : bref, elle eut un enfant, mon fils. J'appartiens, vous le savez peut-être, à une famille très rigoriste; de plus, mes parents fondaient de grandes ambitions sur moi. Je ne pouvais guère revenir à la maison, marié à cette fille. Ce fut une vilaine action.

Il marqua une pause, puis reprit :

— Mais je la commis, tout est là. Je... j'ai toujours aimé cette femme. Elle se montra très raisonnable et ma pension de jeune homme me permettait de subvenir à ses besoins et à ceux de l'enfant. Personne au monde, personne, j'en jurerais, n'eut vent de cette histoire, sauf sa mère, une veuve digne de respect. J'en jurerais, vous m'entendez ! Et, cependant... (Il serra le poing, mais il continua avec un soupir :) Plus tard, j'épousai la jeune fille choisie par mes parents. Elle appartenait à une famille aristocratique, j'apportais la fortune, ce fut un mariage de convenance qui tourna relativement bien... Jusqu'au jour où, pour mon malheur, je rencontrai Field et consentis à m'associer avec lui. Mes affaires traversaient une passe difficile, c'était un avocat plein de dynamisme, je cédai à ses instances.

L'inspecteur aspira une double pincée de tabac.

— Au début, tout alla bien, continua Morgan de la même voix sourde. Mais ma méfiance s'éveilla peu à peu. Des clients louches défilaient, aux heures de fermeture, dans le bureau de mon associé, lequel éludait mes demandes d'explication. Je commençai à y voir clair et compris que ma propre réputation souffrirait de cette association. J'abordai le sujet de la dissolution et rencontrai une vive opposition. Mais je tins bon et Field n'eut qu'à s'incliner. Nous nous séparâmes.

Ellery pianotait distraitement sur la poignée de sa canne. L'avocat enchaîna :

— J'en arrive à l'affaire du Webster. Field proposa ce

déjeuner, et il me força en quelque sorte la main, sous prétexte de régler les derniers détails de notre sépara-tion. Ce n'était, naturellement, qu'un prétexte, et vous devinez sans doute son intention véritable. Là, en public, le misérable m'annonça tranquillement qu'il savait que je faisais vivre une femme et mon enfant illé-gitime. Les preuves ne lui manquaient pas : plusieurs de mes lettres, des talons de chèques que j'avais envoyés à cette femme. Le tout volé par lui, il ne s'en cacha pas, dans des papiers personnels auxquels je n'avais pas tou-ché depuis des années. Puis Field déclara qu'il comptait monnayer ces preuves !

— Du chantage ! murmura Ellery, les yeux brillants.

— Et quel chantage ! répondit amèrement Morgan. Il me décrivit avec complaisance ce qui se passerait si je ne me pliais pas à ses exigences. Je vis, écroulée en un jour, la situation mondaine que j'avais mis des années à créer. Ma femme, sa famille, la mienne, nos relations... Je vis tout cela et compris que je ne pourrais jamais me laver d'une telle souillure. Quant aux affaires... Il ne manquait pas, à New York, d'avocats sans tache aux-quels mes meilleurs clients pourraient confier leurs intérêts. J'étais pris au piège, Field le savait comme moi.

— Combien exigeait-il ? demanda Queen.

— Oh ! Il n'y allait pas de main morte ! Vingt-cinq mille dollars, pour prix de son silence et sans la restitu-tion des preuves. Mais, je le répète, j'étais pris, car il ne s'agissait pas d'une affaire classée. Je continuais à entretenir cette pauvre femme et notre fils. Je continue-rai à le faire, tant que je vivrai. Ainsi je payai. Mais le mal était fait, car j'avais vu rouge, au Club et... C'est vrai, vous connaissez l'incident.

— Et il est revenu à la charge, Morgan ? demanda l'inspecteur.

— Depuis deux ans, cet homme insatiable n'a pas cessé de me faire chanter ! Aujourd'hui encore, je ne comprends pas comment Field donnait toujours l'impression d'être à court d'argent, alors qu'il touchait d'énormes honoraires. Et il ne se contentait pas de petites sommes, le misérable. Je ne lui ai jamais versé moins de dix ou quinze mille dollars à la fois !

Père et fils s'entre-regardèrent. Le premier soupira :

— C'est du propre, Morgan. Plus j'entends parler de ce Field, moins j'ai envie de passer les menottes à celui qui l'a supprimé. Mais la question n'est pas là ! Ce que je viens d'apprendre de votre bouche prouve que vous mentiez, hier soir, en déclarant que vous n'aviez pas vu Field depuis deux ans. *Quand* l'avez-vous vu pour la dernière fois ?

Morgan eut l'air de se creuser la cervelle.

— Il y a deux mois, environ, inspecteur, répondit-il enfin.

— Bien. Je regrette que vous ne m'ayez pas dit tout cela dès hier soir, Morgan, continua Queen. La police sait garder un secret et il s'agit d'un renseignement de la plus haute importance pour nous. Voyons... Connaissez-vous une certaine Mrs Angela Russo ?

— Non, inspecteur. C'est la première fois que j'entends prononcer ce nom.

Queen réfléchit un instant, puis il demanda :

— Connaissez-vous un nommé Parson Johnny ?

— Oui et non. Mais je sais que, durant notre association, Field utilisait ce pâle gredin pour de louches opérations personnelles. Je l'ai surpris maintes fois au moment où il se faufilait dans le bureau à une heure irrégulière, et quand j'interrogeais Field au sujet de ces visites, il haussait les épaules en disant : « Oh, ce n'est que Parson Johnny, un ami ! » Voilà comment j'ai pu établir son identité, mais j'ignore tout de ses rapports avec Field.

— Merci, Morgan, dit l'inspecteur. Ce renseignement me servira. Et maintenant, une dernière question. Le nom Charles Michaels vous dit-il quelque chose ?

— Je pense bien ! Michaels était le soi-disant valet de chambre de Field. En réalité, si je ne me trompe, c'était son garde du corps, son âme damnée... Ce que vous voudrez. Michaels venait de temps en temps au bureau, mais je ne sais rien de plus sur son compte.

— Il vous connaissait, naturellement ?

— Sans doute. Je ne lui ai jamais parlé, mais il m'a certainement vu, quand il venait au bureau.

— Parfait, grogna l'inspecteur, en se levant. J'ai tiré un grand profit de notre conversation et... Non, c'est tout pour l'instant. Vaquez à vos occupations habituelles et restez en ville, afin que je puisse vous trouver en cas de besoin. Vous êtes à ma disposition, Morgan, ne l'oubliez pas.

— Je n'aurai garde de l'oublier, inspecteur. Et... Et ce que je vous ai raconté, l'histoire de mon fils, restera entre nous, n'est-ce pas ?

Quelques instants plus tard, les Queen cheminaient côte à côte sur le trottoir.

— C'était du chantage, papa, murmura Ellery. Croiriez-vous que cela me donne une idée ?

— J'en ai quelques-unes pour mon compte personnel ! riposta son père, en riant.

La course jusqu'au Bureau Central s'acheva dans un silence que l'on pourrait qualifier de télépathique.

Où les Queen vont dans le monde

Le mercredi matin, Djuna servait le café de ses maîtres — l'inspecteur taciturne, son fils loquace — quand ils s'élancèrent d'un même mouvement vers l'appareil.

— Halte ! s'écria l'inspecteur. C'est pour moi !

— Permettez à un bibliophile d'en douter, monsieur, riposta Ellery. J'ai l'impression que ce doit être mon ami le bouquiniste, au sujet du Falconer de mes rêves.

— Voyons, Ellery, ne faites pas la mauvaise tête ! Je...

Pendant cette discussion amicale, Djuna décrocha.

— Allô! C'est bien l'inspecteur que vous demandez? C'est pour vous, inspecteur, continua-t-il, le sourire aux lèvres, l'embouchure de l'appareil collée contre sa poitrine.

Ellery retomba sur sa chaise. Queen, triomphant, prit le récepteur.

— Allô?

— Ici, Stoates, dans le bureau de Field, dit une voix fraîche. Je vous passe Mr Cronin, inspecteur.

Ellery tendit l'oreille. Djuna, intelligent et curieux comme son frère, le singe, resta cloué dans son coin.

— Comment allez-vous, inspecteur? dit une nouvelle voix. Il y a des éternités que je n'ai eu le plaisir de vous voir.

— Je vieillis, Tim, répondit Queen. A part ça, toujours solide au poste. Avez-vous trouvé quelque chose?

— C'est le point sensible de l'affaire, inspecteur, répliqua Cronin. Comme Mr Sampson vous l'a dit avant-hier soir, je surveillais Field depuis des années. C'était ma bête noire, ou mon dada favori, si vous préférez. Mais, durant toutes ces années de surveillance active, je n'ai jamais pu trouver une seule preuve matérielle contre ce forban. C'en était un, inspecteur, j'en donnerais ma tête à couper, et ma seule erreur passée fut peut-être d'espérer qu'un jour ou l'autre, il ferait un faux pas qui me permettrait de le pincer et de fourrer mon nez dans ses archives personnelles. Ce jour a lui enfin... et j'ai fait chou blanc.

Ellery exprima par un soupir la mine déçue de son père. Il se leva et se mit à arpenter la pièce. Queen dit avec une bonne humeur feinte :

— Tant pis, Tim. Ne vous tracassez pas. Nous avons d'autres atouts dans notre jeu.

— Bon courage, inspecteur, dit brusquement Cronin. Vous avez affaire à forte partie. Field était un as et le génie qui a pu l'abattre par surprise doit être un super-as! Incidemment, nous n'avons pas encore examiné la moitié des dossiers et peut-être vous ai-je peint la situation trop en noir, à l'instant. Nous avons bien relevé des *traces* d'opérations louches, mais c'était une *preuve* que je cherchais ! Le travail continue et nous finirons peut-être par en trouver une.

— *Amen,* conclut l'inspecteur. Tenez-moi au courant, Cronin et... A propos, Lewin est-il là ?

Cronin baissa la voix.

— Le chef du secrétariat ? Oui, il ne doit pas être loin. Pourquoi ?

— Ayez l'œil dessus. J'ai l'impression qu'il joue à l'imbécile et rien ne prouve qu'il n'ait pas été de connivence avec Field. Ne laissez pas traîner les dossiers.

— Entendu, inspecteur. Je vous rappellerai.

Cronin raccrocha.

. . . .

A 10 h 30, les Queen franchirent la grille de Riverside Drive par laquelle on pénétrait dans la propriété des Ives-Pope. Pelouses et jardins d'agrément, serres, allées et charmilles entouraient une immense maison de pierre à l'aspect démodé. On se serait cru à plusieurs milles de New York dont le grondement perpétuel venait expirer au pied du mur d'enclos. Les Ives-Pope possédaient une fortune incalculable, agrémentée d'une lignée d'ancêtres qui remontait aux premiers jours de la colonisation américaine.

Un imposant maître d'hôtel — tringle de fer dans le dos, nez en trompette — ouvrit la porte. Tandis qu'Ellery admirait sa livrée, l'inspecteur fouilla ses poches pour trouver une carte de visite. Transformé en statue de pierre, son plateau à la main, le maître d'hôtel attendait. Enfin, tout rougissant, l'inspecteur trouva une carte défraîchie qu'il posa sur le plateau.

Les Queen restèrent seuls dans le hall. Ellery sourit à la vue de son père, redressant sa petite taille, quand Franklin Ives-Pope parut.

— Inspecteur ! Mr Queen ! s'écria-t-il d'une voix cordiale. Venez, je vous en prie. Attendiez-vous depuis longtemps ?

L'inspecteur tourna une phrase de politesse. Sous la conduite d'Ives-Pope, les Queen traversèrent le grand hall à l'ameublement austère.

— Vous êtes la ponctualité personnifiée, messieurs, dit Ives-Pope, s'effaçant pour les laisser entrer dans une bibliothèque. Voici les membres de notre petite réunion. Vous les connaissez tous, je crois ?

L'inspecteur et Ellery regardèrent autour d'eux.

— Je connais tout le monde, sauf ce jeune homme... Mr Stanford Ives-Pope, sans doute ? dit Queen. Mon fils n'a pas encore rencontré Mr Peale — je ne me trompe pas ? Mr Barry et, naturellement, Mr Ives-Pope.

Les présentations eurent lieu dans une atmosphère tendue. Puis le procureur du district Sampson s'approcha vivement de l'inspecteur. Ives-Pope s'était éclipsé, après quelques paroles d'excuse.

— Je n'aurais manqué cette réunion pour rien au monde, dit Sampson à voix basse. C'est la première fois que je rencontre la plupart des personnes ici présentes.

— Que fait ici ce Peale ? murmura Queen, tandis qu'Ellery traversait la pièce pour aller parler aux trois jeunes gens.

— C'est un ami d'Ives-Pope junior et un camarade de Barry, répondit le procureur du district. D'après ce que j'ai cru comprendre avant votre arrivée, c'est par son frère Stanford que Frances Ives-Pope a connu tout ce milieu théâtral et qu'elle s'est toquée de Barry.

— Je me demande si Ives-Pope et son aristocratique épouse approuvent les amis de leurs enfants ? continua l'inspecteur, toujours à voix basse.

— Vous serez bientôt fixé, mon cher, déclara Sampson. Les yeux de Mrs Ives-Pope dardent des éclairs... non, des glaçons, chaque fois qu'ils se posent sur un de ces acteurs. J'imagine qu'ils sont à peu près aussi bien vus, dans cette maison, qu'une bande de bolcheviks !

Queen, les mains derrière le dos, passa l'inspection

de la pièce. Contre les murs, de beaux livres soigneusement rangés, dans des bibliothèques vitrées; au centre, un vaste bureau. Un ensemble sobre et de bon goût pour le cabinet de travail d'un milliardaire.

— J'y pense, reprit Sampson, Eve Ellis, l'actrice qui accompagnait miss Ives-Pope et son fiancé lundi soir, au Théâtre Romain, est ici également. Elle doit tenir compagnie à la petite héritière qui n'a pas encore paru. Mrs Ives-Pope ne doit pas voir cette amitié d'un bon œil, mais toutes deux sont de charmantes filles.

— Ce doit être joli, sous ce noble toit, quand les Ives-Pope et les acteurs se trouvent seuls en vis-à-vis, grogna Queen.

Les quatre jeunes gens s'avancèrent vers eux. Mince, habillé comme une gravure de mode, Stanford Ives-Pope avait de grosses poches sous les yeux et un air désabusé qui frappa l'inspecteur. Peale et Barry, les deux acteurs, étaient d'une sobre élégance.

— Quelque chose me dit que votre problème actuel est compliqué, inspecteur, commença Stanford Ives-Pope. Le malheur, pour nous, est que ma pauvre sœur y soit mêlée. Comment diable son sac pouvait-il se trouver dans la poche de cet individu? Barry n'en ferme plus l'œil, à cause de Frances!

— Si je savais comment le sac de miss Ives-Pope était tombé dans la poche de Monte Field, je ne serais pas ici ce matin, cher monsieur, répondit Queen. Il s'agit là d'une des questions qui rendent cette affaire si diaboliquement intéressante.

— Chacun son point de vue. Mais vous ne pouvez penser sérieusement que Frances ait un rapport quelconque avec tout ceci?

Queen sourit.

— Il est trop tôt pour que je puisse me créer une opinion, jeune homme, protesta-t-il. Je n'ai pas encore entendu l'explication de votre sœur.

— Frances... Miss Ives-Pope se justifiera, inspecteur, intervint Barry, les traits de sa belle physionomie tirés par la fatigue. C'est de la voir exposée à ces abominables soupçons qui m'indigne. Tout cela est absurde!

— Je me mets à votre place, Mr Barry, dit l'inspecteur avec bonté. Et je profite de l'occasion pour m'excuser de ma conduite de l'autre soir. Peut-être ai-je été un peu brusque.

— Ce devrait être à moi de m'excuser, répondit l'acteur avec un pâle sourire. Dans ce bureau, j'ai dit des choses que je ne pensais pas; mais l'évanouissement de Frances m'avait bouleversé et...

Il s'interrompit, gêné. Peale, un géant rougeaud et sympathique, posa affectueusement un bras autour de son épaule.

— L'inspecteur comprend la situation, Steve, déclara-t-il gaiement. Ne prenez pas les choses au tragique, mon vieux. Tout s'arrangera, vous verrez.

— Vous pouvez faire confiance à l'inspecteur Queen! (A cet endroit, une bourrade amicale dans les côtes dudit inspecteur; puis Sampson continua :) Il est le seul limier de ma connaissance qui ait un cœur sous son insigne de policeman. Et si miss Ives-Pope peut s'expliquer d'une façon satisfaisante, ou même relativement satisfaisante, ce sera la fin de tous vos ennuis, mes amis.

— Sait-on jamais? murmura Ellery. Avec mon père, on peut s'attendre à toutes les surprises. Quant à miss Ives-Pope... (Il sourit et s'inclina devant l'acteur.) Vous êtes un heureux mortel, Mr Barry.

— Vous changerez sans doute d'avis quand vous aurez vu la reine mère, dit Stanford Ives-Pope. Tiens! Si je ne m'abuse, la voici justement.

Les hommes se tournèrent vers la porte. Une énorme femme s'avançait, soutenue sous un bras par une infirmière qui, de l'autre main, tenait un flacon de sels. Fermaient la marche : le mari et un homme au visage jeune sous des cheveux blancs. Ce dernier portait un manteau sombre et tenait une trousse noire à la main. Mrs Ives-

Pope s'affala dans un vaste fauteuil et dit à mi-voix, s'adressant à l'infirmière :

— Catharine, ma chère, ce sont les messieurs dont je vous ai parlé : l'inspecteur Richard Queen et Mr Ellery Queen.

Père et fils, saluant, furent embrassés dans un même regard glacial.

— Enchantée, reprit-elle d'une voix pointue. Où est la nurse ? Ah ! Catharine, mes sels !

L'infirmière s'avança vivement, le flacon débouché. Mrs Ives-Pope ferma les yeux et elle aspira avec un soupir de contentement. Quand son mari eut présenté à la ronde le Dr Vincent Cornish, médecin de la famille, l'homme aux cheveux prématurément blanchis se hâta de disparaître, à la suite du maître d'hôtel.

— Un as, ce Cornish, dit tout bas Sampson à Queen. Ce n'est pas seulement un médecin à la mode, c'est un véritable savant.

— La reine mère est une des raisons pour lesquelles je plains les médecins, confia Stanford Ives-Pope à Ellery. (Puis il s'écria :) Ah ! Frances chérie !

Ives-Pope courut vers la porte. Barry, plus rapide, arriva le premier et Mrs Ives-Pope le suivit d'un regard froidement hostile. James Peale, toussotant avec embarras, lança une phrase quelconque à Sampson.

Frances, dans une toilette vaporeuse, fit son entrée au bras d'Eve Ellis, l'actrice. Son : « Bonjour, inspecteur ! » s'accompagna d'un sourire un peu forcé, puis Peale présenta Eve Ellis et les deux jeunes filles s'assirent auprès de Mrs Ives-Pope qui roulait des yeux de lionne prête à défendre son lionceau menacé. Cédant aux instances d'Ives-Pope, l'inspecteur s'installa devant le bureau, les hommes s'assirent à leur tour, sauf Ellery qui préféra rester debout, en arrière de l'assistance.

L'inspecteur se tourna vers Frances, et il commença d'un ton paternel :

— Tout d'abord, miss Frances — permettez-moi de vous appeler ainsi —, laissez-moi vous expliquer mon attitude de lundi soir et m'excuser de ce qui a dû vous paraître une sévérité injustifiée. Je tiens de Mr Ives-Pope que vous êtes en mesure de fournir l'explication indispensable pour me permettre de vous éliminer de mon enquête. Je suis ici pour vous entendre, miss Frances. Lundi soir, vous n'étiez pour moi qu'une suspecte et j'ai agi en conséquence; mais maintenant que je vous ai située dans votre cadre, je comprends que le simple fait d'être interrogée par un policeman vous ait bouleversée.

— Vous êtes tout excusé, inspecteur, répondit la jeune fille avec un pâle sourire. Lundi soir, je n'ai été qu'une sotte. Aujourd'hui, je suis prête à répondre aux questions que vous aurez à me poser.

— Un instant, ma chère. (L'inspecteur se tourna pour s'adresser à tout l'auditoire.) Avant de commencer, je tiens à mettre les choses au point, mesdames et messieurs. Tout ce qui se dira ici doit être tenu secret. Comme le procureur du district pourrait vous le dire, je n'ai pas l'habitude de conduire une enquête en public; il s'agit aujourd'hui d'une exception, consentie par égard pour une malheureuse jeune fille qui n'est peut-être qu'une victime des circonstances. Donc, en cas de fuite, que le coupable de l'indiscrétion n'attende aucune indulgence de ma part. Vous êtes tous avertis.

— Vous le prenez de haut, inspecteur, déclara le jeune Ives-Pope. Toutes les personnes présentes connaissent déjà l'histoire, ce me semble !

— Sans quoi, je n'aurais peut-être pas accepté l'idée de cet aréopage, répondit Queen du tac au tac.

A noter, parmi les petits « mouvements divers », celui de Mrs Ives-Pope qui ouvrit la bouche avec l'intention très visible d'exprimer son courroux. Un regard de son mari lui fit pincer les lèvres et elle se vengea sur Eve Ellis qu'elle dévisagea au point de la faire rougir. L'infirmière se tenait à côté de Mrs Ives-Pope, le flacon de sels débouché, comme un chien de chasse à l'arrêt.

— Résumons la situation, miss Frances, reprit l'inspecteur. En examinant la dépouille de Mr Monte Field, avocat réputé, assassiné pendant une représentation de *Gunplay*, je trouve dans la poche arrière de son habit un sac de soirée. Des cartes de visite et autres papiers personnels m'apprennent que vous êtes sa propriétaire et je me dis : « Ah! voici la première femme de l'affaire! » Je charge un de mes subordonnés de vous conduire dans le bureau du directeur où je vous reçois, prêt à écouter vos explications. Je vous montre le sac, je vous dis où il fut trouvé, vous vous évanouissez. Sur le coup, je me dis, comme tout autre l'eût fait à ma place : « Cette jeune personne sait quelque chose! » Maintenant, comment pouvez-vous me convaincre que vous ne savez rien, que le choc moral fut la seule cause de votre évanouissement? Rappelez-vous que ce n'est pas Richard Queen qui vous pose la question; c'est un policeman à la recherche de la vérité.

— Mon récit ne vous donnera peut-être pas satisfaction, inspecteur, répondit posément Frances. Vous éclairera-t-il? J'en doute. Mais certains faits qui me paraissent intéressants peuvent, pour vous, avoir de l'importance. Voici ce qui s'est passé.

« Tout d'abord, ma présence au Théâtre Romain, lundi soir, était naturelle. Depuis mes fiançailles avec Mr Barry — bien qu'elles n'aient pas été officiellement annoncées — j'y vais souvent pour retrouver mon fiancé avec lequel je soupe, après la représentation. Généralement, ces rencontres au théâtre sont décidées à l'avance, entre nous; mais, parfois, je lui ménage la surprise. C'était le cas, lundi soir.

Au mot « fiançailles », Mrs Ives-Pope avait fait une grimace. Frances continua.

— A la suite d'un arrangement entre Mr Barry et Mr Panzer, j'ai un fauteuil réservé pour toutes les représentations de *Gunplay*. Lundi soir, j'arrivai quelques minutes avant le premier entracte. Il faisait chaud, étouffant même. Je commençai par aller dans le lavabo des dames, situé au sous-sol. Puis je remontai et sortis dans l'impasse, afin de respirer l'air pur. Nombre de spectateurs en faisaient autant.

La jeune fille se tut et Ellery, adossé contre une bibliothèque, observa les auditeurs. Mrs Ives-Pope roulait de gros yeux furieux. Ives-Pope fixait le mur, au-dessus de la tête brune de sa fille, Stanford mordillait ses ongles, Peale et Barry regardaient Frances avec la même expression de sympathie inquiète; Eve Ellis avait pris la main de son amie.

L'inspecteur s'éclaircit la voix avant de demander :

— De quelle impasse s'agit-il, miss Frances ? Celle de droite ou celle de gauche ?

— Celle de gauche, inspecteur. Mon fauteuil réservé porte le numéro « M 8, gauche ». Il était donc naturel que je sortisse de ce côté.

— Parfaitement, répondit Queen, souriant. Continuez, je vous en prie.

— Une fois dehors, ne voyant personne de connaissance, je restai près du mur du théâtre. Il faisait bon, après la pluie. Je n'étais pas là depuis deux minutes quand un inconnu me frôla; pensant qu'il avait trébuché, je m'écartai légèrement, mais il me saisit par le poignet et me tira en arrière. La scène se passait derrière le battant de la porte qui n'était pas complètement repoussé contre le mur et personne n'a dû la remarquer.

— Je comprends, murmura l'inspecteur avec bienveillance. Ensuite, miss Frances ?

— J'ai eu l'impression que cet homme voulait m'embrasser. Il se pencha sur moi et murmura : « Bonsoir, chérie. » Je m'écartai et, tremblante de peur, je dis le plus froidement possible : « Lâchez-moi ou j'appelle au secours. » Mais il se contenta de rire et son visage frôla le mien. Son haleine sentait le whisky au point de me soulever le cœur.

Dans le silence qui suivit, Eve Ellis pressa plus fortement la main de son amie; Barry, le poing serré, se souleva sur son siège, mais Peale l'obligea à se rasseoir.

— Je vais vous poser une question singulière et presque ridicule, miss Frances, dit l'inspecteur, en se carrant dans son fauteuil. D'après l'odeur de l'haleine, avez-vous pu distinguer si cet individu avait absorbé du whisky de bonne ou de mauvaise qualité ? Là, je savais que vous alliez sourire !

L'expression de Queen dérida l'assistance.

— La question est embarrassante, répondit Frances. Je ne suis guère familiarisée avec l'alcool. Mais, autant que je puisse m'en souvenir, il sentait le bon whisky. Bonne qualité, grande quantité ! dirais-je.

— Si c'était à moi que ce type avait eu affaire, j'aurais immédiatement distingué le cru ! déclara Stanford Ives-Pope.

Son père pinça les lèvres, puis il sourit et menaça Stanford du doigt.

— Je tremblais de peur, avoua la jeune fille. Cet homme me causait un tel dégoût ! Bref, je parvins à libérer ma main et rentrai dans le théâtre ; ensuite, je ne me rappelle plus rien, sauf avoir entendu la sonnerie annonçant le début du deuxième acte. Mon cœur battait à se rompre, ma tête était vide. Si ! Je me souviens maintenant d'avoir pris la résolution de ne pas parler de l'incident à Stephen — Mr Barry — de crainte qu'il ne veuille infliger une correction à cet individu. Mr Barry est horriblement jaloux, vous savez.

Elle sourit tendrement à son fiancé qui, soudain déridé, lui rendit son sourire.

— Voilà tout ce dont je me souviens en ce qui concerne la soirée de lundi, inspecteur, reprit-elle. Vous allez me demander quel rapport il y a entre cette histoire et mon sac... Je n'en sais rien !

— Comment cela, miss Frances ? demanda Queen.

— Je ne me suis aperçue de sa disparition qu'au moment où vous me l'avez montré dans le bureau de Mr Panzer, répondit-elle bravement. Je l'avais encore quand je suis descendue aux lavabos, puisque je m'y suis repoudrée. Mais je suis incapable de vous dire si je l'ai laissé là ou si je l'ai perdu ailleurs, par la suite.

L'inspecteur prit sa tabatière, dans sa poche; mais, sous le regard glacial de Mrs Ives-Pope, il la laissa retomber en baissant le nez comme un collégien pris en faute.

— Ne pensez-vous pas, miss Frances, que vous avez pu perdre votre sac dans l'impasse, après que cet homme vous eut abordée? demanda-t-il.

Une expression de soulagement se répandit sur les traits de la jeune fille qui retrouva son entrain.

— C'est ce que je n'ai cessé de penser depuis le début, inspecteur! s'écria-t-elle. Mais je n'ai pas osé vous donner cette mauvaise explication. J'avais tellement l'impression d'être prise dans une sorte de toile d'araignée et, ne me souvenant d'aucun fait précis... Logiquement, j'ai dû lâcher mon sac au moment où cet individu m'a saisie par le poignet et, ensuite, l'émotion causée par cette aventure m'a empêchée de constater sa disparition.

L'inspecteur sourit.

— C'est la seule explication possible, ma chère petite, déclara-t-il. Je vais la compléter : cet homme vit votre sac par terre et, dans son état de demi-ivresse amoureuse, il le ramassa et l'empocha, avec l'intention de vous le rendre ultérieurement, ce qui constituait une excellente occasion de vous revoir. Il semble avoir eu le coup de foudre, et je le comprends.

Une inclination de la tête empreinte d'une certaine raideur ponctua le compliment qui valut au vieux monsieur un sourire irrésistible.

— Cette courte inquisition touche à sa fin, miss Frances, reprit Queen. Avant de la terminer, pouvez-vous me donner le signalement de cet homme?

— Certes! répondit vivement la jeune fille. Je le vois encore! Il était un peu plus grand que moi, mettez cinq pieds huit pouces environ. Plutôt fort, visage bouffi, grosses poches plombées sous les yeux, traits peu accentués, sauf le nez assez proéminent. Pour le peindre en deux mots : c'était le type parfait du viveur.

— Il s'agit certainement de Mr Field, dit l'inspecteur. Maintenant, réfléchissez bien, miss Frances. Aviez-vous déjà vu cet homme quelque part ?

— Inutile de réfléchir, inspecteur. Je suis certaine de l'avoir vu pour la première fois lundi soir !

Quand Ellery rompit le silence, tous les regards se tournèrent vers lui.

— Excusez mon intervention, miss Ives-Pope, dit-il aimablement. Je suis curieux de savoir comment cet entreprenant personnage était habillé; l'avez-vous remarqué ?

Ellery, simple mortel, fut ébloui par le même sourire dont son père avait déjà été gratifié.

— Habit, haut-de-forme, ensemble très élégant et de bon ton, résuma Frances. Une seule fausse note, Mr Queen : le plastron de la chemise était taché et j'ai pensé que ce devaient être des taches de whisky.

Ellery remercia et il rentra dans l'ombre. Son père leva la séance.

— L'incident est clos, mesdames et messieurs, annonça-t-il.

Pour un peu, tout le monde aurait applaudi. Frances, radieuse, se trouva entourée d'une petite cour jusqu'au moment où Barry, Peale et Eve Ellis l'emmenèrent en une marche triomphale. Stanford, avec un sourire de martyr, offrit le bras à Mrs Ives-Pope.

— Daignez accepter mon bras avant de vous évanouir, ma mère, dit-il.

Exit Mrs Ives-Pope, toujours hautaine et courroucée, lourdement appuyée sur son fils.

Ives-Pope serra chaleureusement la main de Queen.

— Vous croyez vraiment que tout est fini, en ce qui concerne ma fille ? demanda-t-il.

— Je le crois, Mr Ives-Pope, répondit l'inspecteur. Il me reste à vous remercier pour votre parfaite courtoisie. Et maintenant, nous allons vous quitter pour retourner à nos nombreuses occupations. Vous venez, Henry ?

Cinq minutes plus tard, Queen, Ellery et le procureur du district Sampson descendaient Riverside Drive, se dirigeant vers 72nd Street et commentant les événements de la matinée.

— Tout est bien qui finit bien, murmura Sampson. Cette jeune fille a du cran, Queen !

— C'est une bonne petite, déclara l'inspecteur. Qu'en pensez-vous, mon fils ?

— Oh ! Elle est charmante, répondit instantanément Ellery, tiré de sa songerie et les yeux brillants.

— Je parlais de la situation générale, non de miss Ives-Pope en particulier, mon cher, protesta l'inspecteur. Qu'en pensez-vous ?

— Ah ! fit Ellery. Cela change tout ! Voyez-vous un inconvénient à ce que je devienne un émule d'Esope ?

— Oui.

— Un lion peut être l'obligé d'une souris, dit Ellery.

De Queen à Queen

Le même soir, après le dîner, un coup de sonnette, à la porte d'entrée, interrompit Djuna pendant qu'il servait le café. Sous l'œil amusé des Queen, le petit maître d'hôtel ajusta sa cravate, tira sa veste et alla répondre. Il reparut presque aussitôt, portant gravement un plateau sur lequel il y avait deux cartes de visite.

— Que de cérémonie, Djuna ! murmura l'inspecteur, en prenant les cartes. Tiens ! Prouty nous amène un visiteur ! Introduisez ces messieurs, fiston.

Le compagnon du médecin légiste était grand, émacié, complètement chauve et barbu.

— J'attendais de vos nouvelles, docteur, dit Queen, en serrant la main de Prouty. Et la visite du professeur

154

Jones m'honore grandement! Soyez le bienvenu, docteur, et laissez-moi vous présenter mon fils, gardien de ma conscience. Ellery — le Dr Thaddeus Jones.

Le Dr Jones tendit une main peu musclée.

— Enchanté de connaître le grand homme dont Queen et Sampson me rebattent les oreilles, dit-il en souriant.

A quoi Ellery répondit du tac au tac :

— Je brûlais de connaître le Paracelse new-yorkais, notre éminent toxicologue, l'homme auquel tous les squelettes de la ville reviennent de droit!

Il frissonna ostensiblement et avança des fauteuils pour les visiteurs.

— Djuna! appela l'inspecteur. Du café pour quatre!

Djuna, aux aguets derrière la porte entrebâillée de la cuisine, disparut pour reparaître l'instant d'après, portant sur un plateau quatre tasses de café fumant.

Prouty, l'incarnation du Méphistophélès populaire, tira de sa poche un de ses cigares à l'aspect menaçant et il s'entoura d'un nuage de fumée.

— Ce bavardage peut convenir à des oisifs de votre espèce, dit-il entre deux bouffées. Mais moi, toute la journée, j'ai travaillé comme une brute pour analyser le contenu d'un estomac appartenant à une dame et je tombe de sommeil.

— Grincheux! fit Ellery en souriant. Le fait d'avoir appelé le professeur Jones à la rescousse permet de croire que l'analyse des restes de Mr Field a présenté de sérieuses difficultés. Accouchez, Esculape!

— Je suis ici pour cela, répondit le médecin légiste, la mine sombre. Vous avez vu juste, Queen. Je puis dire, sans me vanter, que l'intérieur des macchabées appartenant aux deux sexes n'a plus de secrets pour moi. Eh bien! je n'avais jamais rien vu de comparable à l'état dans lequel j'ai trouvé celui de Field! Jones, ici présent, vous dira que je n'exagère pas. Pour ne citer que deux exemples : on avait l'impression que, sur toute leur longueur, l'œsophage et la trachée avaient été cautérisés à l'aide d'une torche enflammée !

— Mercure ou sublimé ? demanda Ellery qui affectait une complète ignorance des sciences exactes.

— Vous n'y êtes pas, grogna Prouty. J'ai fait autant d'analyses qu'il y a de poisons dans le calendrier et, bien que celui-ci s'apparentât aux dérivés de l'essence, il me fut impossible de le situer exactement. Oui, monsieur, j'y perdis mon latin. Et, pour vous mettre dans le secret des dieux, le grand patron — pensant que j'étais abruti à force de surmenage —, le grand patron, dis-je, saisit de sa propre main le scalpel ! Résultat de nos efforts conjugués : zéro. Or, vous le savez, le patron n'est pas ce que l'on pourrait appeler un novice dans le domaine des analyses chimiques. Comme ultime ressource, il ne restait plus qu'à poser le problème devant notre puits de science, j'ai nommé le Dr Thaddeus Jones auquel je passe la parole.

— Merci, mon ami, pour cette introduction vraiment théâtrale, dit le Dr Jones d'une voix étrangement profonde. Oui, inspecteur, les restes de cet homme me furent livrés et mon travail fut récompensé par la plus saisissante découverte enregistrée depuis quinze ans par le Centre de Toxicologie !

— Diable ! fit l'inspecteur, en ouvrant sa tabatière. Je commence à respecter le génie du meurtrier. Tout est tellement exceptionnel dans cette affaire ! De quelle découverte s'agit-il, docteur ?

Le professeur Jones croisa ses jambes osseuses. Puis il commença son exposé :

— Partant du principe que mes deux confrères connaissaient leur métier, j'abandonnai tous les poisons catalogués pour rechercher immédiatement une rareté. Pour vous montrer la minutie de mes recherches, je pensai même au curare, le toxique sud-américain, cher à nos auteurs de romans policiers. Hélas, le mystérieux poison dont les ignorants usent et abusent me déçut, comme les autres !

Ellery se carra dans son fauteuil et il protesta en riant :

— Si c'est une pierre dans mon jardin, docteur, apprenez que je ne me suis servi du curare dans aucun de mes livres.

— Vous écrivez donc des romans policiers ? demanda le professeur, les yeux pétillants. Mes condoléances, mon vieux Queen, ajouta-t-il, en se tournant vers l'inspecteur. Bref, messieurs, les poisons rares nous obligent à des recherches plus fouillées que les autres, mais nous finissons toujours par les trouver. Exception faite, naturellement, pour certaines drogues, d'origine orientale pour la plupart, et qui échappent complètement à notre connaissance.

« Cette fois-ci, je travaillai toute la soirée sans le moindre résultat. Comme Prouty vous l'a dit, le fameux poison avait des propriétés connues, d'autres absolument déconcertantes. Enfin, dans le courant de la nuit, je pus m'écrier : « Eurêka ! »

Les Queen se redressèrent, le Dr Prouty, avec un soupir, se versa une seconde tasse de café, le professeur décroisa les jambes et il reprit, d'une voix plus caverneuse que jamais :

— Le poison qui a tué votre victime, inspecteur, s'appelle : plomb tétra-éthyle.

Sur un savant, le nom aurait pu produire un effet magique. Pour l'instant, il ne signifiait rien et Ellery se contenta de murmurer :

— On s'instruit à tout âge !

— Vous ne paraissez guère impressionnés, messieurs, observa le Dr Jones, souriant. Permettez-moi de vous présenter le plomb tétra-éthyle : presque incolore, et ressemblant beaucoup au chloroforme, faible odeur rappelant celle de l'éther, action foudroyante. Je ne m'étendrai que sur cette dernière propriété et vous citerai, à titre d'exemple, une petite expérience personnelle, pratiquée sur un lapin parfaitement sain. Je badigeonnai la peau tendre de l'animal, derrière l'oreille, avec ce produit non dilué. Il s'agissait, je le répète, d'un simple badigeonnage externe; donc, avant d'atteindre le flot sanguin, il fallait que le poison eût été absorbé par la peau. J'observai mon lapin pendant une heure : après quoi, l'expérience était terminée, la pauvre bête ayant cessé de vivre.

— Cela ne me paraît pas si extraordinaire que cela, docteur, protesta Queen.

— Vous êtes difficile! Un simple badigeonnage sur une peau parfaitement saine, sans la moindre incision ou écorchure! J'en restai stupéfait. Vous pouvez imaginer l'effet interne du plomb tétra-éthyle. Or Field en avala une bonne quantité!

Ellery, les sourcils froncés, se mit à essuyer les verres de son pince-nez.

— Et ce n'est pas tout, poursuivit le Dr Jones. Je dirige depuis de longues années le Centre de Toxicologie et je me suis toujours tenu au courant des progrès scientifiques mondiaux; or, à ma connaissance, le plomb tétra-éthyle n'a jamais, jusqu'ici, servi de desseins criminels!

Cette fois, l'inspecteur marqua un réel saisissement.

— Etes-vous certain de ce que vous avancez là, docteur? demanda-t-il.

— Certain. C'est pourquoi cette affaire me passionne.

— Combien de temps ce poison met-il pour tuer un homme, docteur? demanda Ellery à son tour.

Le Dr Jones fit une grimace.

— Il m'est difficile de préciser, pour l'excellente raison que, à ma connaissance, aucun être humain n'en était mort avant l'autre soir. Mais j'imagine que Field a vécu, au maximum, de quinze à vingt minutes après absorption du plomb tétra-éthyle.

Le silence qui suivit fut rompu par une remarque de Queen, suivie d'une question :

— D'autre part, docteur, l'étrangeté du poison devrait faciliter les recherches futures. D'où provient-il ? En un mot : que ferais-je si je voulais me procurer du plomb tétra-éthyle avec toute la discrétion exigée par un dessein criminel ?

Le professeur sourit.

— Mon rôle est terminé, le vôtre commence, inspecteur, répondit-il. J'aime autant ne pas être à votre place. Le plomb tétra-éthyle est un nouveau venu dans le domaine scientifique, ce qui rend mes renseignements incomplets. Tout ce que je sais à ce sujet est qu'il entre dans la composition du pétrole et de ses dérivés. J'ai beaucoup tâtonné avant de trouver le moyen d'en produire en quantité intéressante. Je vous le donne en mille ! Non, vous ne devinerez jamais. Le plomb tétra-éthyle peut tout bêtement être extrait de l'essence ordinaire !

Les deux Queen poussèrent une exclamation étranglée.

— Extrait de l'essence ordinaire ! répéta l'inspecteur. Comment diable pourrais-je remonter jusqu'à sa source ?

— Voilà le hic, répondit le professeur. Je pourrais m'arrêter devant le premier distributeur d'essence, faire remplir le réservoir de ma voiture, rentrer chez moi, vider en partie mon réservoir, m'enfermer dans mon laboratoire et distiller le plomb tétra-éthyle en peu de temps et sans effort !

Ellery exprima un espoir :

— Cela ne prouve-t-il pas, docteur, que le meurtrier de Field possédait une certaine expérience de laboratoire, qu'il s'y connaissait en analyses chimiques et tutti quanti ?

— Nullement, déclara le Dr Jones. A condition de posséder un alambic d'amateur, n'importe qui peut distiller ce poison sans laisser la moindre trace. Vous allez comprendre pourquoi : de tous les liquides entrant dans la composition de l'essence, le plomb tétra-éthyle est celui dont le point d'ébullition est le plus élevé. Une fois les autres liquides distillés, il reste donc le fameux poison.

Les doigts tremblants, l'inspecteur prit une pincée de tabac.

— Je tire respectueusement un coup de chapeau à ce meurtrier, murmura-t-il. Dites-moi, docteur, est-il nécessaire d'être fort en toxicologie pour savoir ce qu'est le plomb tétra-éthyle ? Comment un simple particulier pourrait-il connaître ce poison et le moyen de le produire ?

— Vous m'étonnez, inspecteur, grogna le Dr Jones. La réponse à cette question a déjà été formulée.

— Comment cela ?

— Prenez votre cas personnel. Après ce que je viens de vous dire et à la seule ·condition de posséder un alambic, et de connaître le point d'ébullition du plomb tétra-éthyle, ne seriez-vous pas capable d'en produire ? Alors ? Alors, mon pauvre Queen, vous n'avez pas la moindre chance d'atteindre le meurtrier par l'intermédiaire du poison. Selon toute probabilité, votre homme surprit une conversation entre deux toxicologues ou, simplement, entre deux médecins qui avaient entendu parler de ce poison. Le reste ne présente aucune difficulté. Je vous donne mon opinion pour ce qu'elle vaut, notez-le. Le meurtrier peut fort bien être un chimiste, après tout. C'est possible, mais ce n'est pas nécessaire.

— Je pense que la drogue fut administrée dans du whisky ? suggéra distraitement Ellery.

— Oui. L'estomac en contenait une forte quantité et c'était un moyen facile pour le meurtrier. Le whisky actuel sentant plus ou moins l'éther, Field n'a évidemment pas été mis sur ses gardes par l'odeur de celui-là.

— Et le goût ? insista Ellery.

— Je n'ai jamais bu du whisky empoisonné au plomb tétra-éthyle, jeune homme, répondit un peu sèchement le professeur. Mais je doute que le goût soit suffisamment prononcé pour alarmer quelqu'un. Et une fois la première gorgée avalée...

160

Queen se tourna vers Prouty qui, cigare éteint entre les lèvres, dormait du sommeil du juste.

— Hep, docteur !

Le médecin légiste ouvrit des yeux ensommeillés.

— Mes pantoufles ? Je ne peux jamais retrouver ces maudites pantoufles !

Malgré la gravité de l'entretien, les trois autres éclatèrent de rire aux dépens du dormeur. Prouty, complètement réveillé par cette hilarité, leur fit chorus et il expliqua avec bonne humeur :

— Ceci prouve qu'il est grand temps de rentrer me coucher. Que me vouliez-vous, Queen ?

— Vous avez analysé le whisky, n'est-ce pas ? demanda l'inspecteur, mal remis de son fou rire. Quelles sont vos conclusions ?

— Celui des bouteilles trouvées dans l'appartement de Field était d'excellente qualité. De même pour le contenu de la gourde, répondit Prouty, retrouvant brusquement sa gravité professionnelle. C'était le poison mélangé au whisky qui empestait son haleine et qui m'avait fait croire de prime abord qu'il s'agissait d'une des saletés qu'on nous vend sous le nom de whisky depuis la prohibition. A force d'en goûter, je finis par m'y connaître et j'ose avancer que Mr Field ne buvait que des produits authentiques, donc des produits d'avant-guerre ou de contrebande. Quant à la bière, c'était de « l'honnête bière », si je puis m'exprimer ainsi.

— Rien à faire du côté poison, soupira Queen. Mais, par acquit de conscience, messieurs, ne perdez pas de vue cette affaire de plomb tétra-éthyle. On ne sait jamais.

. . . .

Les deux médecins partis, Ellery se leva, chercha son manteau des yeux et déclara :

— C'est le moment ou jamais d'aller chez mon bouquiniste.

— Pas de ça! gronda l'inspecteur en rasseyant son fils de force. Votre maudit Falconer ne s'envolera pas et j'ai besoin que vous teniez compagnie à ma migraine.

Ellery s'installa confortablement.

— C'est bien ma chance! soupira-t-il. Au moment où l'inutilité de tout effort cérébral m'apparaît en pleine lumière, l'auteur de mes jours rejette sur moi le poids de la pensée. A vos ordres, inspecteur Queen.

— Je ne rejette rien sur vous, riposta son père. De plus, ayant déjà la migraine, je vous prie de laisser les grands mots de côté. D'ailleurs, ce soir, c'est moi qui parlerai et vous qui écouterez. Nous allons passer en revue cette satanée affaire; ce que nous en savons, plus exactement. Si vous voulez vous rendre utile, prenez quelques notes.

— Bien, inspecteur.

— Commençons par Field. Nous pouvons, je crois, partir du principe qu'il se rendit au Théâtre Romain, lundi soir, non par plaisir mais pour y traiter une affaire. Sommes-nous d'accord?

— Entièrement. Velie a-t-il reconstitué son emploi du temps, pour la journée de lundi?

— Oui. De 9 h 30 à 16 heures, Field n'a quitté son cabinet que pour aller déjeuner, seul, au Webster Club. Le portier et le garçon d'ascenseur de son immeuble certifient qu'il est rentré chez lui vers 16 h 30. De toute la journée, il n'a reçu que des clients dont Velie m'a donné une liste apparemment inintéressante. Michaels, de son côté, est arrivé à l'appartement à 17 heures et il en est reparti à 18 heures. Field est sorti à 19 h 30, en tenue de soirée.

— Velie a-t-il eu l'explication de son insignifiant compte en banque?

— Oui. J'avais deviné juste. Field avait bu d'énormes bouillons à la Bourse et perdu pas mal d'argent aux courses. C'était un homme très intelligent, mais un joueur malchanceux, dirons-nous. Ces saignées expliquent la modicité de son compte en banque et elles semblent confirmer notre première impression au sujet du nombre « 50.000 » inscrit sur le programme que nous avons trouvé. Il s'agissait bien de dollars et cette somme avait certainement un rapport quelconque avec la personne que Field devait rencontrer au théâtre.

« Ceci nous amène au meurtrier, un homme que Field connaissait assez bien pour accepter de sa main et sans méfiance, notons-le, une rasade de whisky. D'autre part, les deux intéressés étaient d'accord pour tenir l'entrevue secrète; autrement, pourquoi auraient-ils décidé de se rencontrer dans un théâtre ?

— Question pour question, dit Ellery. Pourquoi les intéressés auraient-ils choisi une salle de théâtre pour y traiter une affaire secrète et, qui plus est, illégale ? Un parc, le hall d'un grand hôtel, n'auraient-ils pas présenté plus de garanties au point de vue de la discrétion ? Réponse ?

— Malheureusement, mon fils, Mr Field ne savait pas que l'autre comptait l'assassiner. Pour lui, il s'agissait de traiter une affaire secrète, voilà tout. Le lieu de rencontre a pu être imposé par Field, pour une bonne raison que nous ignorons. Dans le hall d'un hôtel, il risquait d'être reconnu et peut-être ne tenait-il pas à s'aventurer dans un parc, la nuit, avec la personne qu'il devait rencontrer. Enfin, peut-être ne tenait-il pas davantage à être vu en compagnie de cette personne. Rappelez-vous que, d'après la façon dont les billets étaient déchirés, les occupants des deux fauteuils voisins étaient arrivés séparément au Théâtre Romain. Mais ne perdons pas notre temps en vaines conjectures, Ellery.

Ellery sourit et garda pour lui ses réflexions, à savoir que l'inspecteur avait tourné l'objection, au lieu de l'aborder de front, selon son habitude.

— Il reste une possibilité, peu probable, vu le soin avec lequel le meurtre fut prémédité, mais dont nous devons tenir compte, enchaîna l'inspecteur. Il se peut, dis-je, que Field soit venu au Théâtre Romain pour trai-

ter une affaire avec une personne et qu'il ait été assassiné par une autre. Dans l'affirmative, nous devons
chercher *deux* membres de l'assistance ayant eu avec la
mort de Field un rapport direct.

— Morgan ? proposa Ellery.

— Peut-être, répondit son père, en haussant les
épaules. Mais, dans ces conditions, je ne m'explique pas
le silence de Morgan à ce sujet, hier après-midi, alors
qu'il nous a avoué tout le reste. Je...

— A mon avis, vous cherchez des complications inutiles, papa, l'interrompit Ellery. Résumons, en deux
mots, la situation. Nous trouvons un homme assassiné,
lequel a écrit sur son programme le nombre « 50.000 »,
se rapportant évidemment à des dollars. D'après les
témoignages concordants de Sampson, Cronin et Morgan, cet homme est un individu sans scrupule, peut-être
un criminel et certainement un maître chanteur. Tout
nous permet donc de conclure que, lundi soir, Field se
rendit au Théâtre Romain pour y régler avec X... une
affaire de chantage — paiement ou discussion relative
aux modalités de paiement d'une somme de cinquante
mille dollars. Pas d'objection ?

— Continuez, grogna l'inspecteur.

— Si nous concluons que la victime du chantage et le
meurtrier ne sont qu'une seule et même personne, le
mobile est tout trouvé : supprimer le maître chanteur,
Field. Inversement, si nous retenons l'hypothèse de
deux personnes différentes, l'une la victime du chantage, l'autre le meurtrier, adieu notre mobile ! Mon opinion personnelle est qu'il faut écarter cette hypothèse,
sous peine de perdre inutilement notre temps. Qu'en
pensez-vous ?

— Je partage votre avis, Ellery, répondit l'inspecteur.
Je tenais seulement à envisager toutes les possibilités.
Donc, admettons le principe d'une seule et même personne : victime du chantage et meurtrier. Passons
maintenant à la question des billets non retrouvés.

164

— Ah! murmura Ellery, je me demandais ce que vous en faisiez, de ces fameux billets.

— Je ne les avais pas oubliés, rassurez-vous. Six billets, en tout et pour tout, ont échappé à la fouille générale des spectateurs de l'orchestre, aux recherches de Flint, à celles des femmes de ménage, etc. Ces six billets, correspondant aux fauteuils situés dans le voisinage immédiat de Field, furent achetés au guichet du théâtre, les places restèrent inoccupées pendant toute la soirée et les billets ont disparu. La meilleure explication est que Field, ou son assassin, loua ensemble huit fauteuils — quatre devant, quatre au dernier rang — avec l'intention d'en utiliser deux et d'éviter, pendant la durée de la transaction, un voisinage indiscret. Les billets des six places appelées à rester inoccupées furent certainement détruits sur le coup, par celui qui les avait achetés — Field ou le meurtrier — et nous pouvons en faire notre deuil.

« Nous savons, poursuivit l'inspecteur, que Field et la victime du chantage entrèrent séparément dans le théâtre. Quand deux personnes entrent ensemble, les billets sont présentés de même et l'employé du contrôle les déchire invariablement ensemble. Or, lorsque j'ai réuni les deux billets en question dos contre face, j'ai constaté que la partie déchirée ne correspondait pas. Contre cette hypothèse, nous avons les témoignages concordants de Madge O'Connell et de Jess Lynch. L'ouvreuse déclare que le fauteuil LL 30 resta inoccupé pendant tout le premier acte et le vendeur d'orangeade affirme que le même fauteuil était encore vacant dix minutes après le début du deuxième acte. La conclusion s'impose : ou le meurtrier arriva après, ou il était dans la salle, assis dans un autre fauteuil d'orchestre loué à cette intention.

Ellery protesta d'un signe de tête. Son père lui coupa la parole :

— Laissez-moi achever. J'allais ajouter : « Je ne crois pas à cette seconde possibilité. » Pour moi, le meurtrier n'est pas arrivé à une heure normale et j'imagine que le second acte était commencé depuis une dizaine de minutes, au minimum, quand il entra dans le théâtre.

— Je puis vous en fournir la preuve, dit nonchalamment Ellery.

— Ne prenez pas cette peine, déclara l'inspecteur. Les nombres cabalistiques inscrits sur le programme, hein ? Voici comment ils se présentaient.

930

815

50.000

Le dernier représente des dollars, avons-nous dit. Les deux autres doivent se rapporter à l'heure. « 815 ». La représentation commença à 8 h 25 et, selon toute probabilité, Field arriva à 8 h 15 ou, s'il était déjà là depuis quelques minutes, il consulta sa montre à ce moment-là. Et, s'il avait rendez-vous avec une personne qui devait arriver beaucoup plus tard, ne serait-il pas normal que Field inscrivît machinalement sur son programme les éléments essentiels de la lucrative opération de chantage à laquelle il pensait :

« 50.000 » (dollars) : somme escomptée.

«   815 » (8 h 15) : l'heure qu'il était à ce moment-là.

«   930 » (9 h 30) : l'heure du rendez-vous avec la victime du chantage !

« Toute personne habituée à griffonner dans ses moments perdus en aurait fait autant, Ellery ! Bénissons le ciel que Field ait eu cette habitude car son témoignage d'outre-tombe fixe l'heure du rendez-vous et nous permet de déterminer assez exactement celle du crime.

« 9 h 25 : Lynch voit Field, vivant et seul.

« 9 h 30 : le meurtrier arrive, comme prévu.

« 9 h 55 : Pusak recueille le dernier soupir du mourant. D'après le Dr Jones, le plomb tétra-éthyle met, au maximum, vingt minutes pour tuer un homme. En nous basant sur ce maximum, le poison fut administré à 9 h 35. Certes, le meurtrier quitta la scène du crime bien avant l'expiration de ce délai de vingt minutes. Il ne pouvait prévoir que Mr Pusak aurait besoin de sortir, et il escomptait que le crime ne serait découvert qu'au début de l'entracte, soit à 10 h 05. Si ces prévisions s'étaient réalisées, Field serait mort sans avoir pu demander vengeance, dans un dernier murmure. Encore heureux pour notre mystérieux assassin que Mr Pusak n'ait pas eu besoin de sortir cinq minutes plus tôt! Sans quoi Field aurait eu la force de le nommer et il serait actuellement sous les verrous.

— Bravo! murmura Ellery avec un affectueux sourire à l'adresse de son père. Votre exposé est vraiment lumineux.

— Que le diable vous emporte! bougonna l'inspecteur. Je résume : le meurtrier quitta les lieux entre 9 h 30 et 9 h 55. D'autre part, d'après tous les témoignages concordants recueillis par vous lundi soir, il ne quitta le théâtre qu'avec le flot des spectateurs enfin autorisés à sortir. De ce côté-là, nous nous heurtons à un mur. Inutile d'insister pour l'instant.

« La seule chose que nous puissions faire est de passer en revue les personnes qui ont surgi de l'ombre, au cours de l'enquête. Commençons par Madge O'Connell, laquelle déclare n'avoir remarqué aucun déplacement dans l'allée pendant le second acte et n'avoir jamais vu — à aucun moment de la soirée — l'occupant momentané du fauteuil LL30. Toute la question est de savoir si Madge dit la vérité ou si elle ment.

— Et c'est une question de la plus haute importance, déclara Ellery. Si cette fille a menti... Grands dieux! Dire qu'elle pourrait peut-être, à l'heure actuelle, nous donner le signalement du meurtrier, l'identifier et peut-être même le nommer! Mais ne nous emballons pas, père. Sa nervosité et ses réticences peuvent avoir une cause personnelle : la présence de Parson Johnny dans un théâtre rempli de policemen tout disposés à lui sauter dessus.

— Admettons provisoirement l'explication, grogna

Queen. Et Parson Johnny? Entre-t-il dans le tableau d'ensemble ou non? Par Morgan, nous savons qu'il entretenait des relations suivies avec son ancien avocat. Field l'employait-il à de louches besognes? Si notre Cazzanelli ne se trouvait pas au Théâtre Romain par hasard, qui l'y avait introduit? Field, ou Madge O'Connell, comme cette paire bien assortie s'accorde à le dire? Je crois, mon fils, continua l'inspecteur, tiraillant furieusement sa moustache, je crois que je vais donner à Parson Johnny un avant-goût du fouet. Il a la peau épaisse! Quant à cette petite effrontée de Madge O'Connell, la manière forte ne lui fera pas de mal non plus!

L'inspecteur bourra ses narines de tabac et le rire d'Ellery accompagna un éternuement proportionné à l'importance de la prise. Après quoi, l'inspecteur continua :

— Et notre cher Benjamin Morgan, Ellery? Disait-il la vérité au sujet de la lettre anonyme, source mystérieuse à souhait de son billet? Et l'intéressante Mrs Angela Russo? Au diable les femmes qui ne manquent jamais de brouiller la logique masculine! Le portier a confirmé son alibi, à savoir qu'elle était arrivée à 9 h 30 chez Field. Mais qui « n'achèterait-on pas » et a fortiori un portier? En sait-elle plus long qu'elle ne veut le dire sur les affaires de Field, ses affaires personnelles, principalement? Son amant lui avait-il réellement dit qu'il rentrerait à 10 heures? Nous savons qu'il avait, au Théâtre Romain, un rendez-vous à 9 h 30; comptait-il régler assez rapidement son affaire pour être rentré chez lui à 10 heures? En taxi, la course doit demander de quinze à vingt minutes et je doute que le métro soit beaucoup plus rapide; donc il ne restait que dix minutes pour la transaction. C'est peu, sans être impossible. Fait certain, Mrs Russo ne mit pas les pieds au Théâtre Romain ce soir-là.

— Cette fille d'Eve vous donnera du fil à retordre, déclara Ellery. Son air de défi était plus que de la bravade, père. Cette femme-là cache quelque chose et, à votre place, je la ferais surveiller de près.

— Hagstrom est chargé de ce soin, répondit l'inspecteur. Au tour de Michaels, maintenant. Pas d'alibi pour lundi soir; mais cela ne signifie peut-être rien et, en tout cas, lui non plus n'était pas au théâtre. Le type ne m'inspire aucune confiance. Venait-il réellement chercher quelque chose dans l'appartement de Field, mardi matin ? Nous l'avons cependant fouillé à fond. Est-il possible que nous ayons mal cherché ? Pour en revenir à Michaels, son histoire de chèque est un pur mensonge et il savait parfaitement que Field avait été assassiné. Sachant cela, il ne pouvait espérer que la police tarderait à occuper son appartement. Sa visite était donc *dangereuse* et il n'a pas hésité à courir le risque de se faire pincer. Pourquoi ? Répondez si vous le pouvez !

— L'appât était peut-être en rapport avec son ancienne condamnation, commença Ellery. Par saint George, quelle tête il a faite quand je lui ai rappelé sa condamnation !

— Il y avait de quoi, répondit l'inspecteur. A propos, voici les renseignements recueillis par Velie au sujet de cette condamnation. Michaels, soupçonné d'avoir commis des faux, était en mauvaise posture. Survint Field, connaissant toutes les ficelles juridiques et qui réussit à ne faire retenir contre son client qu'un délit de vol insignifiant. L'affaire de faux fut passée au bleu, et notre Michaels s'en tira à bon compte. Un personnage intéressant, ce Mr Michaels, je ne le perds pas de vue.

— J'ai une petite idée personnelle à son sujet, murmura Ellery. Mais passons, pour l'instant.

Queen fixait le feu qui flambait dans la cheminée, et il parut ne pas entendre.

— Nous avons également Lewin, reprit l'inspecteur. J'ai peine à croire qu'un homme de son espèce, chef de secrétariat, soit aussi peu au courant des affaires de son patron qu'il se plaît à le dire. Cache-t-il quelque chose ?

Dans l'affirmative, que Dieu l'assiste, car Cronin le pulvérisera !

— Un type tenace et sympathique, ce Cronin, remarqua Ellery. J'y pense ! Morgan connaît-il Mrs Russo, en dépit des dénégations des deux intéressés ? S'ils mentent l'un et l'autre à ce sujet, ce serait rudement intéressant.

— Ne cherchons pas les complications, mon fils, grommela Queen. Nous en avons assez sur les bras !

Silence et quiétude. Les flammes éclairaient l'inspecteur, allongé dans son fauteuil, un excellent gâteau contenta la gourmandise d'Ellery, sous l'œil brillant et approbateur de Djuna, accroupi par terre, dans le coin où il cherchait à se faire oublier.

Soudain, les regards du père et du fils se croisèrent en une foudroyante transmission de pensée.

— Le chapeau... murmura l'inspecteur. Nous en revenons toujours au haut-de-forme.

— Et il est bon d'y revenir, père, soupira Ellery. Chapeau... Chapeau ! Où se trouve sa place dans le puzzle ? Que savons-nous à son sujet ?

L'inspecteur se redressa, croisa les jambes et, revigoré par une forte prise, déclara :

— Allons-y. Pas de paresse à l'égard de ce maudit couvre-chef ! Oui, que savons-nous à son sujet ? *Primo,* nous savons qu'il n'est pas sorti du théâtre, bien que toutes les recherches — et quelles recherches ! — soient restées vaines. Après le départ des spectateurs, il ne restait rien dans le vestiaire, et rien, dans les balayures, n'indiquait que le chapeau eût été déchiqueté ou brûlé. Le haut-de-forme s'est volatilisé, sans laisser de trace ! La seule conclusion possible est que *nous n'avons pas cherché au bon endroit,* mon fils ! A titre de consolation, disons-nous que, grâce à notre précaution de fermer le Théâtre Romain dès lundi soir, le haut-de-forme est toujours là-bas et nous mettrons tout sens dessus dessous. Je ne dormirai pas avant d'avoir tiré, d'une façon quelconque, cette affaire au clair.

Nouveau silence, enfin rompu par Ellery.

— Il y a quelque chose qui cloche dans cette histoire de chapeau, papa. Or, toute notre enquête pivote autour du haut-de-forme : vous ne me sortirez pas cette idée de la tête ! Elucidez le mystère du chapeau de Field et vous trouverez l'élément essentiel qui désigne le meurtrier. Pour ma part, je ne me sentirai réellement sur la bonne piste qu'à partir du moment où nous aurons démarré de ce côté-là.

L'inspecteur approuva d'un énergique signe de tête.

— Depuis que j'ai eu le temps de réfléchir, autrement dit depuis hier soir, j'éprouve le sentiment que nous avons commis, à un endroit, une faute d'aiguillage, soupira-t-il. Nous avons pris les mesures nécessaires, fait ce qu'il y a à faire : résultat, zéro ! Infernal brouillamini ! J'ai, au bout des doigts, des tas de fils conducteurs ; mais ils sont apparemment ensorcelés car je n'arrive pas à les coordonner de façon à en tirer une explication quelconque. Ce qui manque, Ellery, c'est l'histoire du couvre-chef.

La sonnerie du téléphone retentit. Ayant décroché, l'inspecteur écouta attentivement son correspondant, répondit en deux mots et raccrocha.

— Quel est ce bavard de minuit, ô réceptacle de tant de confidences ? demanda Ellery en souriant.

— Edmund Crewe, spécialiste des questions architecturales. Je l'avais chargé, hier matin, d'examiner à fond le Théâtre Romain. Après y avoir passé la journée d'hier et celle d'aujourd'hui, il affirme qu'il n'y a pas une seule cachette dans tout l'édifice. Et Eddie Crewe connaît assez bien son métier pour qu'on puisse le croire sur parole.

L'inspecteur se leva d'un bond et aperçut Djuna, toujours accroupi dans son coin.

— Djuna ! rugit-il. Préparez mon lit !

Exit Djuna, silencieux comme une ombre et nullement impressionné, à en juger par son sourire.

Son maître se retourna vers Ellery qui dénouait sa cravate, après avoir ôté son veston.

— Dès demain matin, nous retournerons au Théâtre Romain, et nous repartirons de zéro! déclara-t-il. Et sachez, mon fils, que cela va barder, désormais!

Ellery entoura affectueusement ses épaules de son bras.

— Venez vous coucher, vieux comédien, dit-il en riant.

TROISIÈME PARTIE

« Le bon détective est un homme prédestiné. Comme tous les génies, il surgit au hasard, dans la foule, et non d'une *Polizei* soigneusement entraînée. Le plus stupéfiant détective de ma connaissance était un vieux sorcier, très sale, et n'ayant jamais quitté sa brousse. Le don particulier du " grand détective " est de pouvoir appliquer aux lois inexorables de la logique trois catalyseurs : aptitude exceptionnelle d'observation, profonde connaissance de la pensée humaine, faculté de lire dans le cœur humain. »

Extrait de :
Le Manuel du chasseur d'hommes,
par James REDIX (le Jeune).

Où le chapeau grandit

Jeudi 27 septembre, troisième jour de l'enquête relative au meurtre du Théâtre Romain. Levés de bon matin, habillés à la hâte, l'inspecteur Queen et son fils expédièrent leur petit déjeuner, sous l'œil réprobateur de Djuna, lequel avait été littéralement tiré de son lit et sommairement habillé par ses maîtres.

Tout en mastiquant un *pancake*, l'inspecteur chargea Djuna de demander Louis Panzer au téléphone. La communication établie, il prit le récepteur.

— Bonjour, Panzer, dit-il. Excusez-moi de vous réveiller à cette heure indue. Il y a du nouveau dans l'air et j'ai besoin de votre concours.

— A vos ordres, inspecteur, répondit une voix ensommeillée.

— Pouvez-vous vous rendre immédiatement au Théâtre Romain pour nous faire visiter les lieux ? Je vous avais dit que la fermeture serait de courte durée; eh bien, réjouissez-vous car vous pourrez recueillir prochainement le fruit de la publicité que cette affaire vous a value. Je ne puis rien vous promettre encore, mais il est possible que vous puissiez rouvrir dès ce soir.

— Hourra ! s'écria Panzer. Je serai au théâtre dans une demi-heure. Le temps de m'habiller et d'y courir.

— Parfait. Naturellement, Panzer, personne n'est encore autorisé à entrer dans vòtre théâtre. Attendez-nous sur le trottoir et que ceci reste strictement entre nous, jusqu'à nouvel ordre. Un instant, je vous prie.

L'inspecteur colla l'embouchure de l'appareil contre sa poitrine et il interrogea des yeux son fils qui gesticulait pour attirer son attention. Ellery murmura un nom, son père l'approuva d'un signe de tête et il reprit, dans l'appareil :

— Pouvez-vous joindre Mrs Phillips, l'aimable vieille dame de l'autre soir, et la prier de nous retrouver, le plus vite possible, au théâtre ?

— Je vais la faire prévenir immédiatement, inspecteur, répondit l'autre avec empressement.

Queen raccrocha, se frotta les mains et, finalement, tira sa tabatière de sa poche.

— Bénis soient sir Walter et les intrépides pionniers, champions de la solanée vénéneuse ! dit-il. Atchoum ! Nous nous mettrons en route dans un instant, Ellery.

Queen, d'excellente humeur, décrocha de nouveau le récepteur pour donner quelques ordres au Bureau Central. Ceci fait, il entraîna son fils à sa suite. Djuna, la mine déconfite, assista au départ de ses maîtres. Il avait souvent supplié l'inspecteur de l'emmener dans ses expéditions à travers les dédales new-yorkais; mais Queen nourrissait, sur l'éducation de l'adolescence, des idées très arrêtées et le pauvre Djuna s'était toujours heurté à un refus catégorique. Que faire, dans ces conditions, sinon accepter l'inévitable et attendre des jours meilleurs ?

En raison de la pluie et d'un vent aigre, père et fils remontèrent le col de leurs manteaux dès qu'ils furent dans la rue et ils se dirigèrent vers la station de métro. Tous deux étaient extraordinairement taciturnes, mais l'expression d'impatience contenue répandue sur leurs physionomies — à la fois si semblables et si différentes — présageait une journée d'une importance capitale.

Dans 47th Street, déserte à cette heure matinale, quatre hommes attendaient sur le trottoir, devant le Théâtre Romain : les deux détectives de service, et Panzer et Flint, lesquels étaient lancés dans une discussion animée.

Panzer serra la main des nouveaux arrivants avec toutes les marques d'une vive excitation.

— L'interdit est enfin levé ! s'écria-t-il. Quelle heureuse nouvelle, inspecteur !

— Ce n'est encore qu'un espoir, Panzer, dit Queen en souriant. Vous avez vos clefs ? Bonjour, Flint. Vous êtes-vous reposé depuis lundi soir ?

Le directeur tira de sa poche un gros trousseau de clefs, puis il ouvrit successivement la porte principale, et celle qui séparait le hall de l'orchestre.

Ellery frissonna.

— A l'exception, peut-être, du Metropolitan Opera et du Tombeau de Titus, c'est le plus sinistre temple dans lequel j'aie jamais pénétré, remarqua-t-il. Il peut servir de mausolée pour notre cher disparu et...

Plus prosaïque, l'inspecteur poussa son fils dans la demi-obscurité et il grogna :

— Que le diable vous emporte, Ellery ! Vous allez nous donner la chair de poule avec vos comparaisons !

Panzer tourna le commutateur central. Lustres et candélabres, allumés d'un seul coup, chassèrent les ténèbres et rendirent au théâtre un aspect familier qui justifia presque la comparaison d'Ellery. Les longues rangées de fauteuils disparaissaient sous des bâches sales, des ombres striaient les tapis déjà poussiéreux et, dans le fond de la scène vide, le mur, d'une blancheur éclatante, jurait dans un océan de peluche rouge.

— Ces bâches vont nous gêner, dit l'inspecteur à Panzer. Nous allons être obligés de les enlever avant de procéder à une petite fouille de l'orchestre. Flint, allez chercher les deux hommes postés sur le trottoir, je vous prie. Puisqu'ils touchent de l'argent des contribuables, qu'ils le gagnent à la sueur de leur front !

Flint partit en courant et il ramena peu après les deux détectives chargés de garder le Théâtre Romain. Sous la direction de l'inspecteur, les nouveaux arrivants se mirent à rouler les bâches, découvrant des rangées de fauteuils capitonnés. Ellery, debout au fond de l'allée gauche, ouvrit le petit livre sur lequel il avait dessiné un plan du théâtre et il étudia son œuvre, mordillant sa lèvre inférieure et levant de temps en temps les yeux, pour vérifier l'exactitude du croquis.

Panzer arpentait nerveusement le fond de la salle. Queen le rejoignit.

— J'ai besoin de tout mon monde, ici, et j'ai eu l'imprévoyance de ne pas amener de renfort, commença-t-il d'un ton embarrassé. Dans ces conditions, Panzer... Ah ! j'oubliais l'essentiel : je viens de penser à une chose très importante et qui ne peut attendre. Dans ces conditions, je vais vous demander un service, un grand service.

— Trop heureux de pouvoir vous le rendre, inspecteur. De quoi s'agit-il ?

— N'allez surtout pas vous imaginer que je vous prends pour un vulgaire commissionnaire ! Je suis vraiment confus... Bref, pourriez-vous porter un mot au procureur du district adjoint, Mr Cronin, qui travaille actuellement dans le cabinet de Field ? Il s'agit d'une affaire urgente et extrêmement importante, mon cher, sans quoi je ne vous mettrais pas ainsi à contribution. Cronin vous remettra un paquet que vous voudrez bien m'apporter. Il faut vraiment que je sois pris de court pour...

— Pas un mot de plus, inspecteur! l'interrompit Panzer, en souriant. Je suis à votre entière disposition. Vous trouverez dans mon bureau tout ce qu'il faut pour écrire.

Cinq minutes plus tard, les deux hommes sortirent du bureau directorial, Panzer tenant à la main une enveloppe cachetée. Queen le regarda sortir, puis il se tourna vers Ellery, perché sur un bras du fauteuil dans lequel Field avait été assassiné, et toujours plongé dans l'étude de son plan. L'inspecteur murmura quelques mots à son oreille. Ellery répondit par un sourire, accompagné d'une affectueuse bourrade dans le dos.

— Si nous nous mettions au travail, mon fils? demanda l'inspecteur. A propos! J'ai oublié de demander à Panzer s'il avait pu joindre Mrs Phillips. Oui, vraisemblablement, sans quoi il m'en aurait parlé le premier. Pourquoi diable n'arrive-t-elle pas? Flint!

Le détective accourut et son supérieur reprit :

— J'ai un nouvel exercice d'assouplissement pour vous, Flint. Montez au balcon et ouvrez l'œil.

— Que dois-je chercher aujourd'hui? demanda gaiement le jeune athlète. J'espère avoir plus de chance que lundi soir, chef.

— Un chapeau, mon garçon. Un haut-de-forme luisant, modèle grand luxe. Mais si vous trouvez autre chose, ne vous gênez pas pour appeler.

Flint monta lestement l'escalier de marbre qui conduisait au balcon. Après l'avoir suivi des yeux, l'inspecteur confia à Ellery :

— Je crains fort que le pauvre diable n'aille au-devant d'une nouvelle déception. Mais je dois m'assurer qu'il n'y a rien, là-haut, et que Miller, l'ouvreur posté au pied de l'escalier lundi soir, a dit la vérité. Venez, flemmard.

A regret, Ellery fit disparaître le petit livre dans sa poche et il retira son manteau. Son père en fit autant, puis les Queen descendirent ensemble dans le trou de l'orchestre qu'ils fouillèrent de fond en comble. N'ayant rien trouvé là, ils remontèrent dans la salle, prirent chacun un côté — Ellery à droite, l'inspecteur à gauche — et poursuivirent méthodiquement leur besogne. Fauteuils soulevés, coussins sondés à l'aide de longues épingles que Queen avait mystérieusement tirées de sa poche, tapis examiné, pouce par pouce, à l'aide de lampes électriques... Chaque fois qu'ils se rencontraient, au centre du théâtre, après avoir examiné une nouvelle rangée, père et fils échangeaient un regard significatif, faisaient un signe de tête négatif et passaient au rang suivant. Les deux détectives qui avaient roulé les bâches fouillaient maintenant les loges.

Une vingtaine de minutes après le départ de Panzer, la sonnerie du téléphone déchira si brusquement le silence que les Queen, plongés dans leur inspection, sursautèrent. Ils se regardèrent, cherchant à comprendre la provenance de ce bruit insolite; puis l'inspecteur rit et il se dirigea vers le bureau directorial.

De retour, il dit en souriant :

— C'était Panzer. Il a trouvé porte close... A 8 h 45, je ne m'étonne pas que personne ne soit encore au travail dans le cabinet de Field ! Je lui ai dit d'attendre l'arrivée de Cronin qui ne saurait tarder désormais.

Ellery rit et tous deux se remirent au travail.

Au bout d'un quart d'heure, comme la fouille inutile touchait à sa fin, la porte principale s'ouvrit pour livrer passage à une femme âgée, petite, vêtue de noir. La nouvelle arrivante, éblouie par le puissant éclairage, cligna des yeux et l'inspecteur courut au-devant d'elle.

— Mrs Phillips ? demanda-t-il avec une chaleur née de la satisfaction. Je vous remercie de vous être dérangée, madame. Vous connaissez Mr Queen, je crois ?

Ellery s'avança. Il honora Mrs Phillips d'un de ses rares sourires et il s'inclina avec une galanterie spontanée devant cette femme âgée qui avait « bien vieilli ». Ses beaux cheveux blancs, son air de bonté conquirent immédiatement l'inspecteur Queen, toujours sensible au charme des dames de sa génération agréables à regarder.

— Oui, je connais Mr Queen, répondit Mrs Phillips, en tendant la main à Ellery. Lundi soir, il a été plein d'attentions pour la vieille femme que je suis. Je craignais tant de vous faire attendre, monsieur, continua-t-elle d'une voix douce à l'adresse de l'inspecteur. Mr Panzer a dû me faire prévenir. Je n'ai pas le téléphone, vous comprenez ? Il fut un temps où je tenais de petits rôles, mais maintenant... Je me suis dépêchée le plus possible.

— Vous avez battu tous les records de la diligence féminine, Mrs Phillips, déclara l'inspecteur, épanoui.

— Mon père n'est qu'un vil flatteur, Mrs Phillips, dit Ellery. Ne le prenez pas au sérieux. Serez-vous de force à finir seul, papa ? J'aimerais avoir un petit entretien particulier avec Mrs Phillips.

— « De force ! » maugréa l'inspecteur. Me prenez-vous pour un vieillard, par hasard ? Occupez-vous de vos affaires, mon fils. Vous voudrez bien donner à Mr Queen toute l'aide dont vous êtes capable, Mrs Phillips.

La dame aux cheveux blancs sourit et Ellery, la prenant par le bras, l'emmena vers la scène. L'inspecteur les suivit du regard puis, avec un haussement d'épaules, il se remit au travail. Peu après, quand il leva les yeux, il vit son fils et Mrs Phillips, assis sur la scène et s'entretenant gravement, comme deux acteurs répétant leur rôle. Queen inspecta, l'une après l'autre, les rangées de fauteuils inoccupés ; une morne résignation se lisait sur son visage quand il s'attaqua enfin, les mains toujours vides, aux derniers rangs. Lorsqu'il releva la tête, il put constater que la scène était vide. Ellery et la vieille dame avaient disparu.

Le fauteuil LL32 gauche — celui dans lequel Field était mort — retint longuement l'attention de l'inspecteur. Rien ! Marmottant dans sa barbe, Queen poursuivit sa tournée d'inspection : le bureau de Panzer, le petit box qui servait de bureau à Harry Neilson, l'agent de publicité, les guichets reçurent tour à tour sa visite. Puis il descendit au sous-sol et là, sans se presser, il fit le tour de la salle réservée au public, examinant chaque recoin, chaque niche dans le mur, chaque corbeille à papiers : le tout en vain. Même insuccès dans le lavabo des dames, puis dans celui des hommes; il ne restait plus qu'à remonter dans la salle.

Panzer, un peu congestionné mais arborant un sourire triomphant, attendait dans le fond de l'orchestre. Il portait un petit paquet enveloppé de papier marron. Queen s'avança vivement vers lui.

— Vous êtes vraiment la complaisance personnifiée, mon ami, dit l'inspecteur. Est-ce le paquet que Cronin devait vous remettre ?

— Oui, répondit le directeur. Un charmant garçon, ce Cronin; il est arrivé quelques instants après mon coup de téléphone, accompagné de MM. Stoates et Lewin, et il ne m'a gardé qu'une dizaine de minutes en tout. J'espère que la commission était réellement importante, inspecteur ? Je serais fier d'avoir contribué, pour ma modeste part, à éclaircir ce mystère !

— Un jour, je vous dirai à quel point c'était important, Panzer, répondit mystérieusement Queen en prenant le paquet. Merci.

L'inspecteur se retira à l'écart et Panzer, visiblement déçu, rentra dans son bureau. Quand il en sortit, débarrassé de son manteau et de son chapeau, Queen fourrait le paquet dans sa poche.

— C'était bien ce que vous désiriez, monsieur ? demanda Panzer.

— J'ai obtenu entière satisfaction, mon cher. Et maintenant, puisque mon fils n'a pas encore reparu, je propose que nous allions l'attendre dans votre bureau.

Sitôt assis dans le bureau directorial, Queen plongea les doigts dans sa tabatière. Panzer croisa ses courtes jambes, alluma une cigarette turque et demanda négligemment :

— Si je ne suis pas indiscret, comment la situation se présente-t-elle, inspecteur ?

Queen hocha tristement la tête.

— Assez mal, soupira-t-il. Pour tout avouer, si nous ne retrouvons pas un certain objet, nous courons à un échec. Oui, Panzer, vous avez devant vous un homme bien ennuyé...

Avec un éloquent froncement de sourcils, l'inspecteur fit claquer le couvercle de sa tabatière. Panzer exprima sa sympathie.

— Vous m'en voyez navré, inspecteur. Moi qui espérais... Mais les exigences de la justice passent avant les intérêts particuliers. Que cherchez-vous au juste, s'il ne s'agit pas d'un secret professionnel ?

— Après le service que vous venez de me rendre, je n'ai pas de secrets pour vous, Panzer, déclara Queen. Ai-je été bête de ne pas y songer plus tôt !

Le directeur, alléché, se pencha pour recueillir la confidence tant attendue. La suite lui causa une surprise désappointée.

— Depuis combien de temps dirigez-vous le Théâtre Romain ?

— Depuis sa construction. Avant cela, je dirigeais le vieil Electra qui appartient également à Gordon Davis.

— Oh ! Dans ces conditions, vous devez connaître à fond l'architecture de ce théâtre, j'imagine ?

— Oui, l'architecte m'a montré les plans, avant de commencer la construction, répondit Panzer, en se carrant de nouveau dans son fauteuil.

— Parfait ! Je vais donc vous poser un petit problème, mon cher : si vous vouliez cacher dans l'édifice un objet de petite taille, un haut-de-forme, par exemple, de telle sorte qu'il échappe aux recherches les plus approfondies, où le mettriez-vous ?

Panzer réfléchit, les yeux fixés sur le bout incandescent de sa cigarette.

— Je ne me suis jamais posé la question, répondit-il enfin. Tout ce que je puis vous affirmer est que le plan de l'architecte ne comportait aucune cachette médiévale : passage souterrain, placard secret ou autre. Certes, je pourrais vous énumérer un certain nombre d'endroits où l'on pourrait dissimuler un objet relativement petit, tel qu'un haut-de-forme, mais aucune de ces cachettes improvisées n'échapperait à une fouille organisée.

— Je comprends. (L'inspecteur examina ses ongles d'un air déçu.) Encore un espoir qui s'envole, hélas ! soupira-t-il. Je...

La porte s'ouvrit et Ellery, poussiéreux mais souriant, entra dans le bureau. Un éclair d'intelligence jaillit entre le père et le fils, quand leurs regards se croisèrent. Panzer se leva discrètement.

— Restez, mon cher, ordonna l'inspecteur. Nous n'avons pas de secrets pour vous, je le répète.

Le directeur se renfonça dans son fauteuil. Ellery se percha sur un coin du bureau.

— Ne croyez-vous pas qu'il serait temps d'annoncer à Mr Panzer l'heureuse décision que nous avons prise ensemble, durant son absence, papa ? demanda-t-il. Mr Panzer n'a pas une minute à perdre pour préparer la solennelle réouverture du Théâtre Romain qui aura lieu dès ce soir.

— Où avais-je la tête ! s'écria sans sourciller l'inspecteur qui entendait parler pour la première fois de cette « décision ». Puisque toutes nos recherches sont restées vaines, nous vous rendons votre théâtre, Panzer. Vous pourrez rouvrir ce soir. Nous désirons même que vous rouvriez dès ce soir, n'est-ce pas, Ellery ?

— Nous y tenons beaucoup, insista Ellery, allumant une cigarette.

— C'est ce que je voulais dire, renchérit son père. Vous entendez, Panzer ? Nous *tenons* à ce que la représentation de ce soir ait lieu.

Panzer, radieux, s'était levé d'un bond.

— C'est magnifique, messieurs! s'écria-t-il. Je vais téléphoner immédiatement à Mr Davis pour lui annoncer la bonne nouvelle. Certes, ajouta-t-il, rembruni, il est bien tard pour ouvrir la location et...

— Fiez-vous à moi pour réparer le tort que j'ai causé, l'interrompit l'inspecteur. Il me suffira de donner quelques coups de téléphone à mes amis les rédacteurs de journaux et toute la presse clironnera votre réouverture dans la prochaine édition. Grâce à cette publicité gratuite, jointe à la curiosité du public, vous refuserez du monde, ce soir, Panzer!

— C'est très chic de votre part, inspecteur, déclara le directeur, en se frottant les mains. Vous suis-je encore d'une utilité quelconque, messieurs? Sinon...

— Mon père a oublié un détail, Mr Panzer, intervint Ellery. Nous désirons vivement, lui et moi, assister à la représentation de ce soir. Voulez-vous nous faire réserver les fauteuils LL32 et LL30 gauche? Je compte sur votre discrétion, pour ménager notre incognito.

— Les places seront réservées, Mr Queen, répondit l'autre. Et maintenant, inspecteur, vous aviez parlé de téléphoner aux grands journaux et...

— Et je vais tenir ma promesse sous vos yeux, Panzer.

Queen s'empara du téléphone et il s'entretint avec un certain nombre de rédacteurs. Quand il eut fini, Panzer renouvela ses remerciements, puis il prit à son tour le récepteur. Les Queen sortirent.

Flint et les deux détectives attendaient, dans le fond de l'orchestre.

— Restez ici et redoublez d'attention cet après-midi, ordonna leur supérieur. L'un d'entre vous a-t-il trouvé quelque chose?

Les détectives firent un signe de tête négatif. Flint répondit avec dépit :

— Moins que rien, chef. Aujourd'hui comme lundi soir, j'ai perdu mon temps. C'est à vous dégoûter du métier!

L'inspecteur tapota l'épaule du jeune athlète.

— Qu'est-ce qui vous prend ? demanda-t-il paternellement. Ne faites pas l'enfant, mon garçon. Comment diable pouviez-vous trouver quelque chose là où il n'y avait rien ?

Quelques instants plus tard, les Queen roulaient vers le Bureau Central, dans un taxi. L'inspecteur commença par fermer la vitre de séparation entre le chauffeur et l'arrière de la voiture puis, se tournant vers Ellery qui tirait rêveusement sur sa cigarette, il dit d'un ton sévère :

— Maintenant, mon fils, veuillez m'expliquer la petite comédie que vous avez jouée dans le bureau de Panzer !

Ellery regarda par la vitre de la portière avant de répondre :

— Résumons la situation. Vous n'avez rien trouvé, vos hommes non plus et moi de même. Mon pauvre papa, il faut en prendre votre parti, une fois pour toutes : le chapeau que portait Field, qu'il tenait encore sur ses genoux dix minutes après le début du second acte et que le meurtrier emporta très probablement une fois le crime commis, bref le haut-de-forme introuvable *n'est pas dans le Théâtre Romain actuellement et il n'y est plus depuis lundi soir*. J'irai même plus loin : ce chapeau n'existe plus. J'irai jusqu'à parier mon Falconer contre votre tabatière que le haut-de-forme n'est plus de ce monde et que ses cendres sont en cours de réincarnation dans un dépotoir municipal. Et d'un.

— Continuez, ordonna l'inspecteur.

— Le second principe est élémentaire au point de paraître enfantin. Permettez-moi cependant d'insulter l'intelligence Queen : si le haut-de-forme n'est plus, depuis lundi soir, dans le Théâtre Romain, il a nécessairement été *sorti* dudit théâtre dès lundi, dans le courant de la soirée !

Ellery s'arrêta et il regarda par la fenêtre de la portière. Au carrefour de Broadway et de 42nd Street, un agent de la circulation faisait de grands signes de bras.

— Je vous écoute, insista l'inspecteur.

— Nous pouvons, actuellement, poser le principe suivant : le chapeau fut sorti du Théâtre Romain le soir du crime. Et ceci nous amène à deux questions essentielles. *Quand ? Comment ?* Procédons par élimination. Lundi soir, personne ne quitta le Théâtre Romain avec deux chapeaux, ou nu-tête. Aucune anomalie vestimentaire ne fut remarquée; autrement dit : au filtrage de la sortie, on ne vit ni un homme en tenue de soirée avec un feutre mou sur la tête ni, inversement, un homme en costume de ville coiffé d'un haut-de-forme. Donc, nous arrivons inévitablement, ce me semble, à la troisième conclusion fondamentale, à savoir que le chapeau de Monte Field fut sorti du théâtre le plus normalement du monde : *id est,* sur la tête d'un homme en tenue de soirée.

L'inspecteur, fort intéressé, réfléchit à ce qu'il venait d'entendre, puis il dit gravement :

— Nous démarrons, mon fils. Mais, dites-vous, un homme quitta le théâtre coiffé du chapeau de Monte Field. Ici, permettez-moi de poser une question : que fit cet homme de son propre chapeau, puisque personne ne sortit avec deux couvre-chefs ?

Ellery sourit.

— Vous posez le doigt sur le cœur de notre petit mystère, père, dit-il. Nous y reviendrons. Pour l'instant, liquidons les questions secondaires. Je reviens à l'homme qui quitta le théâtre coiffé du haut-de-forme qui appartenait à Field. C'était, à n'en point douter, soit le meurtrier, soit un complice de celui-ci.

— Je vois où vous voulez en venir. Continuez.

— Si c'était le meurtrier, nous savons : 1° que c'était un homme; 2° qu'il portait une tenue de soirée. « Cela ne signifie pas grand-chose, car les habits dominaient dans la salle, lundi soir », objecterez-vous fort justement. Passons, et examinons l'autre possibilité : l'individu coiffé du haut-de-forme de Field n'était qu'un complice. Dans ces conditions, le meurtrier était : soit un homme en costume de ville et sur la tête duquel un haut-de-forme n'aurait pas manqué d'attirer l'attention; soit une femme à laquelle le port d'un haut-de-forme était naturellement interdit !

— Admirable logique ! s'écria l'inspecteur. Si vous n'étiez aussi présomptueux, je serais fier de vous, mon fils ! La situation étant ainsi présentée, je conclus que la raison de votre petite comédie dans le bureau de Panzer était...

Il baissa le ton car Ellery s'était penché vers lui. La conversation se poursuivit, à voix basse, jusqu'au moment où le taxi s'arrêta devant le Bureau Central.

A la vue de son supérieur, Velie s'exclama :

— Je vous croyais perdu, inspecteur ! Le jeune Stoates a fini par se lasser de vous attendre. Cronin, selon ses dires, s'arrache les cheveux dans le bureau de Field, faute d'avoir trouvé la moindre preuve incriminante et...

— Laissez Cronin arracher ce qui lui reste de cheveux, Thomas, l'interrompit calmement l'inspecteur. J'ai mieux à faire qu'à m'occuper de mettre un mort en prison. Ellery et moi...

Ce fut au tour de l'inspecteur d'être interrompu, par la sonnerie du téléphone. Il saisit le récepteur, écouta, changea d'expression. Finie la bonne humeur, un pli soucieux barrait de nouveau son front.

— Inspecteur ? demanda la voix d'un homme pressé. Ici, Hagstrom. Je n'ai qu'un instant... Angela Russo m'a donné du fil à retordre, ce matin. Elle a dû s'apercevoir que je la suivais et elle a tout fait pour me semer. Voici une demi-heure, croyant avoir réussi, la dame a sauté dans un taxi et, il y a trois minutes, je l'ai vue entrer dans le bureau de Benjamin Morgan !

— Pincez-la à la sortie ! gronda Queen.

Ayant raccroché, il répéta aux deux autres le rapport de Hagstrom. Ellery et Velie réagirent différemment :

stupeur chez l'un, évidente satisfaction chez l'autre. Quant à l'inspecteur, il retomba lourdement dans son fauteuil et grogna :

— Eh bien, Ellery, que savez-vous là-dessus ?

Où une accusation est portée

Le détective Hagstrom, nature flegmatique par excellence, était le digne descendant de ces montagnards norvégiens chez lesquels l'endurance est une qualité, et le stoïcisme la première des vertus. Néanmoins, son cœur battait un peu plus vite que d'habitude, et il mâchonnait nerveusement sa boule de tabac à chiquer, tandis qu'il se tenait adossé contre un mur de marbre, au vingtième étage de Maddern Building, à quelque distance de la porte sur laquelle on lisait :

BENJAMIN MORGAN
AVOCAT

Pour tout dire, malgré l'expérience acquise durant ses années de service dans la police, Hagstrom n'avait jamais encore posé la main sur l'épaule d'une femme dans un but d'arrestation. Aussi, connaissant le tempérament fougueux de la dame attendue, appréhendait-il fort l'avenir immédiat.

Son appréhension était justifiée. Après une station de vingt minutes sur le palier, alors qu'il se demandait si le gibier n'était pas sorti par une autre porte, celle du cabinet de Benjamin Morgan s'ouvrit brusquement et Mrs Angela Russo, vêtue d'un ensemble de tweed « dernier cri », sortit sur le palier. Son visage soigneusement fardé enlaidi par une vilaine grimace, balançant son sac d'une façon menaçante, elle s'avança vers les ascenseurs. Hagstrom consulta rapidement sa montre :

11 h 50. Plus que quelques minutes avant la « sortie des bureaux ». Pour opérer une arrestation discrète, il n'y avait plus une seconde à perdre.

Hagstrom ajusta sa cravate orange et bleu, puis, avec toute l'assurance désirable, il se détacha du mur et s'avança à la rencontre de Mrs Russo. Celle-ci ralentit. Le détective, craignant une tentative de fuite, s'apprêta à bondir. Mais c'était mal connaître Mrs Angelo Russo. Redressant la tête, elle poursuivit sa marche vers les ascenseurs jusqu'au moment où Hagstrom posa une grande patte rouge sur son bras.

— Vous savez, je pense, de quoi il s'agit, dit-il. Si vous ne voulez pas que je vous passe les menottes, suivez-moi sans faire d'histoires.

Mrs Russo repoussa sa main.

— En voilà des manières ! murmura-t-elle. De quel droit, je vous prie...

— Silence ! Vous vous expliquerez plus tard !

Hagstrom pressa de toute sa force un bouton d'appel. Mrs Russo le regarda gentiment.

— Chercheriez-vous à m'arrêter, par hasard, mon beau policeman ? demanda-t-elle. Dans ce cas, montrez-moi le mandat d'amener, je vous prie.

— Il n'est pas question d'arrestation ! grogna le détective. Je vous invite seulement à me suivre au Bureau Central où l'inspecteur Queen vous attend. Me suivez-vous de bonne grâce ou dois-je demander un fourgon de la police ?

Un ascenseur s'arrêta à l'étage. « Descente ! » annonça le groom. Mrs Russo hésita, elle regarda Hagstrom à la dérobée et finalement, le coude maintenu par une poigne ferme, elle entra dans l'ascenseur. La descente s'effectua en silence, sous l'œil intrigué de plusieurs usagers.

Embarrassé, mais décidé, sentant un orage gronder dans la poitrine de la femme qui marchait tranquillement à son côté, Hagstrom continua de la tenir par le coude jusqu'au moment où tous deux furent assis dans un taxi qui roulait à vive allure vers le Bureau Central. Mrs Russo arborait toujours son crâne sourire, mais elle avait blêmi sous son fard. Elle se colla soudain contre son ravisseur, lequel se raidit dans une attitude officielle.

— Cher M. le Policeman, auriez-vous l'emploi d'un billet de cent dollars? susurra une voix tentatrice, tandis qu'une main plongeait déjà dans le sac ouvert.

Hagstrom vit rouge.

— Tentative de corruption, par-dessus le marché! gronda-t-il. Voilà qui intéressera l'inspecteur!

Le sourire de Mrs Russo s'effaça. Pendant la fin du trajet, ses yeux restèrent fixés sur la nuque du chauffeur.

Mais, une fois dans le grand bâtiment de la police, son aplomb lui revint et ce fut tête haute, le sourire aux lèvres, qu'elle entra dans le bureau de l'inspecteur Queen, inondé de soleil, agréable au possible.

On se serait cru dans le fumoir d'un cercle. Confortablement installé, Ellery était plongé dans la lecture d'un petit livre intitulé *Le Manuel complet de l'analyse graphologique*; la fumée de la cigarette qu'il tenait nonchalamment entre ses doigts s'élevait en spirale vers le plafond. Assis sur une des chaises alignées contre le mur, le sergent Velie contemplait la tabatière que son supérieur tenait tendrement entre le pouce et l'index. Enfin, l'inspecteur en personne trônait dans son fauteuil, au centre de la pièce, et souriait à quelque secrète pensée.

— Ah! Mrs Russo! s'écria-t-il, en se levant avec empressement. Entrez, entrez! Thomas! Une chaise, je vous prie!

Le sergent plaça un siège devant la grande table de l'inspecteur et, toujours silencieux, il regagna son coin. Ellery, qui n'avait pas levé les yeux, continua de lire, un sourire distrait flottant sur ses lèvres. Son père s'inclina galamment devant la nouvelle arrivante.

Pour qui n'attendait de la police que sévérité, voire

même brutalité, l'atmosphère familiale du petit bureau était déconcertante. Mais, chez Mrs Russo, l'effet de la surprise fut de courte durée; à peine assise, elle retrouva le sourire et les manières d'une parfaite demi-mondaine.

Hagstrom, debout contre la porte, regardait d'un œil sombre la « tentatrice » du taxi.

— Elle a essayé de me glisser un billet de cent dollars, annonça-t-il d'une voix frémissante d'indignation. Cette dame a voulu m'acheter, chef!

— Serait-ce possible, chère Mrs Russo? demanda l'inspecteur, surpris et incrédule. Vous n'aviez pas, j'en suis sûr, l'intention de détourner de son devoir un digne représentant de l'ordre? Mais non, voyons! Comment ai-je pu avoir une seconde d'hésitation à ce sujet? Hagstrom, mon ami, vous avez mal compris. Cent dollars...

Il retomba dans son fauteuil et étouffa un soupir.

Mrs Russo sourit.

— Vos subordonnés ont parfois de drôles d'idées, dit-elle d'une voix suave. Croyez-moi, inspecteur, c'était une plaisanterie de ma part et je n'ai jamais eu l'intention...

Queen se dérida d'un seul coup, comme si cette assurance lui rendait toute sa confiance en la nature humaine.

— Parfaitement, dit-il. Hagstrom, vous pouvez disposer.

Le détective, ébahi, se ressaisit à temps pour intercepter un clin d'œil échangé, par-dessus la tête de Mrs Russo, entre son supérieur et Velie. Il s'empressa de sortir, murmurant entre ses dents.

— Et maintenant, qu'y a-t-il aujourd'hui pour votre service, Mrs Russo? demanda Queen.

Mrs Russo le dévisagea.

— Comment? Je croyais que vous désiriez me voir et... (Puis, soudain, elle pinça les lèvres et changea de ton.) Assez de comédie, inspecteur! Je ne suis pas venue ici de mon plein gré, n'est-ce pas? Pourquoi m'avez-vous fait arrêter?

L'inspecteur étendit devant lui ses mains fines.

— Voyons, chère madame! protesta-t-il. Puisque vous êtes ici — de votre plein gré ou non, peu importe — c'est évidemment parce que vous avez quelque chose à me dire. Vous me comprenez, j'imagine?

— A quoi voulez-vous en venir, inspecteur? demanda-t-elle, en soutenant son regard. Qu'aurais-je à vous dire? Mardi matin, j'ai répondu à toutes les questions qu'il vous a plu de me poser, je n'ai rien à ajouter.

— Mettons que vous n'ayez pas toujours répondu avec une véracité absolue. Par exemple : connaissez-vous Benjamin Morgan, Mrs Russo?

Mrs Russo ne broncha pas.

— Marquez un point, dit-elle. Votre chien de garde m'a pincée au moment où je quittais le cabinet de Morgan. Et après?

Tirant un poudrier de son sac, Mrs Russo passa la houppette sur son visage. Ce faisant, elle regarda du coin de l'œil Ellery, toujours plongé dans sa lecture. Le regard de Mrs Russo quitta le fils pour se poser de nouveau sur le père qui la contemplait avec une expression chagrine.

— Vous compliquez la tâche d'un vieux bonhomme, chère Mrs Russo, soupira-t-il. Mais, puisque vous m'obligez à mettre les points sur les i, vous m'avez menti lors de notre dernier entretien. Et c'est un jeu dangereux, très dangereux, quand on s'adresse à un inspecteur de la police.

— Au diable vos manières doucereuses! s'écria brusquement Mrs Russo. Oui, je vous ai menti mardi matin. J'ai menti, parce que je me croyais assez forte pour déjouer votre maudite surveillance. J'ai joué, j'ai perdu, vous avez découvert mon mensonge et, maintenant, vous exigez des explications. Je vous les donnerai... si cela me plaît!

— Oh! fit l'inspecteur sans perdre son sang-froid.

Vous croyez pouvoir imposer vos conditions ? Acceptez mon conseil, chère Mrs Russo : ne vous jetez pas inutilement dans la gueule du loup.

— Bon apôtre ! (Le masque mondain était tombé, l'intrigante se montrait sous son jour véritable.) Vous n'avez rien contre moi, vous le savez ! reprit-elle. Je vous ai menti, c'est entendu. Et après ? Mais je suis capable de jouer franc jeu, inspecteur. Pour vous le prouver, je vous dirai — si cela peut vous servir — ce que je faisais dans le cabinet de Morgan !

— Nous le savons déjà, chère madame, riposta Queen avec un petit sourire. Le service rendu à la police est donc mince. Et je m'étonne de vous voir disposée à porter contre vous-même une aussi grave accusation. Le chantage est un sérieux délit !

Blême, les mains crispées sur les bras de son fauteuil, Mrs Russo se souleva, puis retomba lourdement.

— Ce salaud de Morgan a parlé ! gronda-t-elle. Je le croyais moins bête ! Mais il me la paiera, celle-là !

— Enfin, nous commençons à parler la même langue, murmura l'inspecteur, penché sur sa table. Et que savez-vous au juste sur notre ami Morgan ?

— Je sais... Mais donnant, donnant, inspecteur. Je possède une information de la plus haute importance, et vous ne voudriez pas attirer des ennuis à une pauvre femme sans défense, n'est-ce pas ?

— Hum ! fit Queen. Je ne puis prendre aucun engagement. (Il se leva, très impressionnant malgré sa frêle stature.) Vous allez me dire ce que vous savez, Mrs Russo, avec l'*espoir* que je veuille bien vous témoigner ma gratitude de la façon généralement admise. Je vous écoute et, cette fois, il me faut la vérité.

— On ne vous attendrit pas facilement, inspecteur Queen, murmura-t-elle. Mais j'ai l'impression que vous êtes un homme juste. Que désirez-vous savoir ?

— Tout.

— Bien. En somme, ce n'est pas mon propre arrêt de mort que je signe !

Dans le silence qui suivit, Queen l'observa avec curiosité. L'accusation de chantage au détriment de Morgan était un bluff, apparemment couronné de succès. Maintenant, des doutes assaillaient l'inspecteur. A supposer qu'elle connût en effet le passé secret de Morgan, cela ne suffisait pas toutefois à expliquer l'assurance de cette femme. Regardant du côté d'Ellery, Queen remarqua que les yeux de son fils étaient rivés sur le profil de Mrs Russo.

— Inspecteur, reprit celle-ci avec une note de triomphe, je sais qui a tué Monte Field !

— Comment ?

L'inspecteur, brusquement congestionné, se leva d'un bond. Le livre qu'Ellery lisait glissa de ses doigts et tomba par terre.

— Je sais qui a tué Monte Field, répéta Mrs Russo, savourant l'effet produit. C'est Benjamin Morgan qui, dimanche soir, *la veille du crime*, a menacé Monte. Je l'ai entendu de mes propres oreilles.

— Oh ! fit l'inspecteur qui retomba dans son fauteuil.

Ellery ramassa son livre et il se replongea dans l'étude de la graphologie. Le calme se rétablit. Après avoir regardé tour à tour le père et le fils, Velie marqua par un petit haussement d'épaules qu'il renonçait à comprendre leur changement d'attitude. Mrs Russo s'emporta.

— Vous croyez que c'est un nouveau mensonge ! cria-t-elle. Dimanche soir, j'ai entendu Ben Morgan menacer Monte, vous dis-je !

— Je ne doute pas un seul instant de votre parole, Mrs Russo, répliqua gravement l'inspecteur. Dans quelles circonstances avez-vous entendu ces menaces ?

— Chez Monte Field ! J'ai passé avec Monte la soirée de dimanche et, à ma connaissance, il n'attendait pas de visites : il ne recevait jamais personne quand j'étais là. Vers 23 heures, quand la sonnette de la porte retentit, Monte fut le premier à sursauter et il s'écria : « Qui diable cela peut-il bien être ? » Il alla ouvrir — nous étions dans le living-room — et je l'entendis parler à un homme, dans l'antichambre. Pensant que mon ami préférait qu'on ne me vît pas chez lui, je passai dans la chambre dont je poussai la porte, en laissant cependant une toute petite fente. Monte essayait visiblement d'éconduire son visiteur, mais celui-ci insista et, finalement, les deux hommes entrèrent dans le living-room. Par la fente, je vis un inconnu dont j'appris le nom, dans le courant de la conversation. C'était Morgan. Monte me le confirma d'ailleurs par la suite.

Mrs Russo marqua un temps d'arrêt. Queen, imperturbable, écoutait, et Ellery ne prêtait aucune attention à ses paroles. Elle reprit, cherchant à convaincre son auditoire :

— L'entretien se prolongea pendant une bonne demi-heure. J'en aurais crié d'exaspération ! Morgan ne s'échauffa que tout à fait à la fin. Monte se montra, jusqu'au bout, cynique et indifférent. Voici la situation telle que je l'ai comprise peu à peu : Monte avait demandé à l'autre une forte somme, en échange de certains papiers. Morgan avait répondu qu'il ne possédait pas cette somme et ne pouvait se la procurer. Sa visite, ce soir-là, était une démarche désespérée, dans le but de fléchir Monte. Mais Monte n'était pas homme à se laisser attendrir !

— Par quoi la demande d'argent de Field était-elle motivée ? l'interrompit l'inspecteur.

— Si je le savais ! La raison ne fut mentionnée ni par l'un, ni par l'autre. Ils rivalisèrent de prudence, à cet égard ! Mais j'ai bien compris qu'il s'agissait de papiers que Monte voulait vendre à Morgan. Le premier tenait le second et il entendait exploiter son avantage jusqu'au bout, cela sautait aux yeux.

Au mot : « papiers », l'intérêt d'Ellery s'était brusquement réveillé. Il avait fermé son livre et ne perdait plus un mot de la conversation.

— Quelle somme Field exigeait-il, Mrs Russo ? demanda l'inspecteur.

— Vous allez encore me traiter de menteuse ! répondit-elle avec un rire dédaigneux. Monte n'y allait pas de main morte. Cinquante mille dollars, voilà ce qu'il demandait !

— Continuez, dit simplement l'inspecteur.

— Plus la discussion se prolongeait, plus Morgan s'échauffait, et plus il se heurtait à un mur de glace. Finalement, il saisit son chapeau et hurla : « Que le diable m'emporte, misérable, si je continue à vous servir de vache à lait ! Faites ce que vous voulez... Je m'en fous ! » Jamais encore je n'avais vu un homme dans une telle colère. Monte resta tranquillement assis et il répondit : « A votre aise, Benjamin, mon ami. Je vous donne trois jours pour me verser cette somme, sans marchandage inutile et sans nouvel avertissement. Cinquante mille dollars, ou... Mais je n'ai pas à énumérer les fâcheuses conséquences qu'entraînerait un refus de votre part. » Monte était très fort, ajouta Mrs Russo avec une admiration rétrospective. Il savait s'y prendre !

« Pétrissant son chapeau entre ses mains, Morgan explosa. « Je vous répète que vous ne tirerez plus rien de moi, Field ! cria-t-il. Publiez ces documents ; mais sachez que, même à terre, je veillerai à ce que vous ne fassiez plus chanter *personne* après moi ! » Il brandissait le poing à la face de Monte et je crus que la discussion allait tourner au pugilat. Mais sa colère tomba brusquement et il quitta l'appartement, sans avoir prononcé un mot de plus.

— Est-ce tout, Mrs Russo ?

— Cela ne vous suffit pas ? riposta-t-elle. Chercheriez-vous, par hasard, à protéger un assassin ? Non, ce n'est pas tout. Morgan parti, Monte me demanda si j'avais surpris la conversation. Je fis semblant de n'avoir rien entendu, mais on ne roulait pas facilement Monte ! Il me prit sur ses genoux et il me dit en riant : « Ce type-là s'en repentira, mon ange... » Cher Monte ! Il m'appelait toujours : « mon ange », soupira-t-elle.

— Je comprends. (Après réflexion, l'inspecteur

ajouta :) Et quelle est, au juste, la phrase de Morgan que vous avez interprétée comme une menace, Mrs Russo ?

— Seriez-vous bouché ? s'écria-t-elle, stupéfaite. « Je veillerai à ce que vous ne fassiez plus chanter *personne* après moi ! » Vous n'appelez pas cela une menace, vous ? Et quand mon pauvre chéri fut assassiné, dès le lendemain soir...

— Déduction parfaitement logique, déclara Queen, souriant. Dois-je comprendre que vous portez une accusation contre Benjamin Morgan ?

— Je ne porte rien et je ne demande que la paix, inspecteur, riposta la dame. Je vous ai raconté mon histoire, à vous d'en faire ce que vous voudrez.

Elle haussa les épaules et s'apprêta à se lever.

— Permettez, dit l'inspecteur. Vous avez parlé de « papiers » dont Field menaçait Morgan. Field a-t-il montré ces papiers, à un moment quelconque de la discussion ?

— Non, monsieur, répondit-elle. Non, malheureusement !

Mrs Russo regarda Queen dans les yeux.

— Charmante spontanéité, murmura l'inspecteur. Un de ces jours... Vous comprenez, j'espère, que vous n'êtes pas au-dessus de tout reproche dans cette affaire, Mrs Russo ? Veuillez donc bien réfléchir avant de répondre à cette question : où Monte Field gardait-il ses documents personnels ?

— Je n'ai pas besoin de réfléchir, riposta Mrs Russo. Et cela, pour l'excellente raison que je l'ignore. Si j'avais eu la moindre chance d'être renseignée, je le serais, croyez-moi.

— Peut-être vous êtes-vous livrée à de petites perquisitions personnelles, en l'absence de Field ? poursuivit Queen.

— Peut-être, répondit-elle, les joues creusées de charmantes fossettes. Mais j'en ai été pour ma peine. Ces papiers ne sont pas dans l'appartement, j'en réponds. Est-ce tout, inspecteur ?

La voix claire d'Ellery la surprit. Mais elle lissa coquettement ses cheveux pour l'écouter.

— A votre connaissance, combien de hauts-de-forme votre ami possédait-il, Mrs Russo? demanda-t-il, glacial.

— Vous êtes inouï! s'écria-t-elle en riant. A ma connaissance, mon beau monsieur, Monte ne possédait qu'un haut-de-forme. Combien un homme devrait-il en avoir?

— Vous êtes certaine de ce que vous avancez?

— Aussi certaine que de vous avoir devant moi, Mr Queen, affirma Mrs Russo d'une voix caressante.

Ellery la dévisagea comme s'il s'agissait d'un phénomène zoologique. Elle fit la moue et déclara gaiement:

— Puisque je suis mal vue, ici, autant ne pas insister... Vous n'allez pas avoir la méchanceté de me jeter en prison, inspecteur? Je suis libre de mes mouvements, n'est-ce pas?

Queen s'inclina.

— Vous êtes en liberté surveillée, chère madame. Restez en ville et n'oubliez pas qu'un aussi charmant entretien peut être appelé à se renouveler prochaïnement.

— Trop aimable!

Dès que la porte claqua, étouffant le dernier éclat de rire de Mrs Russo, Velie se leva, se mit au garde-à-vous, et dit:

— M'est avis, inspecteur, que l'enquête est terminée!

Queen se rassit lourdement.

— J'attendais mieux de vous, Thomas, soupira-t-il. On vous prendrait pour un de ces policiers bornés qu'Ellery met en scène dans ses romans. Voudriez-vous, par hasard, que j'arrête Morgan sous l'inculpation du meurtre de Monte Field?

— Je... je ne vois pas d'autre solution, murmura Velie, déconcerté.

— Rien ne presse, Thomas, répondit son supérieur d'un ton las.

Ellery et son père se regardèrent : Velie, toujours perplexe, avait regagné sa chaise. Puis, comme le silence se prolongeait, il demanda et obtint l'autorisation de se retirer.

L'inspecteur sourit en ouvrant sa tabatière.

— J'ai eu peur, dit-il. Et vous, mon fils ?

— Quelle femme ! soupira Ellery, en frissonnant.

— Au début, son attitude m'a dérouté, avoua l'inspecteur. De penser qu'elle *savait* ce que nous cherchions désespérément !... J'en ai perdu mes moyens !

— L'entrevue a été pleinement satisfaisante et, grâce à cet intéressant ouvrage sur la graphologie, je n'ai pas perdu mon temps, déclara Ellery. Mais cette Mrs Russo n'est décidément pas mon type de femme.

— N'empêche que vous lui avez tapé dans l'œil, mon fils ! Belle occasion à saisir... Réfléchissez !

Ellery fit la grimace, son père tendit la main vers l'un des récepteurs posés sur son bureau.

— Croyez-vous qu'il faille donner à Benjamin Morgan une nouvelle chance de s'expliquer, Ellery ? demanda-t-il en retrouvant tout son sérieux.

— Du diable s'il la mérite ! Mais je crois que c'est tout indiqué.

— N'oubliez pas les papiers, mon fils. Les fameux papiers !

Les yeux brillants, l'inspecteur décrocha le téléphone et le policeman du standard le mit en communication avec Morgan.

— Bonjour, Mr Morgan. Comment allez-vous ? dit-il aimablement.

— L'inspecteur Queen ? demanda l'autre, après une légère hésitation. Bonjour, monsieur. Votre enquête progresse-t-elle ?

— Permettez-moi d'éluder la question, de crainte

d'être taxé d'incompétence, répondit l'inspecteur en riant. Votre soirée est-elle libre, Mr Morgan ?

Silence à l'autre bout du fil. Puis, d'une voix à peine intelligible, Morgan expliqua :

— Oui et non. Je dois dîner à la maison et je crois que ma femme a organisé un petit bridge intime. Pourquoi, inspecteur ?

— Je voulais vous inviter à dîner avec mon fils. La chose pourrait peut-être s'arranger ?

Silence, plus prolongé cette fois.

— Ma présence est-elle indispensable, inspecteur ?

— C'est beaucoup dire, Mr Morgan. Mais j'aime à croire que vous pourrez accepter cette invitation.

— Oh ! Dans ce cas, je suis à vos ordres, inspecteur. Où dois-je vous retrouver ?

— Disons : 18 heures, chez Carlos, si cela vous convient ?

— Entendu, inspecteur.

La voix de l'avocat s'était raffermie. Il raccrocha.

— Le pauvre diable me fait pitié, murmura Queen.

Ellery répondit par un grognement. La vue prolongée de Mrs Angela Russo ne l'avait pas mis d'humeur à sympathiser avec le premier venu.

. . . .

Morgan détonnait dans l'agréable atmosphère du restaurant Carlos. Tassé dans un fauteuil de cuir rouge, les genoux écartés, la lèvre inférieure pendante, il montrait, bien malgré lui, son état de dépression morale. Cependant à la vue des Queen, il fit un louable effort pour sourire et, rien qu'à sa façon de se lever, les nouveaux arrivants comprirent qu'il s'était tracé une ligne de conduite à laquelle il comptait se tenir. L'inspecteur débordait de bonne humeur, par nécessité professionnelle et aussi parce que Morgan lui était sympathique; Ellery, à son ordinaire, était énigmatique.

Les trois hommes se serrèrent la main comme de vieux amis.

— Vous méritez un prix d'exactitude, Morgan, dit l'inspecteur, devant le maître d'hôtel qui les conduisit vers une table d'angle. Je m'excuse de vous avoir arraché au repas familial. Il fut un temps...

Un soupir termina la phrase et les convives s'assirent.

— Ne vous excusez pas, répondit l'avocat avec un pâle sourire. Quel homme marié n'apprécie pas, de temps en temps, un dîner de célibataires ? De quoi désirez-vous m'entretenir, inspecteur ?

— Laissons les affaires de côté pour l'instant, Morgan, déclara Queen. Louis va nous soigner, espérons-le. Vous entendez, Louis ?

Le maître d'hôtel s'inclina.

Le menu, composé par Ellery, expert en la matière, fut un enchantement gastronomique. La fine cuisine agit sur Morgan qui, ayant commencé par manger du bout des lèvres, finit par oublier ses soucis. Au dessert, il bavardait et riait avec les deux autres.

Des cigares accompagnèrent le café. Chacun fuma le sien à sa manière : prudence chez Ellery, satisfaction chez Morgan, défiance chez l'inspecteur qui, soudain, entra dans le vif du sujet.

— J'irai droit au fait, Morgan, commença-t-il. Vous vous doutez, je pense, du motif de cette petite réunion ? En deux mots : j'attends de vous l'explication véridique de votre silence au sujet de ce qui s'est passé dimanche dernier, 23 septembre.

Dès les premiers mots, Morgan avait retrouvé sa gravité. Il posa son cigare dans un cendrier et regarda l'inspecteur avec une expression de lassitude infinie.

— C'était inévitable, dit-il. J'aurais dû savoir que vous l'apprendriez, tôt ou tard. Vous tenez le renseignement de Mrs Russo, n'est-ce pas ?

— Oui. En tant que gentleman, je ferme l'oreille aux racontars, en tant que policeman, j'ai le devoir de les retenir. Pourquoi m'avez-vous caché cet incident, Morgan ?

Du bout de sa cuillère, l'avocat dessina des signes cabalistiques sur la nappe.

— Parce que... parce qu'un homme est toujours un imbécile, jusqu'au moment où les événements l'obligent à comprendre l'étendue de sa folie, répondit-il en levant les yeux. J'espérais que cet incident resterait un secret entre un mort et moi. Quand j'ai su que cette prostituée se cachait dans la chambre, quand elle s'est vantée de n'avoir pas perdu un mot de la conversation, toutes mes illusions se sont écroulées. (Il but d'un trait un verre d'eau et continua :) Voici, sur l'honneur, la vérité, inspecteur : j'avais l'impression d'être pris au piège et je n'eus pas le courage d'aggraver mon cas. Je me trouvais au théâtre relativement près de mon mortel ennemi, assassiné pendant la représentation, je ne pouvais expliquer ma présence que par une histoire fantaisiste et incontrôlable. Fallait-il, à tout cela, ajouter que j'avais eu, la veille au soir, une violente discussion avec la victime ? Mettez-vous à ma place, inspecteur : peut-on reprocher à un homme, à un avocat, de se taire plutôt que d'aider à tisser le filet de présomptions dans lequel il se trouve déjà pris ?

Queen garda le silence, puis il dit :

— Laissons cela pour l'instant, Morgan. Pourquoi avez-vous été chez Field, dimanche soir ?

— Je n'y aurais pas été sans raison valable, croyez-moi ! Jeudi dernier, Field téléphona à mon bureau pour me proposer une nouvelle « affaire »... Une affaire qui me coûterait cinquante mille dollars, payables immédiatement. Cinquante mille dollars ! Alors que le misérable m'avait déjà saigné à blanc ! Mais, pour ce prix, il me rendrait les documents originaux, alors que jusque-là c'était uniquement son « silence » qu'il fallait acheter. Pour me faire cette proposition d'un genre nouveau, j'imagine que Field avait un pressant besoin d'argent et qu'il voulait faire rentrer ses vieilles « créances ».

— C'est intéressant, Mr Morgan, intervint Ellery.

Est-ce d'après un propos de Field que vous en avez conclu qu'il « faisait rentrer ses vieilles créances », pour reprendre vos termes ?

— Oui. J'ai eu l'impression qu'il comptait prendre de petites vacances — par « petites vacances », Field entendait trois ans de vie fastueuse en Europe, rien de moins ! — et qu'il s'adressait à tous ses « amis ». J'ignorais jusqu'à ce jour qu'il pratiquât le chantage sur une aussi grande échelle; mais, cette fois, il dépassait la mesure !

Ellery et son père échangèrent un regard d'intelligence. L'avocat poursuivit :

— Je lui dis la stricte vérité, à savoir que j'étais en mauvaise posture financière, grâce à lui, principalement, et que ses exigences dépassaient de beaucoup mes possibilités. Il se contenta de rire et insista pour avoir de l'argent. Pour ma part, je désirais vivement rentrer en possession de ces papiers et...

— Aviez-vous vérifié, sur vos anciens carnets de chèques, la disparition de certains talons ? l'interrompit Queen.

— C'était inutile, inspecteur. Voici deux ans, lors de notre discussion au Webster Club, le misérable me montra les lettres et les talons de chèques ! Oh ! Rendons-lui cette justice, Field était un as !

— Continuez.

— Jeudi dernier, il raccrocha, avec une menace voilée. Je ne lui avais pas opposé un refus catégorique, parce que je le connaissais assez pour savoir qu'il n'hésiterait pas à publier les documents dès qu'il verrait s'évanouir tout espoir d'encaisser les cinquante mille dollars.

— Lui avez-vous demandé de voir les papiers ? intervint de nouveau Ellery.

— Oui. Il se contenta de rire et me répondit : « Vous verrez la couleur de vos lettres et chèques quand je verrai la couleur de votre argent ! » Le salaud se méfiait ! Il était trop prudent pour me fournir l'occasion de le descendre pendant que les documents étaient à portée de ma main. Pour pousser la franchise jusqu'au bout, j'irai jusqu'à reconnaître que des idées de violence me traversèrent l'esprit... Encore une fois, mettez-vous à ma place ! Mais je n'ai jamais nourri sérieusement des pensées criminelles, messieurs. Et ceci, pour une excellente raison...

Il s'arrêta. Ellery acheva à sa place :

— Pour l'excellente raison qu'un meurtre n'aurait pas arrangé vos affaires, Morgan. Vous ne saviez pas où étaient les documents !

— Vous l'avez dit, répondit l'autre avec un pâle sourire. Ces papiers risquaient d'être découverts d'un moment à l'autre, par n'importe qui, et donc la mort de Field ne m'aurait servi à rien. Dimanche soir, après avoir vainement remué ciel et terre pendant trois horribles journées pour me procurer les cinquante mille dollars, je décidai d'aller voir Field pour obtenir un compromis. Je le trouvai chez lui, en robe de chambre, sûr de soi et fort surpris de ma visite. Le living-room était en désordre, j'ignorais naturellement que Mrs Russo se cachât dans la chambre. (Il ralluma son cigare d'une main tremblante.) Une discussion éclata. Plus exactement : je m'emportai et Field resta froid comme le marbre, indifférent à mes arguments, à mes prières. Il lui fallait cinquante mille dollars, à moi de les trouver. Faute d'obtenir satisfaction, l'histoire serait publiée, preuves à l'appui. Finalement, je vis rouge, mais je partis avant d'avoir commis une sottise. C'est tout, messieurs, je vous le jure sur l'honneur. Ne voyez en moi qu'une malheureuse victime des circonstances.

Morgan détourna la tête. L'inspecteur Queen, toussant, jeta son cigare dans le cendrier et prisa de bon cœur. Ellery remplit brusquement un verre d'eau que l'avocat vida d'un trait.

— Merci, Morgan, dit enfin Queen. Poussez la franchise jusqu'à l'extrême limite et dites-moi, je vous prie, si vous avez réellement menacé Field de mort, dimanche soir. En bonne justice, je dois vous avertir que Mrs Russo vous a formellement accusé du meurtre de Field, à cause d'une certaine phrase que vous avez prononcée, sous l'empire de la colère.

Morgan pâlit. Il leva les sourcils et fixa sur l'inspecteur des yeux fiévreux.

— Elle ment! s'écria-t-il d'une voix rauque.

Des dîneurs, intrigués, se retournèrent. Queen tapota le bras de l'avocat qui se mordit la lèvre et baissa la voix.

— Je n'ai proféré aucune menace, dimanche soir, inspecteur, reprit-il. Par moments, j'ai eu envie de tuer ce misérable... Je vous l'ai déjà dit et je le répète. Mais c'était une pensée ridicule. Je... je n'aurais pas le courage de tuer un homme. Même il y a deux ans, quand j'ai crié cette menace au Webster Club, je ne pensais pas ce que je disais. Je suis plus digne de foi que cette sale grue, inspecteur! Croyez-moi, il le *faut*!

— Je vous demande simplement d'expliquer vos paroles, répondit tranquillement Queen. Et ceci, parce que je crois, malgré tout, que vous avez prononcé la phrase répétée par Mrs Russo.

— Quelle phrase? demanda Morgan, suant de peur.

— « Publiez ces papiers; mais sachez que, même à terre, je veillerai à ce que vous ne fassiez plus chanter *personne* après moi! » Avez-vous dit cela, Morgan? insista l'inspecteur.

L'avocat dévisagea les Queen avec incrédulité. Puis il éclata d'un rire nerveux et dit :

— Grands dieux! Est-ce la menace que cette femme m'impute? Je voulais seulement dire : « Si je ne puis satisfaire vos nouvelles exigences, si vous publiez ces papiers, je vous dénoncerai à la police et je vous entraînerai dans ma ruine, misérable! » Voilà le sens de cette fameuse phrase, inspecteur. Et elle a cru que je menaçais Field de mort!

Il essuya ses yeux. Ellery, tout sourire, appela le maître d'hôtel. Il régla l'addition, alluma une cigarette et regarda son père qui observait Morgan avec un mélange de détachement et de sympathie.

— Bien, Mr Morgan, dit enfin l'inspecteur, en se levant. C'est tout ce que nous désirions savoir.

Il s'effaça courtoisement pour permettre à son invité — lequel tremblait encore — de passer le premier dans le vestiaire.

. . . .

Dans 47th Street, la circulation était complètement arrêtée. Un cordon de police contenait difficilement la foule massée devant le Théâtre Romain sur la façade duquel on lisait en caractères flamboyants : *Gunplay*, et, au-dessous, en lettres plus petites, également éclairées au néon : « James Peale, Eve Ellis et une troupe de vedettes ». Dans la bousculade générale, des policemen transpirants ne laissaient entrer que les personnes munies de billets pour la soirée.

L'inspecteur ayant montré son insigne, Ellery et lui se trouvèrent portés par la foule jusqu'à l'entrée du théâtre. Le directeur Panzer — rayonnant, courtois, plein d'autorité — se tenait près des guichets et il aidait à diriger la longue file des spectateurs vers les contrôleurs de billets. Le vénérable portier, ruisselant et ébahi, regardait couler le flot; les employés des guichets étaient sur les dents; Harry Neilson s'entretenait à l'écart avec trois jeunes gens, des reporters très certainement.

Apercevant les Queen, Panzer s'élança à leur rencontre; mais, sur un signe de l'inspecteur, il s'arrêta net, leur adressa un signe d'intelligence et regagna sa place. Ellery prit modestement la file et il reçut à son tour deux billets réservés. Père et fils n'eurent ensuite qu'à suivre le flot qui roulait vers l'orchestre.

Madge O'Connell eut un mouvement de recul quand Ellery lui présenta deux billets marqués LL32 gauche et LL30 gauche. Son regard presque craintif, sa gêne évidente firent sourire l'inspecteur qui, suivi d'Ellery, se laissa conduire jusqu'aux deux derniers fauteuils de la dernière rangée. Madge O'Connell désigna en silence les places, puis elle s'enfuit. Les nouveaux arrivants posèrent leurs chapeaux dans le filet métallique prévu à cet effet sous chaque fauteuil, puis ils s'installèrent confortablement, comme deux amateurs de théâtre se disposant à applaudir une bonne pièce.

Les dernières places inoccupées se remplirent. *Gunplay*, ce soir-là, faisait salle comble et, bientôt, les Queen devinrent le point de mire de toute l'assistance.

— Zut! grogna l'inspecteur. Nous n'aurions dû entrer qu'après le lever de rideau.

— Habituez-vous aux acclamations populaires, mon pauvre papa, dit Ellery en riant. Personnellement, elles ne me déplaisent pas

Il consulta sa montre : 20 h 25. Père et fils eurent encore le temps d'échanger un regard, puis les lumières s'éteignirent une à une, le brouhaha des conversations cessa comme par enchantement et, dans l'obscurité totale, le rideau se leva sur une scène plongée dans un clair-obscur suggestif. Un coup de feu retentit dans le silence, le cri étranglé d'un homme fit frissonner les spectateurs... *Gunplay* reprenait sa carrière triomphale.

Contrairement à son père, Ellery, allongé dans le fauteuil du crime, goûta le mélodrame. La voix chaude de James Peale, en scène dans les moments pathétiques, s'imposait à tous par ses accents dramatiques. Eve Ellis se donnait tout entière à son rôle. Actuellement, elle s'entretenait sur un ton étouffé et vibrant avec Stephen Barry dont le physique et la voix enthousiasmaient la jeune fille assise à la droite de l'inspecteur. Affublée de la toilette criarde exigée par son rôle, Hilda Orange se tenait dans un coin tandis qu'un personnage épisodique promenait son ennui sur la scène. Ellery se pencha vers son père.

— La troupe est vraiment excellente, murmura-t-il. Observez les jeux de scène de Hilda Orange.

L'action se déroula, trépidante, jusqu'à la salve de

bruits divers et de cris qui terminait le premier acte. Les lustres s'allumèrent et l'inspecteur s'empressa de consulter sa montre : il était exactement 21 h 05.

Il se leva et Ellery le suivit nonchalamment. Madge O'Connell, les yeux baissés, ouvrit les lourdes portes de fer qui donnaient sur l'impasse chichement éclairée. Les Queen se mêlèrent au flot des spectateurs désireux de respirer un peu d'air frais.

Debout derrière un comptoir garni de gobelets en papier, Jess Lynch, le jeune garçon qui avait procuré la bouteille à Field, proposait ses rafraîchissements d'une voix sonore. L'inspecteur lui acheta un gobelet d'orangeade et il sut calmer d'un sourire les appréhensions du pauvre Lynch qui avait sursauté en le reconnaissant.

Ellery se glissa dans l'étroit espace ménagé entre le mur et le battant de la porte. Il remarqua que l'impasse était bordée, de l'autre côté, par un mur très élevé et sans ouvertures, celui d'un immeuble haut de six étages au moins.

Les spectateurs, par petits groupes, se montraient très intéressés par tout ce qui les entourait. Une voisine de l'inspecteur murmura, d'un ton craintif et passionné : « Dire que, lundi soir, il se trouvait peut-être à cette même place et buvait une orangeade ! »

La sonnerie annonçant le second acte rappela dans la salle ceux qui étaient dehors. Avant de s'asseoir, Queen se retourna pour regarder le pied de l'escalier conduisant au balcon; un vigoureux garçon en uniforme était en faction sur la première marche.

Le rideau se leva sur un véritable feu d'artifice qui tint les spectateurs en haleine. Les Queen devinrent subitement très attentifs; penchés en avant, les muscles tendus, les yeux rivés sur la scène, ils respiraient à peine. A 21 h 30, Ellery consulta sa montre; puis père et fils poussèrent un soupir et retombèrent dans une tranquille indifférence.

A 21 h 50, très exactement, ils se levèrent, prirent leurs manteaux et leurs chapeaux, et gagnèrent le fond de l'orchestre, encombré de spectateurs debout. Devant cette affluence, l'inspecteur rendit un muet hommage à la toute-puissance de la publicité et il sourit dans sa barbe. Madge O'Connell, les yeux dans le vague, était adossée contre une colonne.

Panzer, debout sur le seuil de son bureau, contemplait avec ravissement la salle archicomble. Les Queen s'avancèrent vers lui et, sur un signe de l'inspecteur, les trois hommes entrèrent dans l'antichambre. Quand Ellery referma la porte qui donnait sur l'orchestre, le sourire du petit directeur s'effaça.

— J'espère que la soirée vous a été profitable? demanda-t-il avec une évidente nervosité.

— Une soirée profitable? répéta l'inspecteur. Tout dépend du sens que vous attachez aux mots, mon cher. Passons dans votre bureau, si vous le voulez bien. (Au lieu de s'asseoir, Queen se mit à arpenter un peu fiévreusement la pièce et il reprit :) Avez-vous, sous la main, un plan de l'orchestre avec les places numérotées, les issues, etc.?

— Oui, je crois, répondit Panzer, surpris. Attendez...

Il fouilla parmi les dossiers et trouva un plan du théâtre, en deux parties, dont l'une représentait l'orchestre et l'autre le balcon. Celle-ci fut aussitôt écartée, mais l'inspecteur et Ellery étudièrent attentivement le plan de l'orchestre. Puis Queen regarda Panzer qui se balançait d'un pied sur l'autre, perplexe et se demandant quelle serait la prochaine requête du représentant de la police.

— Pouvez-vous me prêter ce plan pour quelques jours, Panzer? demanda simplement l'inspecteur.

— Avec plaisir! Je suis à votre entière disposition, inspecteur. Et permettez-moi de vous remercier, au nom de Gordon Davis et au mien, de la publicité que...

— Il n'y a pas de quoi, l'interrompit l'inspecteur qui plia le plan et le glissa dans sa poche. Vous méritiez ce petit dédommagement, mon cher. Vous venez, Ellery?

Bonne nuit, Panzer, et que ceci reste entre nous, n'est-ce pas ?

Les Queen quittèrent le bureau tandis que Panzer renouvelait ses promesses de discrétion absolue. Ils traversèrent une fois de plus le fond de la salle pour atteindre l'allée gauche. L'inspecteur appela Madge O'Connell d'un signe impératif.

L'ouvreuse accourut, pâle comme un linge.

— Entrouvrez cette porte pour nous laisser sortir et oubliez complètement ce petit incident, ordonna Queen d'un ton sec. C'est compris ?

— Oui, monsieur.

Les Queen sortirent l'un derrière l'autre par l'issue située en face de la rangée LL, puis le battant se referma doucement sur eux.

. . . .

A 23 heures, après la fin du spectacle, comme les principales issues dégorgeaient le premier flot de spectateurs, Richard et Ellery Queen rentrèrent dans le Théâtre Romain par la grande porte.

Où d'autres chapeaux s'imposent

— Asseyez-vous, Tim, et tenez-nous compagnie.

On était le vendredi matin. Vêtus de robes de chambre bariolées, l'inspecteur et Ellery étaient d'excellente humeur. Couchés tôt — pour eux —, ils avaient dormi du sommeil du juste, et maintenant, avec la cafetière fumante sur la table, tout semblait aller pour le mieux dans le meilleur des mondes.

Timothy Cronin — taille moyenne, regard intelligent, abondante chevelure d'un roux ardent — avait troublé le repos des Queen à une heure indue. Ebouriffé, morose, jurant comme un charretier, il avait fait la joie d'Ellery et le désespoir de l'inspecteur, incapable d'arrêter le flot de paroles malsonnantes qui blessaient ses oreilles.

Puis, soudain, le procureur du district adjoint s'éveilla au sens du savoir-vivre. Il rougit, accepta la chaise offerte et fixa le dos raide de Djuna tandis que le jeune « maître d'hôtel » dressait la table du petit déjeuner.

— J'imagine que vous n'êtes pas d'humeur à vous excuser pour votre inqualifiable langage, Tim, mon ami, dit l'inspecteur, en croisant les mains sur son estomac, à la manière d'un bouddha. Dois-je vous demander la raison de votre irritation ?

— Ne prenez pas cette peine, répondit l'autre, labourant le tapis de coups de talon. La raison, elle est bien simple ! Les papiers de Field sont *introuvables*. Que le diable emporte sa vilaine âme !

— Il l'a, pour l'éternité, Tim, soupira Queen. Le pauvre Field doit rôtir actuellement au feu de l'enfer et se gausser de votre colère. Où en sont, très exactement, vos affaires ? Quelle est au juste la situation ?

Cronin vida d'un trait la tasse que Djuna venait de poser devant lui.

— Il n'y a ni « affaires », ni « situation ! » s'écria-t-il, en reposant violemment la tasse vide sur la soucoupe. Je suis à zéro, voilà ! Par saint Antoine, si je ne mets pas bientôt la main sur une de ces preuves, je vais devenir fou ! Vous ne le croirez peut-être pas, inspecteur, mais nous avons, Stoates et moi, mis à sac le princier cabinet de Field au point qu'un rat n'oserait pas mettre le nez hors de son trou ! Et il n'y a rien. Rien, vous dis-je. C'est inconcevable. Or, je parierais tout ce que l'on voudra, y compris ma réputation, que quelque part — Dieu seul sait où — les papiers de Field attendent celui qui sera assez malin pour les dénicher.

— Cela tourne à l'idée fixe, Cronin, remarqua doucement Ellery. Le temps de Charles Ier est révolu, mon cher. A notre époque, il n'y a plus de « papiers cachés ». Il suffit de savoir où les chercher.

— Bravo, Mr Queen! ricana l'autre. Dites-moi, je vous prie, *où* chercher les papiers de Monte Field?

Ellery alluma une cigarette.

— Tope! dit-il. Je relève le défi. Vous dites — et je ne mets pas un seul instant votre parole en doute — que les documents dont vous soupçonnez l'existence ne sont pas dans le cabinet de Field. A propos, d'où tirez-vous la certitude que notre homme gardait des papiers propres à l'incriminer, lui et la bande de gangsters haut placés dont vous nous avez parlé?

— C'est une question de logique pure, répondit Cronin. D'après les renseignements pris, Field entretenait une correspondance suivie avec les pontifes du gangstérisme que nous essayons toujours de pincer, sans avoir réussi à les atteindre jusqu'ici. L'histoire est trop compliquée pour que je puisse entrer dans les détails, mais je suis en mesure d'affirmer que Field possédait des documents trop importants pour être détruits. Ce sont ces papiers sur lesquels je veux mettre la main, Mr Queen.

— Explication acceptée, déclara Ellery. Je tenais seulement à m'assurer des faits. Puisque ces documents existent et qu'ils ne sont pas dans le cabinet de Field, ils doivent être ailleurs. Dans un coffre en banque, par exemple?

L'inspecteur, témoin muet et amusé de la joute oratoire entre Cronin et son fils, éleva une protestation.

— Ne vous ai-je pas donné, ce matin, le résultat de l'enquête approfondie de Thomas à ce sujet, Ellery? Field n'avait ni coffre en banque, ni boîte postale personnelle soit à son nom, soit à un faux nom. Il n'avait pas non plus de domicile — fixe ou temporaire — autre que son appartement de 75th Street. Enfin, toutes les démarches entreprises par Thomas n'ont révélé aucune indication relative à la moindre cachette. Thomas va jusqu'au fond des choses, il a même pensé que Field avait pu laisser, dans un paquet ou une valise, ces documents chez une relation ou un commerçant. Là encore, il n'a rien trouvé. Velie a donné ses preuves dans ce genre d'enquêtes, Ellery. Vous pouvez parier votre dernier dollar sur la fausseté de votre hypothèse.

— Je tenais simplement à mettre les choses au point, pour le bénéfice de Cronin, répondit Ellery. Comprenez-moi bien. Nous devons réduire le champ des recherches jusqu'au point où nous puissions dire avec certitude : « Les papiers doivent être là. » Le cabinet, le coffre en banque, la boîte postale, etc., sont éliminés. Cependant, nous savons que Field ne pouvait conserver ses documents dans un endroit peu accessible. Je ne puis répondre pour les papiers que *vous* cherchez, Cronin, mais il est certain que Field devait garder sous la main ceux que *nous* cherchons. Et, pour avancer d'un pas, il est fort probable que notre homme gardait tous ses documents importants et secrets à la même place.

Le procureur du district adjoint se gratta la tête, et il fit un signe d'assentiment.

— Procédons par élimination, messieurs, reprit Ellery. Toutes les cachettes possibles étant exclues, il n'en reste plus qu'une seule, celle dans laquelle les papiers doivent être. Il n'y a pas à sortir de là.

— J'y pense, murmura Queen, toute sa bonne humeur envolée. Peut-être n'avons-nous pas fouillé assez à fond cet endroit-là.

— Nous sommes sur la bonne voie, dit Ellery. Je le sais, comme je sais que c'est aujourd'hui vendredi et que l'on fera maigre dans trente millions de foyers, ce soir.

Cronin exprima sa perplexité.

— Je ne vous suis pas, Mr Queen. Qu'entendez-vous au juste quand vous dites qu'il ne reste plus qu'une seule et unique cachette possible ? Laquelle ?

— L'appartement de Field. Les papiers sont dedans.

— Mais, à ce sujet, le procureur du district m'a dit,

hier encore, que vous aviez fouillé en pure perte le domicile de Field.

— C'est exact, déclara Ellery. Nous avons fouillé, en vain, l'appartement de Field. Le malheur est venu de ce que nous n'avons pas regardé au bon endroit, Cronin.

— Vous savez où il faut chercher, Mr Queen! s'écria Cronin, debout. Volons-y!

L'inspecteur tapota doucement les genoux de l'impatient et il lui désigna la chaise en disant :

— Rasseyez-vous, Tim. Mon fils ne sait pas plus que vous et moi où les papiers se trouvent. Il rationalise, il devine; en style de roman policier, cela s'appelle : l'art de la déduction!

— J'ai l'impression, dit Ellery, en s'entourant d'un nuage de fumée, d'être mis au défi pour la seconde fois. Accepté. Avec l'aimable autorisation de l'inspecteur Queen, j'ai l'intention de retourner chez Field et de mettre la main sur les documents insaisissables.

— A propos...

Un coup de sonnette interrompit l'inspecteur. Djuna introduisit le sergent Velie, accompagné d'un petit individu à l'aspect furtif qui tremblait littéralement d'appréhension. Queen se leva d'un bond et il arrêta les nouveaux arrivants sur le seuil du living-room. Cronin, les yeux écarquillés, entendit sa question, posée au sergent :

— C'est notre homme, Thomas?

A quoi Velie répondit avec une singulière légèreté :

— En chair et en os, monsieur.

— Vous vous croyez capable de cambrioler un appartement sans vous faire pincer? demanda aimablement l'inspecteur, en prenant l'étonnant individu par le bras et en l'entraînant dans le vestibule. Parfait.

L'autre balbutia :

— Vous ne cherchez pas à me jouer un mauvais tour, inspecteur?

— Jamais de la vie!

La fin de la conversation se poursuivit à voix basse, le

jeune homme à l'air furtif se contentant de donner, par des grognements, son assentiment à tout ce que disait l'inspecteur. Un billet passa d'une main dans l'autre et Queen revint d'un pas léger dans le living-room.

— C'est entendu, Thomas, dit-il. Prenez les dispositions voulues et veillez à ce que notre ami, ici présent, n'ait pas d'ennuis. Au revoir, messieurs.

Velie salua et il emmena à sa suite le jeune homme effarouché. L'inspecteur se rassit.

— Avant d'opérer une nouvelle fouille chez Field, commença-t-il, je tiens à mettre certaines choses au point. *Primo*, d'après les renseignements fournis par Benjamin Morgan, notre avocat tirait sa principale source de revenus du chantage, non de son cabinet. Le saviez-vous, Tim? Monte Field saignait à blanc bon nombre de personnalités haut placées, auxquelles il extorquait des centaines et des milliers de dollars. En fait, mon cher, nous sommes convaincus que le mobile du crime se rapporte aux activités secrètes de Field. L'assassin est très certainement une victime de notre maître chanteur et il ne pouvait plus satisfaire les exigences toujours croissantes de ce gredin.

« Vous savez comme moi, Tim, que le chantage repose principalement sur la possession, par celui qui l'exerce, de documents compromettants pour les victimes. Voilà pourquoi nous sommes certains que des papiers secrets existent et sont cachés quelque part. Ellery dit : " Ils sont cachés dans l'appartement. " Nous verrons. Si nous les trouvons, il y a les plus grandes chances pour que vous mettiez du même coup la main sur les documents que vous cherchez depuis si longtemps. (L'inspecteur réfléchit avant d'ajouter :) Je ne puis vous dire, Tim, combien je désire mettre la main sur ces maudits papiers de Field. Ils signifient beaucoup pour moi car ils éclairciraient un tas de questions dont la réponse nous échappe encore.

— Eh bien, qu'attendons-nous pour courir chez Field? s'écria Cronin, en se levant d'un bond. Si nous retrouvons ces papiers, ce sera le couronnement de plusieurs années de labeur, ce sera le plus grand jour de ma vie. En route, messieurs !

Les Queen conservèrent toute leur tranquillité. Laissant Cronin arpenter le living-room comme un ours en cage, ils se retirèrent dans leur chambre pour s'habiller et ils prirent leur temps. Finie la bonne humeur du réveil ! L'inspecteur, surtout, était irritable et, pour une fois, on le sentait peu pressé de pousser son enquête dans la voie indiquée.

Enfin, père et fils reparurent, prêts à sortir. Cronin les entraîna dehors et héla un taxi. Ellery soupira en montant dans la voiture.

— Vous craignez la défaite ? demanda l'inspecteur, le nez enfoui dans le col relevé de son manteau.

— Je pensais à autre chose, riposta Ellery. Nous trouverons les papiers, n'ayez crainte.

— Le ciel vous entende ! murmura Cronin avec ferveur.

Ce furent les dernières paroles prononcées jusqu'au moment où le chauffeur s'arrêta devant le grand immeuble de 75th Street.

Quand un ascenseur eut déposé les trois hommes au quatrième étage, l'inspecteur sonna à la porte de Field. Celle-ci ne fut ouverte qu'au bout d'un moment, par un policeman congestionné, la main sur la poche de son revolver.

— Rassurez-vous, nous ne vous mordrons pas ! grogna Queen dont l'humeur ne s'était pas améliorée, bien au contraire.

Le policeman salua et répondit d'un ton embarrassé :

— Ce pouvait être un visiteur indésirable, inspecteur.

Queen claqua la porte d'entrée avec une violence inusitée. Arrivé sur le seuil du living-room, il jeta un coup d'œil à l'intérieur et demanda :

— Il ne s'est rien passé, ici ?

— Non, monsieur, répondit le policeman. Nous assurons la garde permanente, Cassidy et moi, et, à part le détective Ritter qui vient de temps en temps faire un tour, nous n'avons vu âme qui vive ici, depuis mardi matin.

— Bien, dit Queen. Installez-vous confortablement dans le vestibule et faites un somme si le cœur vous en dit. Mais si quelqu'un essaye d'entrer, donnez l'alarme en vitesse.

Le policeman traîna une chaise du living-room dans le vestibule. Après quoi, il s'assit, le dos au mur, croisa les bras et ferma les yeux sans vergogne.

Les trois autres passèrent une rapide inspection des lieux. Le petit vestibule était encombré de meubles et de bibelots : bibliothèque remplie de volumes qui n'avaient sans doute jamais été ouverts, petite table portant une lampe moderne et des cendriers d'ivoire sculpté, deux chaises Empire, un meuble baroque — mi-secrétaire, mi-desserte —, tapis et coussins disséminés à droite et à gauche. L'inspecteur contempla ce bric-à-brac d'un œil sombre.

— Voici ce que je propose, dit-il enfin : examiner les objets un à un et tour à tour, afin que chacun d'entre nous soit contrôlé par les deux autres. Personnellement, je n'ai guère d'espoir, Ellery.

— Voyez le pèlerin du Mur des Lamentations ! grogna Ellery. Heureusement que nous sommes moins pessimistes, Cronin.

— Si vous me demandiez mon avis, je dirais : « Moins de paroles et plus d'action ! » bougonna le procureur du district adjoint.

Ellery le dévisagea avec admiration :

— Pour un homme, vous êtes doué d'une ténacité de termite ! s'écria-t-il. Et dire que le pauvre Field gît sur une table de la morgue... Allons-y !

Le policeman dodelinait de la tête dans son coin; les autres se mirent silencieusement au travail, chacun avec une expression de physionomie particulière : sombre irritation chez l'inspecteur, calme assurance chez Ellery, énergie farouche chez Cronin. Un à un, les

216

livres passèrent de main en main pour être ouverts, secoués, examinés sur toutes les coutures. Comme il y en avait plus de deux cents, cela demanda du temps et l'activité d'Ellery se relâcha peu à peu. Laissant à ses compagnons le plus gros de la tâche, il s'intéressa principalement aux titres. Soudain, il poussa une joyeuse exclamation en montrant un petit livre modestement relié. Les yeux étincelants, Cronin s'élança et l'inspecteur leva la tête avec intérêt. Mais Ellery avait simplement découvert un nouveau manuel de graphologie.

Cronin, avec un grognement, se remit au travail. L'inspecteur continua de regarder son fils qui feuilletait rapidement le livre. Un nouveau cri lui échappa et les deux autres se penchèrent pour regarder par-dessus son épaule. En marge de plusieurs pages, on voyait des annotations au crayon telles que : « Henry Jones », « John Smith », « George Brown », etc. Les noms étaient reproduits plusieurs fois, comme s'il s'agissait d'un exercice d'écriture.

— Ne dirait-on pas que Field avait une manie de collégien pour les griffonnages ? demanda Ellery, les yeux fixés sur les inscriptions marginales.

— Comme d'habitude, vous avez une idée en tête, mon fils, dit l'inspecteur d'un ton las. Je devine de quoi il s'agit, mais je ne vois pas en quoi elle pourrait nous aider. A moins que... Parbleu ! J'y suis !

Il se remit au travail avec une ardeur redoublée. Ellery, souriant, l'imita. Cronin les regarda tour à tour, cherchant à comprendre.

— Suis-je indigne d'être mis dans le secret ? demanda-t-il enfin piteusement.

L'inspecteur se redressa pour répondre :

— Ellery vient de découvrir une indication qui, si elle est exacte, doit être considérée comme un coup de chance car elle nous éclaire sur un aspect du caractère de Field. Le misérable ! Suivez-moi bien, Tim. Si, chez un maître chanteur invétéré, vous trouviez de nombreuses preuves qu'il travaillait l'art de l'écriture d'après des manuels de graphologie, quelles seraient vos conclusions?

— Vous l'accusez — à titre posthume — de faux en écritures, par-dessus le marché? demanda Cronin, perplexe. Je dois dire, pour sa défense, que rien ne m'avait permis de le croire jusqu'ici. Or, depuis le temps que je le surveille de près...

— Oh, je doute que vous trouviez sur un chèque ou autre pièce du même genre une fausse signature imputable à Field! l'interrompit Ellery en riant. Notre homme était trop malin pour tomber dans une aussi vulgaire erreur. Voici mon opinion sur la question: Field se procurait des documents compromettants pour certaines personnes, il les copiait, vendait les *copies* aux intéressés et gardait pour lui, en vue de profits futurs, les originaux!

— Et dans ce cas, Tim, ajouta l'inspecteur, si nous trouvons cette mine d'or de papiers — ce dont je doute, hélas! — nous trouverons du même coup l'original ou les originaux des documents pour lesquels Field fut assassiné!

— *Si*... murmura Cronin, en faisant une grimace.

Ils se remirent à l'œuvre, dans un silence de plus en plus lourd.

Au bout d'une heure, les reins rompus, il fallut s'avouer qu'il n'y avait rien de dissimulé dans le vestibule. L'intérieur de la lampe, les étagères de la bibliothèque, la petite table, le secrétaire, les coussins, tout avait été examiné de main de maître. Les murs eux-mêmes avaient été auscultés par Queen dont les lèvres pincées et les pommettes rouges trahissaient l'état d'agitation intérieure.

Les trois hommes s'attaquèrent au living-room, en commençant par le grand placard qui servait de garde-robe. Une fois de plus, l'inspecteur et Ellery examinèrent les capes, manteaux et pardessus. Rien. Les quatre chapeaux — vieux panama, melon et feutres — furent soumis à une nouvelle épreuve. Toujours rien. Cronin, animé d'une ardeur farouche, tomba à genoux pour fouiller les coins sombres, examiner les cloisons. Le tout en vain. Grimpé sur une chaise, Queen se réserva la partie supérieure de la garde-robe. En descendant, il secoua tristement la tête et dit :

— Oublions le placard, mes amis.

Leur attention se porta alors sur le grand secrétaire sculpté que Hagstrom et Piggott avaient fouillé trois jours auparavant. L'inspecteur alla jusqu'à regarder en transparence les divers papiers triés par les détectives, comme s'il cherchait un message à l'encre sympathique. Finalement, il rejeta les lettres et factures, haussa les épaules et soupira :

— Au diable l'influence d'un fils qui écrit de stupides romans policiers ! Je deviens gâteux !

Tandis qu'il examinait les petits objets découverts, mardi, dans les poches des vêtements pendus dans la garde-robe, Ellery fronçait les sourcils; et une expression de morne résignation se lisait sur les traits de Cronin.

— Rien dans le bureau, annonça enfin celui-ci. A la vérité, ce suppôt de Satan n'aurait pas choisi, comme cachette, le premier meuble dans lequel tout le monde aurait l'idée de chercher.

— Au contraire, murmura Ellery. S'il avait lu Edgar Allan Poe... mais peu importe. Vous êtes sûr qu'il n'y a pas de tiroir secret, Cronin ?

Un signe de tête négatif, découragé, mais qui néanmoins exprimait une absolue certitude, fut la seule réponse du procureur du district adjoint.

Ils vidèrent et sondèrent les meubles, cherchèrent sous les tapis et les lampes, dans les vases et les tringles de rideaux. Quand ils abandonnèrent le living-room, dévasté comme après le passage d'un cyclone, l'inutilité apparente de leurs recherches se reflétait clairement sur leurs visages.

— Il ne reste plus que la chambre, la salle de bains et la cuisine, dit l'inspecteur à Cronin.

Une influence féminine — celle de la charmante Mrs Russo, vraisemblablement — se manifestait dans l'ameublement et la décoration de la chambre. Là encore, des yeux attentifs, des mains indiscrètes ne laissèrent pas un pouce de terrain inexploré. Lit défait, matelas sondé, sommier examiné : autant d'échecs à enregistrer. Puis ce fut au tour de la penderie. Costumes, peignoirs, robes de chambre, souliers, cravates, chaque pièce d'habillement fut palpée, pétrie et, finalement, rejetée. Cronin, sans ardeur, mais avec conscience, frappa sur les murs et les moulures, les autres examinèrent les meubles un à un, personne ne trouva rien.

Les trois hommes eurent peine à tenir ensemble dans la petite cuisine encombrée. Un grand placard fut mis à sac; fourneau, évier, ustensiles, tout y passa. Cronin alla même jusqu'à plonger dans les boîtes de farine et de sucre des mains exaspérées, puis il lorgna avec envie sur la caisse à moitié pleine de bouteilles de whisky. Foudroyé par un regard de l'inspecteur, le pauvre garçon baissa le nez et détourna les yeux.

— La salle de bains, maintenant, murmura Ellery.

Ils y entrèrent, dans un silence impressionnant. Au bout de trois minutes, ayant abandonné tout espoir, nos chercheurs regagnèrent le living-room où ils s'affalèrent dans des fauteuils. L'inspecteur prisa rageusement; Cronin et Ellery allumèrent des cigarettes.

Queen rompit enfin un pénible silence, ponctué par le ronflement du policeman, dans le vestibule.

— Sans reproche, mon fils, commença-t-il d'un ton sépulcral, nous assistons à la faillite de la méthode dite « de déduction » qui assura gloire et fortune à Mr Sherlock Holmes et à ses émules.

D'un geste nerveux, Ellery caressa son menton.

— Je me suis apparemment couvert de ridicule, avoua-t-il. Néanmoins, ces papiers sont ici, quelque part. C'est peut-être idiot... Mais j'ai la logique pour moi. Quand, d'une somme de dix, on retire deux, plus quatre, plus trois, il ne reste qu'un, n'est-ce pas? Excusez-moi d'être rétrograde au point de répéter : « Les papiers sont ici. »

— Où? grogna Cronin, en expulsant une énorme bouffée de fumée.

— Recommençons. Non, non! ajouta vivement Ellery comme la mine de Cronin s'allongeait. Recommençons oralement, veux-je dire. L'appartement de Mr Field se compose de cinq pièces : vestibule, living-room, chambre, cuisine et salle de bains. Nous avons inutilement fouillé ces cinq pièces. D'après Euclide... mais peu importe. Comment avons-nous fouillé ces pièces? Nous avons examiné tout ce qui se voyait : meubles, bibelots, tapis : bref, tout ce qui se voyait. Nous avons également ausculté les planchers, les murs et les moulures. Il semble que rien ne nous ait échappé...

Il s'arrêta, les yeux brillants. L'inspecteur perdit instantanément son air de lassitude; l'expérience lui avait appris que les yeux de son fils brillaient rarement pour rien.

— Et cependant, continua Ellery, par les Toits d'Or de Sénèque, nous avons négligé quelque chose!

— Quoi? demanda Cronin. Vous plaisantez!

— Loin de moi cette pensée, répondit Ellery, en se levant. Nous avons examiné les planchers et les murs. Mais avons-nous examiné les plafonds?

— Où voulez-vous en venir, mon fils? demanda l'inspecteur, perplexe.

Ellery écrasa sa cigarette dans un cendrier.

— A ceci, dit-il. Prenons une équation quelconque. Le raisonnement pur nous apprend que, lorsque toutes les possibilités sont épuisées, sauf une, cette dernière *doit être la bonne*, si ridicule ou fantastique puisse-t-elle paraître. Il s'agit, vous le voyez, d'un théorème analogue à celui sur lequel je fonde ma conviction que les papiers sont ici.

— Les plafonds! explosa Cronin. Où allez-vous chercher ces idées-là, Mr Queen?

L'inspecteur, un peu honteux, levait déjà les yeux vers le plafond du living-room. Ellery surprit son regard; il haussa les épaules et dit en riant :

— Je ne propose pas d'appeler à la rescousse un plâtrier chargé de mettre à mal ces plafonds d'un goût douteux. C'est inutile, car je tiens déjà la réponse. Quels sont, dans cet appartement, les objets touchant le plafond ?

— Les lustres, murmura sans conviction Cronin, les yeux fixés sur le lourd luminaire en bronze doré.

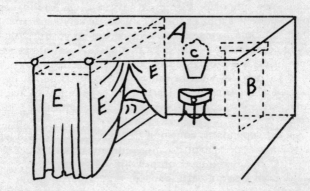

A) Plafond.

B) Porte ouvrant sur le living-room.

C) Miroir.

D) Coiffeuse.

E) Rideaux damassés entourant le lit, du plafond jusqu'au plancher, et dissimulant la partie pointillée qui représente le compartiment contenant les chapeaux.

— Nom d'un chien ! Le ciel de lit ! cria l'inspecteur.

Ce fut une ruée générale vers la chambre. Debout auprès du lit, les trois hommes examinèrent le baldaquin, un baldaquin d'un genre particulier. Quatre montants, aux coins du lit, s'élevaient jusqu'au plafond :

là-haut, ils étaient réunis par des tringles d'où tombait, en plis gracieux, le lourd rideau de damas marron.

Queen approcha une chaise recouverte du même damas.

— Si ces maudits papiers sont quelque part, ils sont là-haut, déclara-t-il. Ellery, votre main. (Il grimpa sur la chaise, sans le moindre égard pour la soierie. Mais, dressé sur la pointe des pieds, les bras levés, l'inspecteur Queen était trop petit pour toucher le plafond. Il descendit en disant :) Je doute que vous y arriviez, Ellery. Or Field était tout au plus de votre taille. Il doit y avoir, dans les parages, un marchepied dont il se servait pour atteindre sa cachette.

Sur un signe d'Ellery, Cronin s'élança dans la cuisine. Il reparut aussitôt, portant un escabeau à six marches sur lequel l'inspecteur grimpa lestement. Mais, juché sur le dernier échelon, il était encore trop petit pour atteindre la tringle, et il dut céder la place à son fils.

Saisissant la soierie à pleines mains, Ellery tira de toutes ses forces, arrachant la tringle et découvrant un encadrement de bois qui avait environ douze pouces de hauteur et que les rideaux jusqu'alors dissimulaient. Ellery palpa les parties en relief de l'encadrement, sans trouver trace d'une ouverture quelconque. Ensuite, il se pencha pour examiner le grand rectangle de damas, fixé sous le panneau. Ses compagnons suivaient ses recherches avec des expressions de physionomie variées.

— Arrachez la soierie ! gronda l'inspecteur.

Ellery tira si fortement que tout le damas formant le ciel de lit fut arraché d'un seul coup, découvrant le panneau nu.

— C'est creux, annonça Ellery qui tapait contre le bois avec ses jointures.

— Parbleu ! fit Cronin. Il n'y a rien d'anormal à cela, Mr Queen. Regardez donc de l'autre côté du lit.

Ellery parut ne pas entendre. Il s'était redressé et examinait plus attentivement l'encadrement. Soudain, il poussa un cri de triomphe. A la place de la « porte secrète » au mécanisme compliqué qu'il cherchait, il n'y avait qu'un simple panneau à coulisse, ingénieusement camouflé, aux jointures, par des rosaces et autres grossières sculptures. Le dispositif était ingénieux, mais un amateur de « cachettes » ne se serait pas pâmé pour si peu.

— L'heure de la vengeance, murmura Ellery, en plongeant le bras dans l'orifice qu'il venait de découvrir.

L'inspecteur et Cronin retenaient leur souffle.

— Par tous les dieux de l'Olympe ! s'écria Ellery, tout frémissant. Vous rappelez-vous ce que je n'ai cessé de dire, papa ? Où ces papiers pouvaient-ils être... sinon dans les chapeaux !

La manche poussiéreuse, il tira de la cachette et jeta sur le lit un haut-de-forme. Cronin exécuta un pas de gigue, tandis que le long bras d'Ellery disparaissait de nouveau dans l'ouverture. Un à un, il sortit quatre chapeaux : deux hauts-de-forme et deux melons !

— Prenez cette torche électrique et regardez s'il n'y a pas autre chose, ordonna l'inspecteur.

Ellery s'exécuta. Mais, au bout d'un instant, il descendit en disant :

— C'est tout, mais ce doit être suffisant.

L'inspecteur emporta les chapeaux dans le living-room où il les aligna sur le canapé. Les trois hommes s'assirent et ils se regardèrent gravement.

— Je brûle de savoir à quoi m'en tenir, dit enfin Cronin, d'une voix étouffée.

— J'ai presque peur de regarder, murmura Queen.

— *Mene mene tekel upharsin*, dit Ellery en riant ! Cette fois, on pourrait dire : « L'inscription sur le panneau ! » Allez-y MacDuff !

L'inspecteur prit un des hauts-de-forme qui portait, à l'intérieur, l'étiquette de Browne Bros. Après avoir arraché la coiffe, sans rien trouver en dessous, Queen dut emprunter le canif de Cronin pour arracher ensuite

224

le cuir d'entrée de tête. Puis il leva les yeux et dit gaiement :

— Ce couvre-chef, ô Romains, mes compatriotes, est
un honnête chapeau ne présentant aucun intérêt particulier. Désirez-vous l'examiner ?

Cronin lâcha un juron. Dans sa rage, il saisit le haut-
de-forme et il le déchiqueta littéralement.

— Tonnerre ! s'écria-t-il, en jetant les débris par
terre. Je n'y comprends goutte, inspecteur !

Queen, le sourire aux lèvres, jeta un coup d'œil dans
le second haut-de-forme.

— Vous avez un handicap, Tim, déclara-t-il. Nous
savons, nous, pourquoi l'un de ces chapeaux ne contient
rien, n'est-ce pas, mon fils ?

— Michaels, murmura Ellery.

— Michaels, parfaitement.

— Charley Michaels, l'homme à tout faire de Field !
s'écria Cronin. Quel rôle a-t-il joué dans tout ceci ?

— L'avenir nous l'apprendra. Savez-vous quelque
chose à son sujet ?

— Rien, sinon qu'il vivait dans l'ombre de Field et
qu'il a fait de la prison. Etiez-vous au courant ?

— Oui, répondit songeusement l'inspecteur. Nous
reparlerons un jour ou l'autre de la vie privée de
Mr Michaels ; pour l'instant, revenons au chapeau.
D'après son propre témoignage, Michaels, le soir du
crime, prépara pour son maître une tenue de soirée
complète, c'est-à-dire avec un haut-de-forme. D'autre
part, Michaels a juré ses grands dieux que Field ne possédait, à sa connaissance, qu'un *seul* haut-de-forme.
Maintenant, en supposant que Field cachât ses papiers
dans des chapeaux et qu'il soit allé, lundi soir, au
théâtre avec un chapeau « garni », il devait nécessairement laisser celui que Michaels lui avait préparé et en
prendre un autre, dans sa cachette. Et comme il tenait à
ne jamais avoir qu'un haut-de-forme dans son placard,
il ne pouvait laisser traîner le vide, sous peine d'attirer
l'attention de son valet de chambre. Donc, changeant

de haut-de-forme, il devait dissimuler celui qui ne contenait rien et le plus simple était évidemment de le mettre à la place de l'autre dans la fameuse cachette du ciel de lit !

— Que le diable m'emporte ! s'écria Cronin.

— Et je puis vous dire ce que Field aurait fait, au retour du théâtre, continua l'inspecteur. Il aurait remis dans la cachette le haut-de-forme qu'il portait ce soir-là, puis aurait repris et rangé dans la garde-robe celui que vous venez de dépecer, Tim. Mais, voyons la suite...

Il baissa le cuir du second haut-de-forme, provenant également de chez Browne Bros, et il poussa un cri :

— Regardez !

Les deux autres, penchés sur son épaule, lurent le nom : « BENJAMIN MORGAN », écrit à l'encre violette, à l'intérieur du cuir d'entrée de tête.

— Il faut que vous me juriez le secret, Tim, dit gravement Queen. Ne laissez jamais soupçonner à personne que vous avez assisté à la découverte de papiers impliquant d'une façon ou d'une autre Benjamin Morgan dans cette affaire.

— Vous me faites injure, inspecteur ! grogna Cronin. Je suis muet comme une huître, croyez-moi.

— Bien, puisque j'ai votre parole...

Queen palpa la coiffe du haut-de-forme. On entendit un léger craquement.

— Maintenant, nous savons positivement pourquoi le meurtrier *devait* emporter le chapeau que Field portait lundi, remarqua Ellery. Selon toute probabilité, son nom était écrit à l'intérieur, à l'encre indélébile, et notre homme ne pouvait évidemment pas laisser sur la scène du crime un haut-de-forme marqué à son nom.

— Autrement dit : si vous aviez ce chapeau, vous connaîtriez le meurtrier ! s'écria Cronin.

— Je crains qu'il n'existe plus, Tim, répondit l'inspecteur d'un ton sec.

Il indiqua aux autres une rangée de points, à la base du cuir d'entrée de tête, là où la coiffe était attachée.

Ayant décousu les points, il glissa les doigts sous la doublure et en sortit une petite liasse de papiers attachés par un élastique.

— Si je méritais ma réputation de méchanceté, ce serait le moment ou jamais de déclarer : « Je l'avais bien dit », murmura Ellery.

— Nous vous rendons tout l'hommage qui vous est dû, mon fils, grommela l'inspecteur. (Ce dernier ôta l'élastique, jeta un coup d'œil sur les papiers et, avec un sourire satisfait, les glissa dans sa poche de poitrine.) Morgan peut dormir tranquille, dit-il avant de s'attaquer à l'un des deux melons.

A l'intérieur du cuir, on lisait simplement : « X ». Là encore, Queen trouva une rangée de points identique à celle du haut-de-forme et, là encore, il sortit une liasse de papiers, plus épaisse que celle concernant Morgan. Après un examen superficiel, il tendit les papiers à Cronin qui tremblait d'impatience.

— Bénissez votre chance, Tim, dit-il. Votre bête noire n'est plus; mais vous trouverez là assez de noms intéressants pour devenir un grand homme.

Cronin saisit la liasse et il déplia fiévreusement les documents un à un.

— Je les ai ! Je les ai enfin ! s'écria-t-il, en se levant d'un bond. Je file, inspecteur. Le travail ne me manquera pas, désormais, et ce que vous trouverez dans le dernier chapeau ne m'intéresse pas. Jamais je ne vous remercierai assez, Mr Queen et vous ! A bientôt !

Il s'élança dans le vestibule. Le ronflement du policeman cessa soudain et la porte d'entrée claqua.

Père et fils se regardèrent.

— Je me demande en quoi tout ceci nous avancera, soupira le premier, en prenant le quatrième chapeau. Nous avons trouvé certaines choses, tiré certaines conclusions, fait travailler notre imagination et...

Il soupira, retourna le cuir du melon, et lut : « DIVERS ».

Pat

Vendredi, sur le coup de midi, tandis que l'inspecteur Queen, Ellery et Timothy Cronin étaient plongés dans leurs recherches chez Field, le sergent Velie, sombre et calme à son ordinaire, sonna à la porte des Queen. La voix gaie de Djuna l'invita à entrer, ce que le brave sergent fit avec une parfaite dignité. Une bonne odeur de bœuf à l'oignon flottait dans l'appartement. Djuna, enveloppé dans un énorme tablier de cuisine, annonça :

— L'inspecteur est sorti !

— Je m'en doutais, moucheron, grogna Velie. (Puis, tirant de sa poche une grosse enveloppe cachetée, il la tendit au jeune garçon, en disant :) Remettez ceci à l'inspecteur quand il rentrera. Si vous oubliez, gare à vous ! Je vous jetterai dans East River.

— Il faudra vous y mettre à deux, riposta Djuna avec une moue dédaigneuse. Oui, monsieur, ajouta-t-il cérémonieusement.

— Au revoir, moucheron !

D'une fenêtre du quatrième étage, Djuna, toujours souriant, put apprécier la carrure d'épaules de l'imperturbable Velie.

Quand, vers 18 heures, les Queen rentrèrent enfin chez eux, la grande enveloppe posée sur le plateau attira immédiatement l'attention de l'inspecteur. Il la décacheta et en tira un certain nombre de feuilles dactylographiées, portant l'en-tête du Bureau Central.

— Voici de la pâture, mon fils, annonça-t-il à Ellery qui retirait nonchalamment son manteau.

Puis, se laissant choir dans un fauteuil, oubliant son chapeau sur sa tête, et le manteau toujours boutonné, il se mit à lire tout haut les rapports.

Le premier disait :

LEVÉE D'ÉCROU

> *28 septembre 192...*

John Cazzanelli, alias Parson Johnny, alias Peter Domnick, relâché ce jour sur parole, après avis favorable du procureur du district Sampson.

Enquête discrète relative à sa participation au cambriolage des Soieries Bonomo (2 juin 192...) n'a rien donné. Pour plus amples renseignements, recherchons « Dinky » Morehouse, informateur de la police, que n'avons pu joindre jusqu'ici.

J. C., tenu sous surveillance constante, reste à notre entière disposition.

> *T. V.*

L'inspecteur mit de côté, avec un froncement de sourcils, le rapport concernant Parson Johnny; puis il lut le second :

RAPPORT SUR WILLIAM PUSAK

> *28 septembre 192...*

Renseignements obtenus sur William Pusak :

Trente-deux ans, né à Brooklyn, N. Y., de parents naturalisés, célibataire, vie régulière, pratique sa religion, sort trois ou quatre soirs par semaine. Comptable chez Stein & Rauch, maison de nouveautés, 1076, Broadway. Ne joue ni ne boit. Pas de mauvaises fréquentations. S'intéresse aux femmes.

Depuis lundi soir, allées et venues normales, à des heures régulières. Pas de lettres envoyées, pas d'argent retiré d'une banque, aucun mouvement suspect, d'aucun genre.

La nommée Esther Jablow semble être « l'amie en titre » de Pusak. Ils se sont rencontrés deux fois depuis lundi : mardi pour le déjeuner; mercredi soir, dîner dans un restaurant chinois et soirée au cinéma.

Agent N° 4.

Vu : *T. V.*

L'inspecteur rejeta, avec un grognement, le rapport. Le suivant était ainsi conçu :

RAPPORT SUR MADGE O'CONNELL

Au vendredi, 28 septembre 192...

Madge O'Connell demeure n° 1436, 10 th Avenue, quatrième étage. Pas de père. Inoccupée depuis lundi soir, par suite fermeture du Théâtre Romain. Quitta le théâtre lundi soir, quand la sortie fut autorisée. Rentra chez elle, avec arrêt dans le café situé à l'angle de 8 th Avenue et 48 th Street pour téléphoner. Impossible savoir le numéro demandé. Nom de Parson Johnny prononcé pendant la conversation téléphonique. M.O' C. paraissant surexcitée.

Mardi, n'est sortie qu'à 13 heures. Aucune démarche en vue de voir Parson Johnny à la prison. Ayant appris la fermeture du Théâtre Romain pour une durée illimitée, fit la tournée des agences théâtrales, à la recherche d'une place d'ouvreuse.

Rien à signaler pour les journées de mercredi et de jeudi. Repris travail au Théâtre Romain, jeudi soir, sur convocation du directeur. Aucune tentative pour voir Parson Johnny ou pour communiquer avec lui. Pas d'appels téléphoniques, pas de visiteurs, pas de courrier. M.O'C. paraît méfiante. A dû s'apercevoir surveillance.

Agent N° 11.

Vu : *T. V.*

— Hum ! fit l'inspecteur. Voyons ce que dit le suivant...

RAPPORT SUR FRANCES IVES-POPE

28 septembre 192...

F.I.-P. quitta le Théâtre Romain lundi soir, aussitôt après entrevue avec l'inspecteur Queen. Fouillée à la sortie principale, avec les autres spectateurs. Retour en voiture au domicile paternel, sis Riverside Drive, en compagnie Eve Ellis, Stephen Barry et Hilda Orange, de la troupe. Déposée, à demi évanouie, chez elle par les trois acteurs qui repartirent peu après.

Mardi, F.I.-P. ne quitta pas son lit. Nombreuses visites (renseignements obtenus d'un jardinier).

F.I.-P. ne reprit vie normale que mercredi matin, pour assister à réunion organisée par l'inspecteur Queen. Ensuite, promenade à Wetchester dans la limousine paternelle, en compagnie d'Eve Ellis, Stephen Barry, James Peale, et de son frère Stanford. Grand air ranima F. Stephen Barry passa la soirée à l'hôtel Ives-Pope. Bridge en famille.

Jeudi matin, courses dans Fifth Avenue. Déjeuner au restaurant avec Stephen Barry, puis promenade dans Central Park. S. B. ramena Frances chez elle, vers 17 heures, il resta dîner et partit aussitôt après, pour jouer au Théâtre Romain, suite à convocation du directeur. F.I.-P. passa la soirée en famille.

Pas de rapport pour vendredi matin. Aucune activité suspecte de toute la semaine, aucune relation avec des personnes étrangères, aucune communication avec Benjamin Morgan.

Agent N° 39.
Vu : *T. V.*

— Et de quatre ! murmura l'inspecteur.
Le rapport suivant était extrêmement bref.

RAPPORT SUR OSCAR LEWIN

Lewin a passé toutes les journées de mardi, mercredi, jeudi et la matinée de vendredi dans le cabinet de Field, travaillant avec MM. Stoates et Cronin. Chaque jour, les trois hommes déjeunèrent ensemble.

Lewin, marié, habite 211 E., 156 th Street, Bronx. A passé toutes ses soirées chez lui. Ni correspondance ni visiteurs suspects. Pas de vice connu. Mène vie honorable et modeste. Jouit d'une bonne réputation.

Agent N° 16.

Note. — *Renseignements détaillés sur le passé d'Oscar Lewin, habitudes, etc., entre les mains de Timothy Cronin, procureur du district adjoint.*

T. V.

En étouffant un soupir, l'inspecteur déposa les cinq feuillets dans son assiette. Il se leva, le temps d'ôter chapeau et manteau qui furent jetés dans les bras tendus de Djuna; puis, une fois rassis, il tira de l'enveloppe officielle le dernier papier : une grande feuille sur laquelle était épinglée une fiche intitulée : « MEMORANDUM POUR R. Q. » et ainsi libellée :

Le Dr Prouty m'a remis ce matin le présent rapport, avec prière vous le transmettre. Il s'excuse de n'avoir pu vous le donner personnellement, faute de temps. L'affaire d'empoisonnement de Burdrige lui donne un travail fou.

Comme signature, les initiales de Velie.

La pièce principale portait l'en-tête du Cabinet Médical de la Police. On lisait, tapé à la machine :

Cher Queen, nous nous sommes attelés, Jones et moi, au « Mystère du plomb tétra-éthyle ». Aucun succès de ce côté, et je crois que vous pouvez abandonner tout espoir de retrouver le meurtrier par l'intermédiaire du poison. Sur ce point, le patron et Jones partagent l'avis de votre humble serviteur. En ce qui concerne l'origine du poison, nous considérons tous que l'essence est l'hypothèse la plus probable. Allez donc remonter jusqu'à cette source-là, Sherlocko !

Un post-scriptum, écrit de la main de Prouty, disait :

S'il y a du nouveau, je vous avertirai immédiatement. Ne vous arrachez pas les cheveux.

— Nous sommes bien avancés ! grogna l'inspecteur.

Ellery, sans un mot, attaqua l'appétissant repas préparé par l'incomparable Djuna. L'air malheureux, grommelant dans sa barbe, Queen mangea, du bout des lèvres, quelques cuillerées de salade de fruits. Finalement, jetant sa cuillère, il s'écria :

— A-t-on jamais vu rapports aussi inutiles et exaspérants !

Ellery sourit.

— Vous vous souvenez certainement de Périandre... Comment ? Vous pourriez être poli, monsieur. Je parle de Périandre, le Corinthien, qui déclara, un jour d'inspiration : « A l'homme industrieux, rien n'est impossible ! »

. . . .

Le feu pétillait dans la cheminée. Djuna était accroupi dans son coin favori. Ellery alluma une cigarette tandis que l'inspecteur bourrait rageusement ses narines de tabac. L'heure d'un grave entretien avait sonné ; pour Queen, tout au moins, car son fils, les yeux mi-clos, ressemblait à un rêveur qui plane très au-dessus de contingences telles que le crime et le châtiment.

D'une main impatientée, l'inspecteur frappa le bras de son fauteuil.

— Ellery, avez-vous jamais vu une affaire aussi exaspérante que celle-ci ? demanda-t-il brusquement.

— Ménagez vos nerfs ! lui conseilla son fils. Si l'arrestation d'un meurtrier devient une idée fixe, vous n'arriverez à rien de bon, et vous vous empoisonnerez l'existence. Excusez-moi de me faire l'apôtre de l'hédonisme... Et permettez que je vous cite mon roman intitulé : *Le Mystère de la fenêtre obscure.* Rappelez-vous la facilité avec laquelle mes bons limiers découvrirent le coupable. Pourquoi ? Parce qu'ils ne s'énervèrent pas. Conclusion : ne jamais s'énerver. Je pense à demain... Ah ! les bonnes vacances !

— Pour un garçon cultivé, vous manquez singulièrement de cohérence, mon fils, bougonna Queen. Vous parlez pour ne rien dire et, si vous avez dans la tête des choses intéressantes, vous les gardez pour vous !

Ellery éclata de rire.

— Je pense au bois du Maine, au cabanon du cher Chauvin, près du lac. Une canne à pêche ! L'air pur ! Grands dieux ! Demain ne viendra donc jamais ?

L'inspecteur attacha sur son fils un regard pitoyable.

— Je... J'espérais presque... Peu importe ! (Il soupira et ajouta :) Tout ce que je puis dire, El, se résume en deux mots : si mon petit cambrioleur échoue, nous sommes frits.

— Qu'importe ! s'écria Ellery. Pan se soucie-t-il des tribulations humaines ? Mon prochain livre est écrit dans ma tête, papa.

— Vous volez une nouvelle inspiration à la réalité, gredin ! Eh bien, si vous exploitez l'affaire Field, je serais très intéressé de lire les derniers chapitres !

— Pauvre papa ! Vous prenez la vie trop au sérieux.

Un échec est un échec... Et après ? Monte Field ne valait pas une jaunisse, croyez-moi !

— Là n'est pas la question ! protesta l'inspecteur. J'ai horreur de m'avouer vaincu, voilà. Quel brouillamini de mobiles et d'intrigues, Ellery ! C'est la première fois de ma carrière que j'ai envie de me cogner la tête contre les murs. Je sais QUI a commis le meurtre; je sais POURQUOI le meurtre fut commis; je sais COMMENT le crime fut commis ! Et où en suis-je ? (Il s'arrêta et prisa rageusement. Puis il s'écria :) Je suis à un million de milles de nulle part, voilà ma situation !

— Elle est assez singulière, je l'admets, murmura Ellery. Cependant, elle n'est pas désespérée, papa. Dire que, dès demain, je me plongerai dans ce clair ruisseau d'Arcadie...

— N'allez pas attraper une pneumonie, l'interrompit anxieusement l'inspecteur. Et promettez-moi, jeune homme, de ne pas vous livrer, là-bas, aux plaisirs du « retour à la Nature ». Je suis assez occupé sans avoir un enterrement sur les bras. Je...

Ellery regarda son père, éclairé par les flammes. Frêle, si vieux déjà, les traits adoucis par une peine secrète, repoussant d'une main diaphane ses épais cheveux gris...

Ellery se leva. Il hésita, rougit, puis tapotant l'épaule paternelle, il murmura :

— Reprenez courage, papa. Tout s'arrangera, vous verrez. Si je n'avais pas promis à Chauvin... Et, surtout, si je pouvais être d'une utilité quelconque en restant... Mais c'est votre travail, maintenant, papa. Et personne au monde ne serait capable de s'en tirer aussi bien que vous.

Il y avait, dans les yeux levés de l'inspecteur, une telle affection, qu'Ellery se détourna brusquement et dit d'un ton léger :

— Il est grand temps de faire ma valise, si je veux prendre demain le train de 7 h 45 !

Ellery parti, Djuna quitta silencieusement son coin; il

s'approcha sur la pointe des pieds et s'accroupit aux pieds de son vieux maître, la tête appuyée sur ses genoux. Le crépitement du feu et le bruit étouffé que faisait Ellery, dans la pièce voisine, troublèrent seuls le silence.

Grande était la fatigue de l'inspecteur Queen. L'éclat rougeoyant du feu accentuait encore sa pâleur, la lassitude de son regard. Sa main caressait la tête bouclée de Djuna.

— Djuna, mon petit, murmura-t-il, gardez-vous de devenir policeman, plus tard.

Le gamin tourna la tête et, plantant gravement ses yeux dans ceux de son maître, il déclara :

— Je veux devenir un célèbre inspecteur, comme vous !

La sonnerie du téléphone retentit. L'inspecteur se leva d'un bond, décrocha, dit d'une voix étranglée :

— Ici, Queen. Alors ?

Il raccrocha après quelques instants, traversa pesamment le living-room, ouvrit la porte de la chambre et resta adossé contre le chambranle. Ellery jeta les affaires qu'il allait mettre dans sa valise et il accourut.

— Papa ! Qu'avez-vous ?

L'inspecteur s'efforça de sourire.

— Un moment de fatigue, je pense, grogna-t-il. Je viens de recevoir des nouvelles de notre cambrioleur...

— Et ?

— Il n'a absolument rien trouvé.

Ellery saisit son père par le bras et il le conduisit vers un fauteuil dans lequel l'inspecteur s'affala.

— Ellery, mon fils, dit-il avec une lassitude infinie, le dernier espoir s'est envolé. C'est à devenir fou ! Il n'y a pas l'ombre d'une preuve à l'appui de notre théorie. Nous avons une suite de déductions parfaitement logiques, un point c'est tout. Allez donc arrêter un homme dans ces conditions-là ! Un bon avocat pulvériserait littéralement une accusation aussi fantaisiste. Enfin ! Le dernier mot n'est pas dit, ajouta-t-il d'un ton changé. (Il se leva, assena avec une vigueur retrouvée une tape sur les larges épaules d'Ellery et dit :) Couchez-vous, mon vieux. Votre train est de bonne heure, demain matin. Quant à moi, je vais réfléchir au coin du feu.

INTERMÈDE

Où l'attention du lecteur
est respectueusement attirée

La mode actuelle de la littérature policière tend à faire du lecteur le limier principal. Sur mes instances, Mr Ellery Queen m'a permis d'insérer, à cet endroit du *Mystère du Théâtre Romain* un défi au lecteur : « Qui tua Monte Field? Comment le meurtre fut-il accompli? »

Mr Queen partage mon opinion, à savoir que l'amateur intéressé de romans policiers, actuellement en possession des données essentielles, devrait à ce point du récit être à même de répondre aux deux questions posées plus haut. La solution — ou les éléments nécessaires pour désigner le coupable — est accessible par une série de déductions logiques et d'observations psychologiques.

Pour terminer ma courte intervention dans ce récit, j'adresse à tous une variation de la phrase *Caveat emptor* : « Avis au lecteur! »

X.

QUATRIÈME PARTIE

« Le parfait criminel est un surhomme. Il doit être méticuleux dans sa technique, invisible, insaisissable, le Loup Solitaire, sans amis, sans attache. Il doit être attentif à la moindre faute, vif d'esprit, agile de corps. Mais ceci n'est rien; de tels hommes ont existé. Il faut en outre qu'il soit l'enfant chéri de la Chance, car des circonstances absolument indépendantes de sa volonté risquent à chaque pas d'entraîner sa perte. C'est déjà plus difficile. Mais voici le plus difficile : *il ne doit jamais renouveler son crime, ni se servir de la même arme, ni agir pour le même mobile!* Jamais, au cours de mes longues années de service dans la police américaine, je n'ai rencontré le parfait criminel, jamais je n'ai eu à enquêter sur un crime parfait. »

Extrait de : *Crimes et Enquêtes criminelles*
en Amérique,
par Richard QUEEN.

Où l'inspecteur Queen poursuit son enquête

Vendredi soir, tout le monde — à commencer par le procureur du district Sampson — put remarquer que l'inspecteur Queen n'était pas dans son assiette. Irritable, tranchant et morose, se mordant la lèvre et marmottant entre ses dents, il arpentait le bureau du directeur Panzer sans plus se soucier de son entourage que si celui-ci n'existait pas. Outre Sampson et Panzer, il y avait là un petit personnage muet, assis bien droit dans un vaste fauteuil, les yeux grands ouverts : pour la première fois, Djuna avait reçu l'autorisation d'accompagner son maître dans une de ses sorties officielles.

Queen était extrêmement déprimé. Sampson, son collaborateur de longue date, mettait ce visible abattement sur le compte de l'affaire Field et, chez un homme qui avait souvent triomphé de difficultés apparemment insurmontables, cette disposition d'esprit était presque alarmante.

Seul Djuna, doué de la perspicacité juvénile, observateur et connaissant son maître bien-aimé, aurait pu dire la cause réelle de la nervosité manifestée par Queen. L'affaire Field n'y était pour rien, l'absence d'Ellery était seule responsable. L'inspecteur l'avait, le matin même, accompagné à la gare et installé manu militari dans l'express de 7 h 45. En effet, changeant d'avis à la dernière minute, Ellery avait annoncé qu'il retardait ses vacances et restait à New York jusqu'à l'heureuse issue de l'enquête; mais son père le poussa de force dans le train. Ellery, surmené et n'ayant pas pris un jour de repos depuis un an, avait grand besoin de cette détente; malgré son désir de l'avoir toujours auprès de lui, l'inspecteur n'était pas homme à le priver de ces vacances nécessaires.

Il avait donc repoussé, avec une tape d'adieu et un pâle sourire, la généreuse proposition et forcé le voyageur à monter dans le train. Comme celui-ci s'ébranlait, Ellery avait crié : « Je ne vous oublie pas, papa. Vous recevrez de mes nouvelles plus tôt que vous ne le pensez ! »

Pour l'heure, usant le tapis de Panzer, l'inspecteur sentait le poids de la séparation, et il en éprouvait les effets : cerveau vide, faiblesse générale, yeux obscurcis. Il se sentait complètement en désaccord avec ses semblables et ne faisait rien pour cacher son humeur.

— Il devrait être l'heure, grogna-t-il. Combien de temps ces satanés spectateurs mettent-ils pour sortir, Panzer ?

— Dans un instant, inspecteur, dans un instant,

répondit le petit directeur, gagné par la nervosité de Queen.

Le procureur du district éternua pour finir de chasser son rhume; Djuna dévorait des yeux son idole.

Un coup, frappé à la porte, attira tous les regards dans cette direction. La tête énergique de Harry Neilson, l'agent de publicité, apparut dans l'entrebâillement.

— Suis-je admis à la réunion, inspecteur? demanda-t-il gaiement. Ayant assisté au début, je serais heureux de connaître le dénouement... avec votre permission, cela va sans dire!

Queen, cheveux et sourcils hérissés, le toisa sans aménité. Sampson n'en revenait pas de le voir sous ce nouveau jour.

— Si vous voulez, gronda-t-il. Un de plus, un de moins... Nous sommes déjà toute une troupe ici!

Neilson, rougissant, se retirait déjà quand l'inspecteur, mû par un regain momentané de bonne humeur, le rappela :

— Restez, Neilson! Ne faites pas attention à un vieux grincheux de mon espèce. D'ailleurs, vous pourrez m'être utile. Asseyez-vous.

— Merci, inspecteur, dit Neilson, rasséréné. Allons-nous assister à la résurrection de l'inquisition espagnole?

— Peut-être...

A cet instant, la porte s'ouvrit devant le sergent Velie, porteur d'un papier qu'il remit à son supérieur en disant :

— Tout le monde est là, monsieur.

— Les autres sont sortis?

— Oui, monsieur. J'ai dit aux femmes de ménage de descendre au sous-sol et d'attendre dans le foyer; les ouvreurs, ouvreuses et autres employés sont partis, les acteurs se changent dans les coulisses.

— Bien. Allons-y, messieurs.

L'inspecteur quitta le bureau, avec sur ses talons

Djuna qui n'avait pas ouvert la bouche de la soirée, sauf pour béer d'admiration devant son maître. Panzer, Sampson, Neilson et Velie suivirent le mouvement.

Sous l'éclairage intense des lustres, la salle avait repris son aspect désertique et glacé. Elle n'était pas complètement vide, cependant; le long de l'allée gauche, sur une douzaine de rangées, les deux derniers fauteuils étaient occupés par un curieux mélange d'hommes et de femmes, jeunes et vieux. Il s'agissait des personnes qui, aux mêmes places, avaient assisté à la représentation fatale et que l'inspecteur avait déjà questionnées personnellement, après la découverte du cadavre. William Pusak, Esther Jablow, Madge O'Connell, Jess Lynch et Parson Johnny — ce dernier visiblement mal à l'aise — occupaient, dans les deux derniers rangs, le fauteuil de Field et ceux qui étaient restés vides, autour de lui.

L'inspecteur s'avança seul dans l'allée gauche et il s'arrêta au pied des loges d'avant-scène, de façon à faire face à tout son monde. Sur un signe de lui, le Théâtre Romain devint silencieux comme une tombe.

— Mesdames et messieurs, commença Queen, les yeux rivés sur son auditoire, nous vous avons réunis ici dans un but déterminé. Je ne vous garderai que le temps strictement nécessaire; mais, sur cette question, je suis seul juge. Si je ne reçois pas des réponses que je puisse considérer comme véridiques, tout le monde restera ici jusqu'à ce que j'aie obtenu satisfaction. Que ceci soit bien entendu par tous et une fois pour toutes.

Il s'arrêta, les yeux chargés de courroux. Un mouvement d'appréhension, accompagné de chuchotements aussitôt étouffés, passa dans l'assistance. L'inspecteur reprit, de plus en plus glacial :

— Lundi soir, à l'exception de certains employés et autres, actuellement assis dans le fond, vous assistiez, dans ces mêmes fauteuils, à la représentation de *Gunplay*.

Sous l'œil amusé de Sampson, debout dans le fond de

la salle, les dos se raidirent à ces mots, comme si chacun était brusquement incommodé par un siège inconfortable et brûlant.

— Je veux que vous vous imaginiez être à lundi soir, enchaîna Queen. Je veux que vous cherchiez à vous rappeler tout ce qui s'est passé autour de vous, le moindre petit détail — si insignifiant puisse-t-il paraître — enregistré par votre mémoire...

Comme l'inspecteur s'échauffait en parlant, un certain nombre de personnes : Eve Ellis, Hilda Orange, Stephen Barry, James Peale et trois ou quatre autres membres de la troupe, tous en tenue de ville, entrèrent dans la salle par la porte du fond. Sampson les accueillit à voix basse et Peale expliqua sur le même ton que ses camarades et lui, sortant de leurs loges où ils s'étaient changés, avaient été attirés par un bruit de voix, venant de l'orchestre.

— Queen fait une sorte de reconstitution, murmura le procureur du district.

— Croyez-vous que l'inspecteur verrait un inconvénient à nous laisser écouter pendant quelques minutes ? demanda Barry, en jetant un craintif regard sur Queen qui s'était arrêté et fixait d'une façon peu encourageante leur petit groupe.

— Je ne vois pas... commença Sampson, ennuyé.

— Chut ! l'interrompit Eve Ellis.

L'inspecteur attendit que le calme fût complètement rétabli, puis il reprit :

— Voici la situation. Nous sommes lundi soir, au début du second acte. La salle est plongée dans l'obscurité, toute votre attention est fixée sur l'action bruyante et mouvementée qui se déroule sur la scène. Bien. Maintenant, l'un d'entre vous — les occupants du dernier fauteuil de chaque rangée principalement — a-t-il remarqué, à ce moment-là, une anomalie quelconque : mouvement insolite, bruit ou autre ?

Il s'arrêta et attendit. D'un commun accord, les têtes

firent un craintif signe de dénégation. Personne ne répondit.

— Réfléchissez bien, insista l'inspecteur. Si vous vous en souvenez, lundi soir, j'ai suivi cette même allée et je vous ai tous interrogés en particulier. Comme je ne vous demande pas d'inventer, je ne puis, naturellement, m'attendre à ce que vous vous rappeliez maintenant un fait saisissant dont vous ne vous souveniez plus sur le coup. Mais la situation est grave. Un homme fut assassiné, ici, et nous nous heurtons à un mur. Je serai franc envers vous, afin de vous demander la réciproque : cette affaire est une des plus embrouillées dont la police ait jamais eu à s'occuper ! Dans ces conditions, je dois faire appel à vous, qui êtes les seuls membres de l'assistance susceptibles d'avoir remarqué un détail important pour nous... s'il existe ! L'expérience m'a appris que, souvent, sous le coup de la nervosité et de la surexcitation, un homme ou une femme oublie un petit détail qui lui revient à l'esprit au bout de quelques heures, de quelques jours ou de quelques semaines. J'espère que tel est le cas pour l'un d'entre vous.

Dans l'auditoire, la nervosité du début avait peu à peu cédé la place à un intérêt passionné. Têtes rapprochées, des discussions animées, à voix basse, se poursuivirent. L'inspecteur attendit avec une patience résignée.

— Levez la main, si vous avez quelque chose à dire !

Une main féminine, blanche et timide, se leva.

— Vous, madame ? demanda Queen. Vous vous souvenez d'un incident particulier ?

Une vieille dame toute ratatinée se mit debout pour répondre, d'une voix mal assurée :

— Je ne sais si c'est important ou non, monsieur, mais je me souviens d'avoir aperçu, durant le second acte, quelqu'un, une femme, je crois, descendre l'allée et la remonter, après quelques instants.

— Vraiment ? C'est fort intéressant, madame, déclara l'inspecteur. Pouvez-vous préciser l'heure ?

— Non, monsieur, répondit la vieille dame. Mais je

crois bien que le second acte était commencé depuis une dizaine de minutes, à ce moment-là.

— Avez-vous regardé cette personne ? Etait-elle jeune ou âgée ? Comment était-elle habillée ?

La vieille dame se troubla.

— Je ne faisais pas attention, monsieur. Je...

Une voix claire s'éleva dans le fond de la salle. Toutes les têtes se tournèrent dans cette direction. Madge O'Connell s'était levée pour intervenir :

— Inutile d'insister, inspecteur, dit-elle. C'est *moi* que cette dame a aperçue dans l'allée. J'ai été jusqu'au fond de la salle, et puis je suis revenue. C'était avant de... vous êtes au courant.

Et elle ponctua ses derniers mots d'un clin d'œil. Les gens se regardèrent. La vieille dame, confuse, se rassit.

— C'est bien ce que je pensais, dit tranquillement Queen. Personne ne demande la parole ?

Ne recevant pas de réponse, et craignant que la timidité ne paralyse les bonnes volontés, l'inspecteur alla de rangée en rangée, interrogeant séparément chaque personne à voix basse. Sa tournée finie, il regagna silencieusement sa place.

— Il ne me reste plus qu'à vous remercier, mesdames et messieurs, et à vous permettre de regagner vos paisibles foyers. La séance est levée !

Le ton de Queen causa un réel saisissement. Un remue-ménage s'ensuivit, tandis que chacun prenait son chapeau et son manteau; puis, sous l'œil sévère de Velie, la sortie s'effectua en bon ordre. Entourée de ses camarades, dans le fond de la salle, Hilda Orange soupira.

— La déception de ce pauvre vieux monsieur est presque gênante à voir, murmura-t-elle. Partons, mes amis.

Acteurs et actrices suivirent le mouvement.

Quand tout le monde fut sorti, l'inspecteur vint se planter devant le petit groupe qui restait. Madge O'Connell et les autres durent sentir le feu qui couvait en lui car tous baissèrent le nez. Mais, par un de ces revirements qui lui étaient coutumiers, Queen était redevenu presque aimable. Il s'assit, se tourna de façon à voir les occupants de la dernière rangée et dit :

— A votre tour, maintenant. Commençons par vous, Parson. Vous êtes libre, l'histoire des soieries est oubliée et vous pouvez parler comme tout honorable citoyen. Pouvez-vous nous aider dans cette affaire-ci ?

— Non, maugréa le petit gangster. Je vous ai dit tout ce que je savais et je n'ai rien à ajouter.

— Hum ! Savez-vous, Parson, que vos rapports avec Field nous intéressent vivement ?

L'autre leva les yeux et ne put dissimuler son étonnement. L'inspecteur continua :

— C'est comme je vous le dis. Il faudra nous donner des détails sur les relations que vous entreteniez avec Field. Vous y penserez, n'est-ce pas ? Maintenant, Parson, qui a tué Monte Field ? Qui avait de sérieux griefs contre lui ? Si vous le savez, c'est le moment de parler !

— Aïe ! gémit le gangster. Vous n'allez pas recommencer à vouloir me mettre dans le bain, inspecteur ? Comment serais-je au courant ? Field était bien trop malin pour me parler de ses ennemis, c'est moi qui vous le dis ! Je ne sais rien, monsieur. Qu'il m'ait rendu de grands services, je ne dis pas le contraire ; il m'a tiré deux ou trois fois des griffes de la police, c'est un fait. Mais je ne me doutais pas plus qu'il fût ici lundi soir que... Enfer ! Je ne m'en doutais pas, voilà tout !

L'inspecteur se tourna vers l'ouvreuse.

— Et vous, miss O'Connell ? demanda-t-il d'une voix calme. A mon fils, Mr Queen, vous avez dit que vous aviez fermé les portes, lundi soir. Vous ne m'en aviez pas parlé. Que savez-vous ?

La jeune femme soutint son regard.

— Rien, monsieur, répondit-elle.

Queen s'adressa au petit comptable :

— Et vous, Pusak ? Vous souvenez-vous, maintenant, d'un détail oublié lundi dernier ?

— Je comptais vous en parler, inspecteur, commença William Pusak, embarrassé. Cela m'est revenu, en lisant les journaux. Quand je me suis penché sur Mr Field, lundi soir, j'ai senti une forte odeur de whisky. Au fait, peut-être vous l'ai-je déjà dit.

— Merci, dit l'inspecteur, en se levant. J'ai vraiment trouvé un précieux concours... Vous pouvez tous disposer.

Jess Lynch parut déçu.

— Et moi, monsieur ? demanda-t-il. Vous ne voulez pas m'interroger ?

— Je vous écoute, jeune homme, répondit Queen qui sourit malgré ses préoccupations. Qu'avez-vous à me raconter, Jess ?

— Voici, monsieur : dans l'impasse, avant de venir me demander de la bière, Mr Field a ramassé quelque chose, par terre. C'était un objet brillant qu'il a mis aussitôt dans la poche revolver de son habit, ajouta fièrement le vendeur d'orangeade.

— Un objet brillant ? répéta Queen, intéressé. Un revolver, Jess ?

— Non, monsieur, je ne crois pas. C'était un objet plutôt carré et...

— Un sac de dame, peut-être ?

La physionomie de Jess s'éclaira.

— C'est cela, inspecteur ! Un sac, avec des pierres brillantes dessus !

Queen soupira.

— Merci, Lynch, dit-il. Maintenant, allez vous coucher, comme un bon garçon.

Silencieusement, le gangster, l'ouvreuse, Jess Lynch, Pusak et sa compagne se levèrent pour partir. Velie les escorta jusqu'à la porte. Sampson entraîna l'inspecteur à l'écart.

— Qu'y a-t-il, Queen ? demanda-t-il anxieusement. Cela ne marche pas ?

— Henry, mon ami, dit l'inspecteur en souriant,

247

nous avons fait l'impossible. Laissez-moi un peu de temps... Je voudrais...

Sans exprimer son désir, il prit Djuna par le bras, souhaita le bonsoir aux autres et quitta le théâtre.

Quand l'inspecteur ouvrit la porte de son appartement, Djuna vit aussitôt et ramassa prestement une enveloppe jaune qui avait été glissée sous la porte en leur absence.

— C'est de Mr Ellery, je parie ! s'écria-t-il, radieux. Je savais qu'il penserait à nous !

A cet instant, Djuna, brandissant le télégramme, ressemblait plus que jamais à un singe. L'inspecteur lui arracha l'enveloppe des mains et il la décacheta séance tenante.

Djuna avait deviné juste. Ellery disait :

Bien arrivé stop Chauvin enchanté perspectives pêche exceptionnelles stop crois avoir trouvé solution stop Rabelais Chaucer Shakespeare Dryden ont dit nécessité fait loi stop qu'attendez-vous pour recourir à votre tour au chantage stop ne malmenez pas Djuna affectueusement Ellery.

Fixant l'innocent papier jaune, l'inspecteur fut transfiguré par une expression de compréhension soudaine. Il se tourna vers Djuna, enfonça sa casquette sur sa tête bouclée et l'entraîna vers la porte.

— Allons arroser la bonne idée par deux ice-cream sodas, fiston ! s'écria-t-il gaiement.

Où Mr Michaels écrit une lettre

Pour la première fois depuis une semaine, l'inspecteur Queen avait retrouvé sa bonne humeur naturelle quand, le lundi matin, il entra dans son bureau et jeta sur une chaise manteau et chapeau.

Il se frotta les mains, fredonna un petit air, s'assit devant sa table et décacheta son volumineux courrier. La demi-heure suivante fut consacrée à donner des ordres, soit directement, soit par téléphone; ensuite, Queen parcourut divers rapports présentés par un sténographe et, finalement, il sonna.

Velie répondit immédiatement.

— Bonjour, Thomas, dit l'inspecteur. Comment vous portez-vous par ce beau temps ?

Velie se permit un sourire.

— Bien, merci, inspecteur, répondit-il. Et vous-même ? Samedi soir, j'ai eu l'impression que...

— Oublions le passé, Thomas, l'interrompit Queen en riant. Hier, j'ai emmené Djuna au zoo du Bronx et nous avons passé quatre heures excellentes, parmi nos frères les animaux.

— Le gamin devait être dans son élément... Avec les singes principalement, grogna Velie.

— Djuna vaut son pesant d'or, Thomas. Il deviendra un grand homme, j'en réponds.

— Et moi, je donnerais volontiers ma main droite pour ce ouistiti, déclara le sergent. Quel est le programme de la journée, monsieur ?

— Il est chargé, Thomas, répondit mystérieusement Queen. Avez-vous convoqué Michaels, après mon coup de téléphone d'hier matin ?

— Certes, monsieur. Michaels est arrivé ici il y a une heure environ, avec Piggott sur les talons. Piggott le suit aux quatre coins de New York et il commence à être assez dégoûté.

— J'ai toujours dit qu'il fallait être un imbécile pour entrer dans la police, déclara l'inspecteur. Introduisez ce monsieur, Thomas.

Velie sortit, pour reparaître presque aussitôt, accompagné de Michaels. Grand, imposant, le valet de chambre portait un costume foncé et il donnait des signes évidents de nervosité.

Queen lui désigna un siège, puis il dit à Velie :

— Laissez-nous, Thomas. Fermez la porte à double tour, de l'extérieur, et montez la garde. Je ne veux être dérangé par personne, fût-ce par le chef de la police en chair et en os. C'est compris ?

Refoulant sa légitime curiosité, Velie répondit par un grognement et sortit. Quelques secondes plus tard, son large dos se détachait en ombre chinoise sur la vitre dépolie qui formait un panneau de la porte.

Au bout d'une demi-heure, Velie fut appelé par téléphone dans le bureau de son supérieur. Une enveloppe bon marché, non cachetée et posée sur la table, attira immédiatement son attention. Debout, pâle et tremblant, Michaels triturait son chapeau. Sa grosse patte gauche était tachée d'encre.

— Je vous confie Mr Michaels, Thomas, dit l'inspecteur. Veillez bien sur lui aujourd'hui, et distrayez-le de votre mieux. Une idée ! Emmenez-le au cinéma ! De toute façon et jusqu'à nouvel ordre, soyez aimable envers ce monsieur. Aucune communication, avec personne, Michaels. C'est bien compris ? Promenez-vous sagement avec le sergent Velie et évitez des désagréments inutiles.

— Vous savez que je me tiendrai bien, inspecteur, murmura l'autre, renfrogné. Ce n'est donc pas la peine de...

— Bah ! l'interrompit Queen, souriant. Ce n'était qu'une simple recommandation, voilà tout. Bonne journée, mes amis !

Les deux hommes partis, l'inspecteur prit l'enveloppe

posée devant lui, il en tira une feuille de papier blanc ordinaire et relut le texte.

La lettre ne comportait ni date, ni formule de politesse. Elle commençait brusquement.

« Le signataire, *Charles Michaels*, vous est, je crois, connu. Pendant deux ans passés, j'ai été l'homme à tout faire de *Monte Field*.

« J'irai droit au fait. Lundi dernier, vous avez tué *Field* au *Théâtre Romain. Samedi, Monte Field* m'avait dit qu'il devait vous y rencontrer. Je suis la seule personne au monde à posséder ce renseignement.

« Je sais également POURQUOI vous l'avez tué. Vous avez supprimé *Field* pour vous emparer des papiers contenus dans son chapeau; mais vous ignorez encore que les papiers volés NE SONT PAS LES ORIGINAUX. A l'appui de ce que j'avance, j'inclus un extrait du témoignage de *Nellie Johnson* qui se trouvait entre les mains de *Field*. Si les documents dont vous vous êtes emparé existent encore, comparez avec cette pièce celle que vous avez trouvée dans le chapeau de *Field;* vous constaterez que vous ne possédez qu'une copie et que le document ci-joint est authentique. Je possède tous les originaux composant votre dossier; ils sont en lieu sûr et vous ne réussirez jamais à mettre la main sur ces pièces que les policemen recherchent, la langue pendante. Quel succès je pourrais me tailler si j'allais trouver l'inspecteur *Queen* avec ma petite histoire et mes preuves à l'appui!

« Mais j'ai besoin d'argent. Si vous apportez vingt-cinq mille dollars en espèces, à l'endroit que je vais vous indiquer, ces papiers seront à vous.

« Rencontrez-moi demain, mardi, à minuit, sur le septième banc à main droite de l'allée pavée de *Central Park*, laquelle part de l'angle formé par *59 th Street* et *5 th Avenue*. Je porterai un manteau et un feutre gris. Dites seulement : " *Papiers* ", cela suffira.

« *C'est votre seule et unique chance de récupérer ces*

documents. Inutile de me chercher avant l'heure du rendez-vous et, si vous n'y venez pas, je saurai ce qu'il me restera à faire.

« Charles MICHAELS. »

L'inspecteur Queen soupira, puis il colla l'enveloppe, sur laquelle on lisait, de la même écriture appliquée, le nom et l'adresse du destinataire. Il ne manquait plus que le timbre : l'inspecteur en colla un et il pressa un certain bouton de sonnette.

Le détective Ritter entra.

— Bonjour, inspecteur.

— Bonjour, Ritter. (Queen soupesa l'enveloppe d'un air songeur.) Que faisiez-vous quand je vous ai appelé? demanda-t-il.

— Rien de spécial, monsieur. Jusqu'à samedi, j'ai été à la disposition du sergent Velie pour l'affaire Field; mais tout est calme de ce côté-là, ce matin.

— Eh bien, je vais vous confier une agréable petite mission, Ritter. (L'inspecteur sourit et il tendit l'enveloppe à son subordonné.) Voici, mon petit, continua-t-il. Au coin du 149 th Street et de 3rd Avenue, vous trouverez une boîte à lettres. Jetez cette enveloppe dedans!

Ritter écarquilla les yeux, se gratta la tête, regarda son supérieur et, finalement, prit la porte après avoir glissé la lettre dans sa poche.

L'inspecteur se carra dans son fauteuil et il prisa avec toutes les marques de la plus vive satisfaction.

Où l'inspecteur Queen fait une capture...

Mardi 2 octobre, à 23 h 30, un homme de haute taille, portant un feutre noir et un manteau noir au col relevé à cause de la fraîcheur nocturne, sortit d'un petit hôtel de 53rd Street et se dirigea d'un pas vif vers Central Park.

Ayant atteint la grille du parc située dans 5th Avenue, il s'arrêta, s'adossa contre un gros poteau de la place et alluma une cigarette. La flamme de l'allumette éclaira son visage ridé, une moustache grise et tombante, et une touffe de cheveux gris qui dépassait de son chapeau. Puis l'allumette s'éteignit et l'inconnu resta adossé contre le poteau, une main enfoncée dans la poche de son manteau, l'autre tenant la cigarette. Un observateur attentif eût remarqué que ses doigts tremblaient légèrement et que ses pieds chaussés de noir battaient sur le pavé une cadence saccadée.

Une fois la cigarette consumée, il la jeta et consulta sa montre-bracelet. Les aiguilles marquaient 23 h 50. Etouffant un juron d'impatience, l'homme entra dans le parc.

Il suivit l'allée pavée, tournant le dos à la place éclairée. Soudain, il s'arrêta, parut réfléchir, puis s'avança vers le premier banc sur lequel il se laissa tomber, tel un travailleur qui, à la fin d'une dure journée, peut enfin s'accorder un quart d'heure de repos, dans l'air silencieux du soir.

Son menton tomba lentement sur sa poitrine, son dos s'arrondit : le sommeil le gagnait, selon toute vraisemblance.

Nul promeneur ne vint troubler le repos du dormeur vêtu de noir. On entendait distinctement, venant de la place, le grondement continu des voitures et les coups de sifflet intermittents de l'agent de police; un vent froid soupirait dans les branches; l'éclat de rire d'une jeune femme, doux et lointain, mais étrangement clair, s'égrena dans la nuit. Les minutes s'écoulèrent. Le sommeil du dormeur se faisait de plus en plus profond.

Cependant, comme les horloges des églises avoisinantes sonnaient les douze coups de minuit, l'homme se redressa, attendit un instant, puis se leva d'un mouvement décidé.

Au lieu de revenir vers la grille, il s'enfonça dans l'allée, les yeux brillants et attentifs entre le bord rabattu de son chapeau et le col relevé de son manteau. Il avança d'un pas tranquille, comptant les bancs. Deux, trois, quatre, cinq... Soudain, il marqua une pause. Dans la pénombre, on distinguait maintenant que le septième banc était occupé.

L'homme continua lentement. Six, sept... Il ne s'arrêta point et continua de compter : Huit, neuf, dix... Alors, il fit volte-face, et revint sur ses pas. Parvenu à la hauteur du septième banc, il s'arrêta court, parut hésiter et, finalement, vint s'asseoir à côté du premier occupant. Celui-ci s'écarta un peu, pour lui laisser plus de place.

Les deux hommes restèrent assis côte à côte, en silence. Après quelque temps, le dernier venu tira de sa poche un paquet de cigarettes. Il laissa brûler l'allumette plus longtemps qu'il n'était nécessaire, afin d'examiner à la dérobée son voisin. Mais celui-ci, soigneusement emmitouflé, baissait la tête. La flamme s'éteignit; l'obscurité enveloppa le banc et ses occupants.

L'homme au manteau noir prit une brusque décision. Il se pencha, tapa sur les genoux de son voisin et articula d'une voix rauque le mot :

— Papiers !

L'autre s'anima instantanément. Avec un grognement de satisfaction, il s'écarta et plongea dans la poche de son manteau sa main droite gantée. L'homme en noir se pencha, les yeux brillants. La main gantée sortit de la poche, tenant fermement quelque chose.

Puis, d'une brusque détente musculaire, le propriétaire de la main se leva et fit un bond de côté. Un éclair d'acier brilla entre ses doigts...

Avec un cri rauque et une agilité de chat, l'autre homme fut sur pied, la main dans sa poche. Ignorant la menace du revolver pointé sur son cœur, il s'élança vers celui qui le tenait en respect.

Trop tard! Finie, la paix silencieuse d'un parc, à la nuit tombée... Le banc devint le centre d'une action foudroyante, menée à grand renfort de cris. Des hommes armés surgirent de partout à la fois : des buissons, de l'allée, des profondeurs du parc. Ce fut, vers le banc, une véritable charge d'infanterie...

Sans attendre l'arrivée du renfort, l'homme qui s'était levé le premier visa dès que l'autre eut plongé la main dans sa poche. Une flamme orange jaillit, l'écho de la détonation retentit dans la nuit. La main droite toujours enfoncée dans sa poche, tenant de l'autre son épaule blessée, l'homme en noir tomba à genoux sur le pavé.

Une avalanche humaine s'abattit sur lui; des doigts de fer paralysèrent ses coudes, de façon à l'empêcher de tirer la main de sa poche. Il resta ainsi, solidement maintenu, cloué au sol, jusqu'à ce qu'une voix s'élevât derrière le groupe :

— Attention, mes amis! Surveillez ses mains!

L'inspecteur Richard Queen fendit la troupe des policiers à la respiration haletante. Il regarda le blessé et dit :

— Tirez sa main, Velie. Gare! Serrez fort! Il est encore dangereux!

Le sergent Thomas Velie, un des policemen qui maintenaient le blessé, arracha sa main de la poche, malgré une vive résistance de l'adversaire. La main parut : vide, les doigts s'étant ouverts au dernier instant. Deux policemen passèrent vivement les menottes au blessé.

L'inspecteur repoussa Velie au moment où celui-ci allait fouiller dans la poche. Ce fut lui-même qui se pencha, tâta d'abord l'extérieur de la poche et, avec d'infinies précautions, plongea la main dedans. Toujours avec autant de précautions, il en sortit une seringue hypodermique. A la lueur du plus proche réverbère, on vit briller son contenu.

L'inspecteur Queen, souriant, s'agenouilla près du blessé. Il arracha le feutre noir, la moustache grise, passa rapidement la main sur le visage ridé de l'homme. Une tache apparut immédiatement sur la joue.

— Voilà un déguisement inutile, dit-il, comme l'autre attachait sur lui un regard fiévreux. Je suis heureux de vous retrouver sur mon chemin, ainsi que votre cher ami Mr Plomb Tétra-éthyle, Mr Stephen Barry !

... et explique

Assis devant son bureau, l'inspecteur Queen couvrait de sa rapide écriture une longue feuille de papier à lettres portant l'en-tête : « LES QUEEN ».

On était au mercredi matin. Le soleil inondait le living-room, les bruits familiers montaient de 87th Street, Djuna desservait la table du petit déjeuner.

L'inspecteur avait écrit :

« *Cher fils. Comme je vous l'ai télégraphié hier soir, l'affaire est heureusement terminée. Stephen Barry est tombé dans le piège que je lui avais tendu, en me servant, comme appât, d'une lettre écrite par Michaels. Je devrais me féliciter de la valeur psychologique de mon raisonnement, mais... Bref, Barry, acculé, tomba dans l'erreur commune à beaucoup de meurtriers, à savoir qu'un crime ne peut être impunément renouvelé.*

« *Vous ne saurez jamais, El, combien je suis fatigué et combien le métier de chasseur d'hommes est parfois aride, au point de vue spirituel. Quand je pense à la pauvre petite Frances, si jolie, si attachante, obligée de se présenter à la face du monde comme la fiancée d'un meurtrier! Tout cela est trop triste! Dire que je suis plus ou moins responsable de la honte qui va s'abattre sur elle! Cependant, je lui ai rendu service, dans un sens, et Ives-Pope qui vient de me téléphoner, en apprenant la nouvelle, s'est montré très chic sur ce douloureux sujet. Nous...* »

La sonnette de l'entrée retentit. Djuna, s'essuyant vivement les mains sur un torchon, courut vers la porte. Le procureur du district Sampson et Timothy Cronin, heureux, surexcités, démonstratifs, entrèrent dans le living-room. Queen glissa sous un buvard la lettre interrompue et il se leva.

Sampson, les deux mains tendues, s'écria :

— Félicitations, mon vieux! Avez-vous vu les journaux du matin?

— Honneur et gloire à l'Homme du Jour! dit Cronin, souriant.

Il déplia un journal dans lequel, sous d'énormes manchettes, New York célébrait l'arrestation de Stephen Barry. La photographie de l'inspecteur trônait en première page avec cette légende : « Queen ajoute un nouveau laurier à sa couronne. »

Mais le héros de l'histoire montra une singulière indifférence. Il désigna des fauteuils aux nouveaux arrivants, demanda du café à Djuna et, tel un chef de service pour lequel l'affaire Field avait cessé d'exister, il parla d'un changement de personnel, au Bureau Central.

— Qu'est-ce qui vous prend, Queen? grogna Sampson. Alors que vous devriez exulter, vous avez la mine d'un type qui vient d'encaisser un cuisant échec!

— Vous n'y êtes pas, Henry, soupira l'inspecteur. Sans Ellery, je ne puis me réjouir de rien. Maudits soient la pêche et les bois du Maine!

Les deux autres rirent. Djuna apporta du café et des

gâteaux auxquels les convives firent honneur. Quand ils eurent allumé leurs cigarettes, Cronin dit :

— Je tenais à vous apporter mes félicitations, inspecteur, mais je n'en suis pas moins curieux de connaître les détails de votre enquête, je l'avoue.

— Et moi de même, déclara Sampson. Racontez, Queen !

L'inspecteur eut un pâle sourire.

— Pour ma dignité personnelle, je vais être obligé de me donner des gants qui, en réalité, reviennent à Ellery, commença-t-il. Mon principal mérite est d'avoir un fils intelligent, messieurs.

Sampson et Cronin s'apprêtèrent à écouter. Queen prisa et il se carra dans son fauteuil. Djuna s'accroupit silencieusement dans son coin, l'oreille tendue.

— En revoyant avec vous l'affaire Field, je serai parfois obligé de citer le nom de Benjamin Morgan, la plus innocente des victimes de cette affaire (1), reprit l'inspecteur. J'ai déjà la parole de Tim, mais je tiens à spécifier pour vous, Henry, que tout ce que je pourrai être appelé à dire sur ce sujet doit être considéré comme strictement confidentiel, tant au point de vue professionnel qu'au point de vue mondain.

Les deux hommes inclinèrent la tête en silence. Queen enchaîna :

— Comme vous le savez, la plupart des enquêtes criminelles commencent par la recherche du mobile. Connaissant celui-ci, on peut souvent éliminer les suspects un à un, pour arriver au coupable. Dans cette affaire, le mobile demeura pendant longtemps obscur; nous avions bien certaines indications, celle de Morgan, par exemple, mais aucune n'était concluante. Morgan, depuis des années, était victime d'un chantage éhonté, exercé par Field. C'est là un aspect des activités criminelles de Field que vous ignoriez, messieurs. Donc,

---

(1) Cette déclaration de l'inspecteur Queen, pour être partiellement inexacte, n'en fait pas moins honneur à son sens de la justice et à son respect pour la parole donnée. — E. Q.

258

comme mobile possible, nous avions le chantage, ou, plus exactement, la suppression d'un maître chanteur. Mais nous ne pouvions éliminer d'autres mobiles également possibles, la vengeance, notamment. Field, membre d'une organisation criminelle, avait une foule d'ennemis et autant « d'amis » par contrainte. En tout, d'innombrables personnes, hommes et femmes, qui pouvaient avoir d'excellentes raisons de supprimer notre avocat. Obligés d'aller au plus pressé, le soir du crime, nous laissâmes provisoirement de côté cette importante question du mobile.

« Mais, peu à peu, nous tombâmes d'accord, Ellery et moi, pour accepter le chantage comme le mobile le plus plausible. Dans ces conditions, Field devait avoir, en sa possession, des documents susceptibles d'éclairer notre lanterne. Ceci n'était pas une simple hypothèse, car nous savions que les papiers de Morgan existaient et Cronin affirmait que ceux qui l'intéressaient existaient également. Vous voyez l'importance prise par ces documents, dont certains pouvaient nous fournir une précieuse indication relative au mobile du crime.

« D'autre part, Ellery fut frappé par le grand nombre de traités de graphologie découverts dans les affaires de Field. Nous en tirâmes la conclusion suivante : Field, qui avait certainement fait chanter Morgan et probablement plusieurs autres, portait à la graphologie un intérêt suspect. Dans quel but ? La réponse, hypothétique, évidemment, saute aux yeux : notre maître chanteur copiait les papiers compromettants, il vendait les faux à ses victimes et gardait par-devers soi, en vue d'escroqueries futures, les originaux. Cette hypothèse se trouva confirmée ultérieurement, vous apprendrez comment. A ce moment-là, nous avions établi avec certitude que le chantage était à l'origine du crime; mais cela ne nous avançait à rien, car n'importe lequel de nos suspects avait pu être une victime du chantage exercé par Field et nous n'avions aucun moyen de le distinguer des autres.

L'inspecteur fronça les sourcils et il s'enfonça dans son fauteuil.

— J'ai commencé mon exposé par le mauvais bout, continua-t-il. Ceci prouve combien l'habitude est une seconde nature; à force de rechercher d'abord le mobile... Bref, le seul fait vraiment saillant de cette enquête fut un objet. L'absence d'un objet, plus exactement, je veux parler du chapeau disparu.

« Tout le malheur, à ce sujet, vint de ce que lundi soir, au Théâtre Romain, les obligations immédiates — ordres à donner, questions à poser, anomalies à éclaircir — nous empêchèrent de saisir toute la portée de cette absence de chapeau. Ce fut la première chose qui nous frappa, Ellery et moi, notez-le. Mais, débordés par de pressantes occupations, nous laissâmes échapper une occasion unique. Si nous avions saisi, sur-le-champ, l'importance que présentait l'absence du haut-de-forme, nous aurions pu mettre l'affaire dans le sac le soir même.

— De quoi vous plaignez-vous, vieux grincheux? demanda Sampson. Nous sommes à mercredi, or le meurtre fut commis le lundi de la semaine dernière!

Queen haussa les épaules.

— N'empêche que nous avons manqué le coche, soupira-t-il. Mais, pour en revenir au chapeau, quand nous abordâmes sérieusement le problème de son absence, la première question qui se posa à nous fut : « Pourquoi le haut-de-forme fut-il emporté? » Les deux seules réponses possibles étaient :

a) Le chapeau était compromettant en soi; ou, *b*) il contenait un objet dont le meurtrier voulait s'emparer, objet qui était la raison du crime. En définitive, les deux réponses étaient exactes : le haut-de-forme était compromettant en soi car, à l'intérieur du cuir d'entrée de tête, écrit à l'encre indélébile, on pouvait lire le nom de Stephen Barry et il contenait ce dont le meurtrier voulait s'emparer, au prix d'un crime : les documents sur lesquels reposait le chantage. Barry pensa, naturellement, qu'il s'agissait des originaux.

« Sans nous avancer beaucoup, la conclusion atteinte par le raisonnement nous servit de point de départ. Malgré toutes les recherches entreprises dès lundi soir, le chapeau n'avait pas été retrouvé quand j'ordonnai la fermeture du Théâtre Romain. Donc, de deux choses l'une : ou le chapeau avait été sorti, lundi soir, d'une façon mystérieuse; ou il se trouvait encore, soigneusement caché, dans le théâtre. Une nouvelle fouille, opérée par nous jeudi matin, nous permit d'écarter définitivement cette seconde hypothèse.

« Conclusion, le haut-de-forme de Monte Field avait été sorti du théâtre lundi soir. Or, personne n'avait quitté les lieux avec deux chapeaux. Il en résultait que quiconque était parti avec le chapeau de Field — sur la tête ou à la main — avait nécessairement laissé le sien dans le théâtre.

« Ici, j'ouvre une parenthèse pour vous expliquer pourquoi le haut-de-forme de Field ne put être sorti avant que j'eusse donné l'autorisation d'évacuer la salle. Jusqu'à ce moment-là, toutes les issues furent fermées à clé ou gardées. De plus, l'impasse gauche se trouva sous la surveillance de Jess Lynch et d'Elinor Libby d'abord, ensuite sous celle de John Chase, un ouvreur, lequel fut remplacé par un policeman. L'impasse de droite a pour seules issues les deux portes ouvrant sur l'orchestre; elle ne communique pas avec la rue et n'offrait, par conséquent, aucune possibilité de fuite.

« Donc, quelqu'un avait emporté le chapeau de Field lors de la sortie générale et ce quelqu'un était forcément en habit, sans quoi, en costume de ville et avec un haut-de-forme, il aurait forcément été remarqué par Ellery et mes hommes, chargés d'opérer un filtrage serré, à la sortie. Ici, je prévois votre objection : " L'auteur d'un crime aussi soigneusement prémédité ne pouvait-il arriver au théâtre nu-tête, afin de tourner la diffi-

culté du second chapeau ? " En y réfléchissant, l'impro-
babilité de l'hypothèse vous apparaîtra, messieurs. Un
homme en tenue de soirée, nu-tête, aurait risqué d'attirer sur soi l'attention, au moment d'entrer dans le
théâtre principalement. C'était une possibilité, certes, et
nous ne l'avons pas écartée; mais nous sommes partis
du principe que l'auteur d'un crime aussi raffiné devait
éviter tout risque inutile d'être identifié. De plus, par le
raisonnement, Ellery était arrivé à la conclusion que le
meurtrier ne connaissait pas d'avance l'importance du
chapeau de Field; ceci rendait plus improbable encore
la possibilité que le meurtrier fût venu sans couvre-chef
personnel. Une autre question se posa également à
nous : le meurtrier avait-il pu se débarrasser de son
chapeau personnel pendant le premier entracte, autrement dit, avant le crime ? Mais, là encore, les déductions d'Ellery infirmaient cette théorie puisque, selon
son raisonnement, le meurtrier ignorait encore, pendant le premier entracte, la *nécessité* de supprimer son
chapeau pour le remplacer par celui de Field. De toute
façon, je crois que nous étions autorisés à conclure que
notre homme dut laisser son propre chapeau dans le
théâtre et que ce chapeau était un haut-de-forme. Me
suivez-vous jusqu'ici ?

— C'est logique, mais rudement compliqué, déclara
Sampson.

— Vous ne saurez jamais à quel point ce fut compliqué ! répondit l'inspecteur. Songez que, par-dessus le
marché, nous ne pouvions éliminer d'autres possibilités, telle par exemple celle-ci : l'homme qui avait sorti le
chapeau de Field n'était peut-être qu'un complice. Etc.,
etc. Mais continuons.

« La question suivante qui se présenta fut : qu'était
devenu le haut-de-forme laissé dans le Théâtre Romain
par le meurtrier ? Où était-il ? Quel puzzle, mes amis !
Nous avions fouillé l'édifice de haut en bas sans trouver
de haut-de-forme appartenant à un particulier. Il y avait
bien, dans les coulisses, divers chapeaux masculins,

mais tous figuraient sur l'inventaire de Mrs Phillips, l'habilleuse responsable de la garde-robe du théâtre. Où donc était le haut-de-forme laissé par le meurtrier ? Ellery, avec sa clarté d'esprit habituelle, se dit : " Le haut-de-forme du meurtrier doit être ici. Puisque nous n'avons trouvé aucun haut-de-forme dont la présence soit injustifiée, celui que nous cherchons doit être un de ceux dont la présence est normale. " Enfantin, à force d'être logique, n'est-ce pas ? Personnellement, je n'y avais pas pensé.

« Quels étaient les hauts-de-forme dont la présence fût assez naturelle, dans les coulisses d'un théâtre, pour que nul ne fît attention à eux ? Les chapeaux faisant partie de la " garde-robe " du Théâtre Romain, évidemment. Quelle était leur place légitime ? Soit dans les loges des acteurs, soit dans le vestiaire des coulisses. Ayant atteint cette double conclusion, Ellery emmena Mrs Phillips dans les coulisses et, à l'aide de l'inventaire, il examina tous les hauts-de-forme qui se trouvaient tant dans les loges qu'au vestiaire : tous portaient la marque de Le Brun, le costumier de théâtre, et tous étaient des chapeaux de location. Le chapeau de Field, sortant de chez Browne Bros, n'était nulle part.

« Puisque personne n'avait quitté le théâtre, lundi soir, avec deux hauts-de-forme et puisque celui de Field avait été sorti ce même soir, il était certain que le haut-de-forme appartenant au meurtrier était resté dans le Théâtre Romain pendant la durée de la fermeture et qu'il s'y trouvait encore lors de la seconde fouille, le jeudi matin. Or, tous les hauts-de-forme présents à ce moment-là étaient les chapeaux de location. D'où il résulte que le haut-de-forme du meurtrier — chapeau qu'il était obligé de laisser pour emporter celui de Field — était un de ces chapeaux de location.

« En d'autres termes : un des hauts-de-forme figurant sur l'inventaire de Mrs Phillips appartenait, provisoirement, à l'homme qui, lundi soir, quitta le Théâtre Romain en tenue de soirée et avec le chapeau de Field.

« Si cet homme était le meurtrier — et il pouvait difficilement en être autrement — notre champ de recherches se trouvait considérablement rétréci. Notre homme ne pouvait être qu'un acteur en habit ou un familier du théâtre, dans la même tenue. Dans le second cas, cette personne devait avoir : 1º un chapeau de location qu'elle pouvait laisser derrière elle; 2º le libre accès du vestiaire et des loges des acteurs; 3º l'occasion de laisser le haut-de-forme de location dans l'un de ces deux endroits.

« Avant d'écarter la possibilité que le meurtrier fût un familier du théâtre, sans être un acteur, allons jusqu'au fond des choses. Les machinistes, caissiers, ouvreurs et autres petits employés étaient à écarter puisque aucun d'entre eux ne portait la tenue de soirée requise pour pouvoir sortir le haut-de-forme de Field. *Idem* pour Harry Neilson, l'agent de publicité, également en costume de ville. Panzer était en habit et il sortit le dernier. Mais Velie, auquel j'avais donné des instructions à ce sujet, put s'assurer qu'il sortit coiffé d'un melon et qu'il ne portait aucun autre chapeau. Précédemment, dans le bureau de Panzer, j'avais vu ce melon pendu au portemanteau et, par acquit de conscience, vérifié sa pointure. Donc, Panzer n'avait pas sorti le haut-de-forme lundi soir, après quoi le Théâtre Romain, fermé et gardé par mes hommes, ne fut rouvert que le jeudi matin, en ma présence. Restait cette dernière possibilité théorique : Panzer ou un autre familier du théâtre avait pu faire disparaître le haut-de-forme de Field dans une cachette secrète. Mais Edmund Crewe, notre expert en architecture, nous permit de rejeter cette hypothèse : il n'y avait, dans tout le Théâtre Romain, aucune cachette de ce genre, conclut Crewe après un examen approfondi des lieux.

« Panzer, Neilson et les divers employés mis hors de cause, il ne restait comme suspects que les acteurs. Laissons de côté, pour l'instant, la façon dont nous procédâmes pour fixer notre choix sur Barry. Le côté frappant de cette affaire est représenté par la série de déductions qui nous permit, par une suite de raisonnements logiques, de découvrir la vérité. Je dis " nous ". En réalité, je devrais dire " Ellery ".

— Notre grand inspecteur a la charmante modestie d'une simple violette ! s'écria Cronin en riant. En attendant, votre récit dame le pion au meilleur des romans policiers. Je devrais être au travail, à l'heure actuelle, mais, puisque mon patron est aussi intéressé que moi... Continuez, inspecteur !

Queen sourit, et il reprit :

— Le fait que le meurtrier fût un acteur répond à une question qui nous tracassa depuis le début, à savoir : pourquoi un théâtre fut-il choisi comme lieu de rendez-vous, pour y traiter une affaire secrète ? Je n'ai pas besoin d'énumérer les inconvénients qu'un théâtre présente, dans un cas de ce genre : nécessité d'acheter des billets supplémentaires, pour éviter un voisinage dangereux, obscurité presque constante dans la salle, risque d'attirer l'attention des autres spectateurs par une conversation tenue à voix basse, risque d'être reconnu... et j'en passe ! Néanmoins, tous les inconvénients disparaissent si l'assassin — ici, Barry — est un acteur. Quand un homme est trouvé assassiné dans un fauteuil d'orchestre, qui s'aviserait de soupçonner un acteur de la pièce ? Field accepta le lieu de rendez-vous sans, naturellement, se douter des intentions criminelles de Barry et, même s'il se défiait de sa victime, ce n'était pas la première fois qu'il traitait avec des individus dangereux. Il se peut que Field ait péché par excès de confiance en soi, nous n'en saurons jamais davantage.

« Permettez-moi de revenir à Ellery, mon sujet favori, continua l'inspecteur avec un petit rire. Dès le mercredi matin, à la réunion chez les Ives-Pope, mon fils eut une intuition de génie. Il était clair que Field n'avait pas abordé Frances Ives-Pope, dans l'impasse, pour le seul plaisir d'aborder une jolie fille. Ellery pensa donc qu'il pouvait exister un rapport quelconque entre eux, rapport connu de Field seul car Frances ne mentait certainement pas en affirmant qu'elle ne le connaissait pas et n'avait jamais entendu parler de lui. Le seul rapport possible, entre des personnes aussi différentes, ne pouvait être que Stephen Barry, à condition que Barry et Field se connussent, à l'insu de Frances. Si, par exemple, ayant un rendez-vous avec l'acteur, ce soir-là, Field aperçut Frances dans l'impasse, il put être poussé vers elle par une impulsion de demi-pochard. Et, raison de plus, si l'affaire qu'il allait traiter avec Barry concernait la jeune fille. Frances Ives-Pope est assez en vue, assez souvent photographiée, pour être reconnue par n'importe qui, et surtout par un homme dont les activités clandestines consistent à exploiter le scandale, donc à se tenir au courant de tout. Seul de toute la troupe, Barry, dont les fiançailles avec la fille du milliardaire avaient été annoncées dans la presse à grand renfort de photographies, seul Barry, dis-je, pouvait répondre à la question : pourquoi Field aborda-t-il Frances ?

« L'affaire du sac de soirée découvert dans la poche de Field fut expliquée par Frances elle-même. Emue de se voir abordée par un inconnu ivre, elle l'avait laissé tomber, sans s'en apercevoir. Le témoignage ultérieur de Jess Lynch confirma cette explication. Le vendeur de rafraîchissements avait vu Field ramasser le sac de Frances, dans l'impasse. Pauvre petite ! Elle est bien à plaindre, soupira l'inspecteur.

« Pour en revenir au chapeau — puisqu'il faut toujours y revenir ! — nous savons, de façon certaine, que Barry fut le *seul membre de la troupe* qui quitta le théâtre en tenue de soirée, laquelle était complétée par un haut-de-forme. Les autres acteurs étaient en costume de ville. Il s'agit là d'une constatation faite par Ellery en personne, pendant qu'il surveillait la sortie du Théâtre Romain. Barry était donc le seul membre de la troupe susceptible d'avoir le haut-de-forme de Field et, vu les déductions d'Ellery concernant le chapeau, nous pouvons avec certitude attribuer le meurtre à Stephen Barry. Cette conclusion fut établie dès le jeudi matin.

« Restait à savoir si Barry avait eu le *temps*, durant le second acte, de commettre le crime. Le seul moyen d'être fixé était d'assister à la représentation de *Gunplay*, ce que nous fîmes dès le jeudi soir. Oui, seul de la troupe, Barry avait disposé du temps nécessaire. Il commençait à jouer au début du second acte, puis sortait de scène à 21 h 20, pour n'y reparaître qu'à 21 h 50, après quoi il restait en scène jusqu'à la fin de l'acte. Les autres acteurs étaient constamment en scène ou ne faisaient que de très courtes sorties. Or, il s'agissait là d'un horaire fixe, imposé par la pièce. Voilà comment, dès jeudi soir, trois jours après le crime, nous avions éclairci le mystère et démasqué l'assassin. Mais de là à le livrer à la justice...

« J'en viens aux billets LL32 et LL30 gauche dont les bords déchirés ne concordaient pas. Barry ne pouvait rejoindre Field qu'à partir de 21 h 20. Par mesure de prudence élémentaire, Field devait entrer avec le flot des spectateurs, sans quoi il risquait d'être remarqué. Dans ce genre de transactions, le facteur " discrétion " est essentiel, Field était le premier à le savoir.

« Jeudi soir, après avoir acquis la certitude que Barry était le meurtrier, nous interrogeâmes discrètement les autres acteurs et les machinistes pour savoir si quelqu'un avait vu Barry quitter les coulisses, lundi soir. Mais la représentation battait son plein, les machinistes étaient occupés, les acteurs étaient soit en scène, soit en train de se changer rapidement, bref, personne n'avait rien remarqué. Cette discrète enquête dans les coulisses fut conduite après la représentation et après le départ de Barry; elle ne donna, je le répète, aucun résultat.

« Nous avions déjà emprunté à Panzer un plan du Théâtre Romain et, jeudi soir, dès la fin du second entracte, nous fîmes une petite reconnaissance des lieux, reconnaissance qui nous apprit comment le meurtre fut commis.

— Ah! s'écria Sampson. Je me suis creusé la cervelle à ce sujet. Field n'était ni jeune, ni innocent, Queen. Ce Barry doit être un as. Comment s'y prit-il?

— Toutes les devinettes sont simples, quand on connaît la réponse, déclara Queen. Deux mots d'abord, sur la topographie des lieux. Les loges des acteurs sont situées dans une aile du théâtre qui communique avec les coulisses et qui ferme l'impasse gauche. Celle de Barry se trouve à l'entresol; on peut en sortir directement, par une porte et un escalier de fer qui débouche dans l'impasse.

« J'en reviens à Barry. Sitôt sorti de scène, à 21 h 20, il courut dans sa loge, se grima d'une main rapide et experte, jeta sur ses épaules une cape de soirée, mit le haut-de-forme qu'il portait déjà sur la scène — il était en habit depuis le début de la pièce, ne l'oubliez pas — et sortit par la porte de sa loge donnant sur l'impasse.

« Les portes du théâtre étaient fermées, Jess Lynch et sa petite amie n'étaient pas encore arrivés, heureusement pour lui; notre homme tourna dans la rue, au bout de l'impasse, et il se présenta à l'entrée principale, comme un simple retardataire. Emmitouflé dans sa cape, grimé de façon à se rendre méconnaissable, il tendit au contrôleur son billet — LL30 gauche — et jeta délibérément celui-ci, en entrant dans la salle. Il s'agissait d'une double précaution de sa part. 1°, si tout allait bien, et si la police trouvait, à l'entrée, le billet du fauteuil occupé par le meurtrier, son attention serait attirée sur les spectateurs et, du même coup, détournée de la scène; 2°, en cas de complication imprévue, et s'il y avait une fouille, la découverte du billet, dans sa poche, lui serait fatale.

— Mais comment Barry pouvait-il prévoir que son arrivée tardive passerait complètement inaperçue?

demanda Sampson. Il devait s'attendre à être placé par une ouvreuse, ce me semble ?

— La salle étant plongée dans l'obscurité et son fauteuil se trouvant au bout de la dernière rangée, il espérait devancer l'ouvreuse, répondit Queen. Au pire, si l'ouvreuse se précipitait sur lui et le plaçait, il comptait sur l'obscurité et sur son maquillage pour ne pas être reconnu. Jamais, dans de telles conditions, l'ouvreuse ne serait capable de donner un signalement exact ou simplement approximatif du « Monsieur qui était arrivé pendant le second acte ». En fait, la chance le servit puisque Madge O'Connell était assise dans la salle, à côté de son amant. Il gagna donc, sans être remarqué, le fauteuil contigu à celui de Field.

« Ce que je viens de vous dire n'est le résultat ni d'une enquête serrée, ni de savantes déductions. J'ai recueilli, hier soir, les aveux complets de Barry et ceux-ci m'ont permis d'éclaircir les moindres détails. Connaissant le coupable, nous aurions pu, par le raisonnement, reconstituer ses faits et gestes, mais cette peine nous fut épargnée. J'ai l'air de nous chercher des excuses, à Ellery et à moi, n'est-ce pas ?

L'inspecteur sourit du bout des lèvres, puis il reprit :

— Quand Barry s'assit à côté de Field, son programme était soigneusement établi. N'oubliez pas que les minutes lui étaient comptées et qu'il ne pouvait en perdre une seule; Field, de son côté, savait que l'acteur devait bientôt remonter sur la scène. Le whisky et la perspective d'encaisser une forte somme l'avaient mis de bonne humeur; de l'aveu même de Barry, tout se passa beaucoup plus facilement qu'il n'avait osé l'espérer.

« Barry demanda les documents. Field exigea de voir l'argent d'abord. Tout cela était prévu par Barry qui tira de sa poche un portefeuille gonflé de billets — des faux billets, provenant des accessoires du Théâtre Romain. Les billets restèrent dans le portefeuille, l'ivresse de Field et l'obscurité complétèrent l'illusion. Barry, naturellement, refusa de donner l'argent avant d'avoir vu les documents. Oh! la comédie fut certainement bien jouée, par un excellent acteur et avec toute l'assurance acquise sur scène. Mais, à la stupeur et à la consternation de Barry, Field tira son haut-de-forme de dessous son fauteuil, et il dit (phrase répétée par Barry) : " Vous ne vous attendiez pas à ce que vos papiers soient là-dedans, hein? Ce chapeau vous est dédié, mon cher. Voyez plutôt... Il porte votre nom! " Sur ce, il retourna le cuir d'entrée de tête. Barry, à l'aide de son crayon lumineux, une microscopique lampe de poche, lut son nom écrit à l'encre, à l'intérieur du cuir d'entrée de tête!

« On imagine ce que Barry dut ressentir à ce moment-là, devant le facteur imprévisible qui risquait de bouleverser tous ses plans! Si le chapeau de Field était examiné, et il le serait sûrement, après la découverte du cadavre, son nom, inscrit à l'intérieur, entraînerait sa perte. Malheureusement pour lui, il n'avait pas de canif pour découdre le cuir. Dans ces conditions, la seule chose à faire était d'emporter le haut-de-forme, après avoir tué son propriétaire. Field et lui étaient approximativement de la même taille, les pointures concordaient, donc il quitterait le théâtre coiffé de ce chapeau qu'il détruirait sitôt rentré chez lui. Barry envisagea même la possibilité d'être fouillé, à la sortie; mais, dans ce cas, son nom écrit à l'intérieur écarterait les soupçons... C'était, en quelque sorte, une sécurité de plus.

— Un garçon intelligent, ce Barry, murmura Sampson.

— La promptitude d'esprit, Henry, dit gravement Queen. Elle a conduit plus d'un criminel sur la chaise électrique, croyez-moi. En prenant la « décision éclair » d'emporter le chapeau de sa victime, Barry comprit qu'il ne pouvait laisser le sien à sa place. D'abord, c'était un haut-de-forme à ressort, pouvant s'aplatir — un claque — et, surtout, il portait à l'intérieur la marque de Le Brun, le costumier du théâtre. Cette marque distinctive attirerait immédiatement l'attention sur la troupe, chose qu'il fallait éviter à tout prix. De son propre aveu, Barry pensa que la police supposerait, tout au plus, que le chapeau avait été emporté parce qu'il contenait un objet de valeur. Mais, d'après lui, le fait était incontrôlable et les soupçons ne pouvaient se fixer sur lui. Hier soir, Barry tomba des nues quand je lui expliquai la série de déductions qu'Ellery tira de l'absence du chapeau. Vous voyez maintenant que la seule faiblesse de ce crime vint d'une circonstance absolument imprévisible; Barry fut forcé d'improviser et tout le reste découla de cette nécessité. Si son nom n'avait pas été inscrit dans le chapeau de Field, j'ose affirmer que Barry serait aujourd'hui un homme libre et insoupçonné. Le meurtrier de Field aurait allongé la liste des crimes impunis, voilà tout.

« Il va de soi que tout cet enchaînement de pensées et de décisions traversa l'esprit de notre homme en moins de temps qu'il n'en faut pour le dire. Son plan s'ajusta instantanément aux circonstances. Quand Field tira les documents de son chapeau, Barry examina ceux-ci sommairement, à l'aide de son crayon lumineux, un mince faisceau dérobé aux yeux de tous par le rempart de leurs corps. Le dossier paraissait complet, mais Barry ne lui accorda que quelques secondes d'attention; regardant son voisin avec un sourire amer, il dit, le plus naturellement du monde : "Tout m'a l'air d'y être, maudit animal!" Il voulait endormir la méfiance de Field en lui donnant l'impression d'une trêve entre deux ennemis; le stratagème réussit parfaitement. Sa petite lampe éteinte, Barry sortit alors une gourde de sa poche et il but une gorgée de bon whisky : geste naturel, dans un moment de nervosité. Puis, comme pour réparer une impolitesse, il proposa aimablement à Field de boire à son tour, pour conclure le marché. Barry venant de boire au goulot de cette gourde, Field n'avait aucune

271

raison de se méfier; il accepta et l'acteur lui tendit une gourde...

« Mais ce n'était pas la même. A la faveur de l'obscurité, Barry avait tiré de sa poche gauche la gourde à laquelle il avait bu et de sa poche droite celle qu'il tendit à Field : un petit tour de prestidigitation facilité par l'obscurité et par l'état de semi-ivresse dans lequel se trouvait l'avocat. Là encore, la chance servit notre meurtrier; mais, si Field avait refusé de boire, Barry avait, dans sa poche, une seringue remplie de poison dont il se serait servi pour piquer son voisin dans la cuisse ou le bras. Barry, m'a-t-il dit, possédait cette seringue depuis des années, sur ordonnance médicale, et jamais la police ne pourrait remonter aussi loin. Vous constaterez que tout était prévu, jusque dans les moindres détails.

« La gourde à laquelle Field but contenait du bon whisky, coupé, à haute dose, de plomb tétra-éthyle. L'odeur naturelle du whisky masqua celle du poison, une légère odeur d'éther, et Field but une bonne gorgée avant de s'apercevoir de rien, s'il s'aperçut de quelque chose, ce qui n'est pas certain.

« Il rendit machinalement la gourde fatale à son voisin qui l'empocha et dit : " Je vais examiner ces papiers de plus près. Pourquoi vous ferais-je confiance, Field ? " Le poison agissait déjà. Field fit un vague signe d'assentiment et il s'enfonça dans son fauteuil. Tout en examinant les papiers, Barry l'observa du coin de l'œil, pendant cinq minutes. Au bout de ce temps-là, Field était " parti " pour de bon. Contorsion faciale, souffle haletant. Dans ses souffrances, il avait complètement oublié la présence de Barry et il semblait incapable de faire un mouvement ou de pousser un cri. Peut-être avait-il déjà perdu connaissance ? Les quelques mots qu'il balbutia ultérieurement à l'oreille de Pusak furent le résultat d'un effort surhumain, de la part d'un homme qui ne tenait plus à la vie que par un fil.

« Barry consulta sa montre. Elle marquait 21 h 40. Il

n'avait passé que dix minutes avec Field et il lui en restait dix autres avant de rentrer en scène; il décida d'attendre encore trois minutes, pour s'assurer que sa victime ne donnait pas l'alarme. A 21 h 43, laissant Field dans une profonde prostration, il prit son chapeau, aplatit son propre claque et le glissa sous sa cape, se leva... Rasant les murs, marchant à pas feutrés, il longea l'allée et atteignit, sans avoir été remarqué, l'arrière des loges d'avant-scène. Le mélodrame battait son plein, tous les yeux étaient rivés sur la scène.

« Derrière les loges, Barry arracha sa perruque et essuya son maquillage; après quoi, il entra dans les coulisses par la porte de communication entre celles-ci et la salle. Cette porte ouvre sur une petite entrée, prolongée par un corridor qui dessert les coulisses; notre homme gagna sa loge sans avoir fait de mauvaises rencontres, il jeta son chapeau parmi ses autres vêtements, vida le contenu de la gourde fatale dans le lavabo, rinça la gourde, vida et rinça de la même façon la seringue hypodermique. Il était prêt à rentrer en scène, avec l'air calme, doux et un peu ennuyé qui convenait à son rôle. Il donna sa première réplique à 21 h 50 et resta en scène jusqu'à ce que l'alarme fût donnée, à 21 h 55, dans le fond de l'orchestre.

— Quel crime compliqué! s'écria Sampson.

— Pas tant que cela, répondit l'inspecteur. N'oubliez pas que Barry, un garçon d'une intelligence exceptionnelle, est de plus un excellent acteur, condition indispensable pour mener à bien un tel projet criminel. En y réfléchissant, le plus difficile était de respecter son horaire et de rejoindre, par l'allée, l'entrée des coulisses. Le manque de conscience professionnelle de Madge O'Connell le servit, évidemment; mais il savait d'avance que les ouvreuses respectaient plus ou moins fidèlement la consigne et il comptait sur son déguisement et sur sa seringue hypodermique pour surmonter toutes les difficultés qui risquaient de surgir. Barry m'a dit hier soir, non sans une certaine fierté : « J'avais de quoi faire face à tous les imprévus. » Quant à son retour dans les coulisses, il savait par expérience qu'il ne risquait guère d'y faire de dangereuses rencontres : à ce moment-là, tous ses camarades étaient en scène et les machinistes à leurs postes. Rappelez-vous qu'il projeta son crime en connaissant d'avance les conditions exactes dans lesquelles il aurait à opérer : c'était un atout considérable dans son jeu. Quant au facteur risque, Barry lui-même a résumé la situation quand il m'a demandé en souriant, hier soir : « Ce genre d'affaire est toujours risqué, n'est-ce pas ? » Force me fut d'admirer au moins sa philosophie...

« Voilà pour la façon dont le crime fut commis. J'en arrive maintenant à notre enquête proprement dite : une enquête basée sur le raisonnement, sans preuve tangible d'aucune sorte. Dès jeudi soir, nous connaissions le meurtrier, mais les circonstances du crime demeuraient dans l'ombre. Nous n'avions ni mobile certain, ni preuve... Rien, en un mot.

L'inspecteur soupira et il reprit :

— Notre seul espoir était de découvrir, dans les papiers toujours introuvables de Field, une indication compromettante pour Barry. Ce serait insuffisant, certes, mais nous n'avions aucun autre moyen d'atteindre notre homme. Notre « pas » suivant fut la découverte des documents dans la cachette ingénieuse de Field, au-dessus du baldaquin de son lit. Tout l'honneur de cette trouvaille revient à Ellery, messieurs. L'enquête menée par mes subordonnés nous avait appris que Field n'avait ni coffre en banque, ni boîte postale, ni ami auquel confier ses papiers, ni autre domicile. D'autre part, les documents n'étaient pas dans son cabinet. Partant de là et par le seul raisonnement, Ellery en arriva à la conclusion que les documents étaient cachés dans l'appartement. Vous savez que notre seconde fouille se termina par un éclatant succès. Nous trouvâmes les papiers de Morgan, ceux que Cronin cherchait depuis des années, d'autres encore, parmi lesquels ceux qui concernaient Barry et Michaels. Si vous vous en souvenez, Tim, Ellery attachait aux études graphologiques de Field une grande importance et nous espérions bien mettre la main sur les originaux des papiers de Barry. Une fois de plus, mon fils avait raison. Pour en finir avec cette affaire de documents, j'attends avec impatience le jour du « grand nettoyage » de la bande à laquelle Field appartenait, Tim.

« L'histoire de Michaels est assez intéressante pour que je la résume ici, en deux mots. Michaels, vous le savez, purgea une peine légère à Elmira Reformatory. En réalité, il était coupable d'un délit beaucoup plus grave que Field, son avocat, réussit à escamoter, en tournant habilement la loi. Mais Field, homme prévoyant par excellence, garda dans sa cachette habituelle le dossier complet de Michaels en vue d'un usage futur. Quand Michaels fut libéré, Field l'employa sans scrupule à ses sales besognes, et l'autre, tenu par les fameux documents, n'eut qu'à filer doux.

« Michaels vivait avec l'espoir de retrouver son dossier. A chaque occasion, il fouillait de fond en comble l'appartement de son maître, mais en vain. J'imagine que Field le savait et qu'il tirait un plaisir satanique des déconvenues renouvelées de sa victime. L'alibi donné par Michaels pour la soirée de lundi était exact : il rentra directement chez lui et il se coucha. Mais, mardi matin, ayant appris par les journaux l'assassinat de Field, il décida de faire une ultime tentative pour récupérer son dossier, avant que la police n'eût mis la main dessus. Jouant le tout pour le tout, il prit le risque de tomber dans nos filets et revint chez Field, mardi matin. Son histoire de gages était une pure invention, naturellement.

« Revenons à Barry. Les originaux trouvés dans le chapeau " Divers " nous apprirent une sordide histoire. Stephen Barry a du sang noir dans les veines, messieurs. Toute une documentation : lettres, extraits de naissance, etc., est là pour le prouver. Comment cette documentation tomba-t-elle entre les mains de Field ? Nous ne le saurons jamais, mais tout nous porte à croire qu'il y a des années de cela. A l'époque, Barry, originaire d'une pauvre famille du Sud, était un acteur débutant et miséreux : un gibier inintéressant pour un homme tel que Field. Il décida d'attendre son heure, car Barry avait de l'étoffe. Et la réalité dépassa de beaucoup ses espérances le jour où Barry se fiança à Frances Ives-Pope, fille d'un milliardaire qui tenait le haut du pavé. Que l'histoire de ses origines parvienne aux oreilles des Ives-Pope et Barry n'avait plus qu'à disparaître. Or, ceci est important, Barry se trouvait dans une situation financière désespérée. Ce qu'il gagnait passait dans les poches des bookmakers, il était endetté jusqu'au cou et n'avait, pour se relever, d'autre espoir que celui d'épouser, le plus vite possible, Frances Ives-Pope. Je me demande quels étaient ses sentiments véritables à l'égard de Frances ? En toute justice, je crois qu'il ne voulait pas l'épouser uniquement pour son argent. Il l'aime, j'imagine... Mais qui n'aimerait pas cette ravissante et charmante fille !

L'inspecteur eut un sourire attendri, puis il continua :

— Il y a quelque temps de cela, Field entra secrètement en rapport avec Barry auquel il montra les documents. Barry paya ce qu'il put, mais, n'ayant pas les moyens de satisfaire l'insatiable maître chanteur, il essaya désespérément de gagner du temps. Cependant Field ne l'entendait pas de cette oreille-là car, à lui aussi, la Bourse et les courses avaient coûté cher. Maintenant, il s'agissait de faire rentrer ses « vieilles créances ». Barry, acculé, comprit qu'il était perdu s'il ne réduisait pas définitivement Field au silence. Même s'il réussissait à se procurer les cinquante mille dollars exigés, ce qui était matériellement impossible, et même s'il récupérait les documents originaux, Field pourrait encore anéantir ses espoirs en révélant sa tare originelle. Il n'y avait qu'un moyen de sortir de cette situation : tuer Field. Ce qu'il fit.

— Du sang noir, murmura Cronin. Pauvre diable !

— On ne s'en douterait pas, d'après son physique, remarqua Sampson. Apparemment, il est aussi blanc que vous et moi.

— Oh, Barry n'a qu'une goutte de sang noir dans les veines, répliqua l'inspecteur. Mais, pour Ives-Pope, cette seule goutte suffirait amplement. Je continue. Une fois les documents découverts, et lus, nous savions tout : comment, par qui, pourquoi le meurtre fut commis. Nous fîmes alors l'inventaire des charges matérielles que nous pouvions fournir à la justice, à l'appui de l'accusation. Ces charges matérielles brillaient par leur absence, messieurs !

« Le sac de la femme ? Sans valeur aucune. La source du poison ? Un échec complet. Incidemment, le Dr Jones avait vu juste à ce sujet : Barry acheta de l'essence ordinaire et il distilla, sans laisser aucune trace, le plomb tétra-éthyle. Le chapeau de Field ? Envolé. Les billets supplémentaires, correspondant aux six fauteuils inoccupés ? Nous ne les avions jamais vus et nous ne les verrons certainement jamais. A notre actif, nous n'avions que les documents, lesquels indiquaient un mobile probable, mais ne désignaient pas plus Barry que Morgan ou un membre quelconque de la bande de Field.

« Vendredi soir, pendant que Barry jouait au Théâtre Romain, je fis cambrioler son appartement par un " professionnel " qui me fut présenté par Velie. Mon petit cambrioleur avait reçu des instructions très strictes. Or, il ne trouva rien. Le chapeau, les billets, le poison et les traces de distillation, tout avait été détruit ! Nous nous y attendions d'ailleurs, mais mieux valait nous en assurer.

« En désespoir de cause, je réunis dans le Théâtre Romain un certain nombre de spectateurs ayant assisté à la soirée de lundi. L'un d'entre eux se souviendrait peut-être d'avoir vu Barry passer dans l'allée. Il arrive parfois qu'une personne se souvienne, après coup, d'un incident oublié lors d'un premier interrogatoire, toujours plus ou moins impressionnant. Mais j'enregistrai un nouvel échec : nul ne se souvint de rien, sauf Jess Lynch qui se rappela avoir vu Field ramasser, dans l'impasse, un sac de soirée. Son témoignage corroborait l'explication donnée par Frances Ives-Pope, mais il ne concernait absolument pas Barry. Et rappelez-vous que notre interrogatoire de la troupe, jeudi soir, n'avait donné aucun résultat.

« Nous n'avions donc à offrir aux jurés qu'une magnifique charge hypothétique, un faisceau de présomptions basées sur le raisonnement et qu'aucune preuve ne venait étayer. Dans de telles conditions, l'acquittement de l'inculpé était certain. Et, pour comble, Ellery m'abandonna.

D'un air sombre, l'inspecteur regarda le fond de sa tasse vide. Il reprit :

— Comment pouvais-je faire condamner, sans preuve, un homme que je savais coupable ? C'était à devenir fou ! Alors, au moment où la situation me semblait désespérée, Ellery me rendit un dernier service : il me télégraphia une suggestion.

— Laquelle ? demanda Cronin.

— Ellery me conseilla, à mots couverts, de me livrer à un petit chantage personnel.

— Par exemple ! s'écria Sampson. Je ne vous suis plus, Queen...

— Mon fils possède l'art de se faire comprendre à demi-mot, dit l'inspecteur en souriant. Ma dernière ressource était de faire surgir une preuve !

Les deux auditeurs marquèrent leur perplexité par un froncement de sourcils.

— Réfléchissez, reprit Queen. Field fut assassiné à l'aide d'un poison presque inconnu, et ce, parce que l'on voulait mettre fin à ses manœuvres de chantage. Ne pouvait-on supposer que, se retrouvant dans une situation identique, Barry chercherait à se débarrasser du second maître chanteur comme il s'était débarrassé du premier ? Un empoisonneur reste un empoisonneur, c'est connu. Or, si j'amenais Barry à essayer d'employer, pour la seconde fois, le plomb tétra-éthyle, si je le pinçais avec le poison sur lui, l'affaire serait dans le sac.

« Pour amener Barry à répéter son crime, je ne disposais (selon l'inspiration d'Ellery) que d'un seul moyen : le chantage. J'avais en ma possession les originaux des documents pour lesquels Barry avait tué Field, ces documents qu'il croyait avoir détruits, car il n'avait aucune raison de soupçonner Field de lui avoir vendu de bonnes copies, à la place des originaux. Si, à mon tour, je faisais chanter Barry, il se retrouverait dans la même situation désespérée que précédemment et il serait, de nouveau, obligé de recourir au meurtre.

« Pour tendre mon piège, je me servis de notre ami Charley Michaels, la personne la plus qualifiée, aux yeux de Barry, pour détenir actuellement les originaux qui avaient appartenu à son maître. Michaels écrivit une lettre sous ma dictée. Ce fut, de ma part, une précaution presque superflue, mais Barry, ayant été en rapport avec Field, pouvait connaître l'écriture de son " homme à tout faire " et je ne pouvais rien laisser au hasard. Une fois la méfiance de Barry éveillée, tout serait perdu.

« Pour prouver à Barry que le nouveau maître chanteur possédait des armes, je joignis à la lettre un original et j'appris, preuve à l'appui, au destinataire que son crime ne lui avait rapporté que des copies. Barry avait toutes les raisons de croire qu'à peine sorti des griffes du maître, il était tombé dans celles du serviteur. Dans cette lettre, un véritable ultimatum, j'indiquai le lieu du rendez-vous, l'heure, etc.

« Barry tomba dans le piège, muni d'une gourde et de sa précieuse seringue hypodermique ; la première contenait du whisky empoisonné, l'autre du plomb tétra-éthyle pur. Au cadre près, l'exacte répétition du meurtre de Field, vous le voyez. J'avais recommandé une extrême prudence au faux Michaels, le détective Ritter. Dès qu'il fut certain d'avoir affaire à Barry, Ritter le tint en respect, donna l'alarme et nous surgîmes, en force, des buissons derrière lesquels nous étions cachés. Il fallait agir vite, sans quoi Barry se serait tué et aurait tué Ritter par-dessus le marché. Voilà, messieurs, vous en savez autant que moi maintenant, conclut l'inspecteur.

Il soupira et prit sa tabatière. Ce fut Sampson qui rompit le silence.

— Cela vaut mieux que le meilleur des romans policiers, Queen, dit-il d'un ton admiratif. Mais, pour moi, certains points restent encore dans l'ombre. D'où, par exemple, Barry obtint-il sur ce poison presque inconnu, dites-vous, une documentation suffisante pour pouvoir en fabriquer ?

— Oh ! fit l'inspecteur, en souriant. Cette question m'a tracassé jusqu'à hier soir, je l'avoue à ma honte, car la réponse m'avait été donnée dès mercredi matin. Vous souvenez-vous du Dr Cornish, l'ami d'Ives-Pope, qui nous fut présenté par ce dernier ? A propos, je me rappelle la question qu'Ellery vous posa dans votre bureau, Henry : « Ives-Pope n'a-t-il pas fait récemment un don de cent mille dollars à l'Institut des Recherches Chimiques ? » Ellery était bien renseigné et notre réponse est là, Henry. Une délégation de savants, présentée par Cornish, avait fait appel à la générosité d'Ives-Pope et, dans le courant de la soirée, à laquelle Barry assistait, un célèbre toxicologue fit devant ses confrères l'historique du plomb tétra-éthyle. A ce moment-là, Barry était loin de se douter que ce petit cours de toxicologie lui serait profitable, dans l'avenir. Mais, le jour où il décida de tuer Field, il comprit l'énorme avantage de ce poison dont la police serait incapable de trouver la source.

Cronin, à son tour, posa une question :

— Que diable signifiait le singulier billet que vous

m'avez fait porter jeudi matin par Louis Panzer, inspecteur? Si vous vous en souvenez, vous me recommandiez de surveiller la rencontre entre Lewin et Panzer, afin de savoir s'ils se connaissaient. Comme je vous l'ai déjà dit, Lewin, interrogé par la suite, m'a répondu qu'il n'avait jamais vu Panzer avant ce jour. Quelle était votre idée de derrière la tête?

— Panzer m'a toujours intrigué, Tim, expliqua Queen. Quand je vous l'ai envoyé, il pouvait encore être considéré comme un suspect et j'ai eu envie de savoir si Lewin le reconnaîtrait. Dans l'affirmative, cela pouvait établir un lien entre Panzer et Field. Oh! Ce n'était qu'une très vague idée sur laquelle je ne fondais pratiquement aucun espoir, ajouta l'inspecteur. D'autre part, je ne tenais pas à ce que Panzer fût dans nos jambes, ce matin-là. Bref, la course lui fit du bien et nous pûmes vaquer tranquillement à nos petites occupations, dans le théâtre.

— J'espère que mon paquet de journaux, envoyé en retour selon vos instructions, vous a donné satisfaction? demanda Cronin en souriant.

— Et la lettre anonyme adressée à Morgan? demanda Sampson. Etait-ce un faux indice, ou quoi?

— C'était une habile petite manœuvre destinée à compromettre Morgan, répondit Queen. Hier soir, Barry s'est expliqué à ce sujet. Sans savoir que Field faisait chanter Morgan, il avait appris les menaces de mort proférées par celui-ci à l'égard de son confrère. Barry pensa donc que, s'il réussissait à attirer Morgan au théâtre lundi soir, ce serait un excellent moyen d'aiguiller la police sur une fausse piste. Si Morgan ne venait pas, tant pis; s'il venait... Barry prit une feuille de papier blanc des plus ordinaires et, par crainte des empreintes digitales, il ne la mania qu'avec des gants. Toujours ganté, il tapa sa lettre dans une agence de dactylographie, puis il la signa d'une vague initiale et jeta l'enveloppe à la poste centrale. La chance voulut que Morgan mordît à l'hameçon et vînt au Théâtre Romain.

Les prévisions de Barry se réalisèrent : l'absurdité même de l'histoire, l'évidente fausseté de la lettre firent de Morgan le suspect numéro un. Mais, par un juste retour des choses d'ici-bas, les renseignements que nous obtînmes de Morgan au sujet du chantage auquel Field se livrait causèrent à Barry un tort considérable.

— Une dernière question, Queen, intervint Sampson. Comment Barry amena-t-il Field à accepter la rencontre au théâtre ? Qui prit les billets ?

— Barry fit admettre à Field la nécessité de régler l'affaire sous le couvert de la plus entière discrétion, au Théâtre Romain. Field acquiesça de bonne grâce, il fut le premier à comprendre la nécessité d'éviter un voisinage indiscret et se chargea de prendre les huit billets au guichet du théâtre. Il en envoya sept à Barry qui s'empressa de les détruire, à l'exception du billet marqué LL30 gauche. (Avec un sourire de grande lassitude, l'inspecteur se leva.) Djuna, remplissez la cafetière, dit-il à voix basse.

Sampson fit signe à Djuna de ne pas se déranger.

— Merci, Queen, dit-il, mais il est grand temps que nous allions travailler, Cronin et moi. Grâce aux fameux documents, nous avons du pain sur la planche ! Cependant, je n'aurais pu tenir en place avant d'avoir entendu l'histoire de votre bouche. Mon vieux, permettez-moi de vous féliciter bien sincèrement, ajouta le procureur du district avec un léger embarras. Vous avez accompli un travail remarquable.

— Je n'ai jamais rien vu de semblable ! ajouta chaleureusement Cronin. Quel problème ! Et quel chef-d'œuvre de raisonnement, pour en venir à bout !

— J'accepte de bon cœur vos compliments, dit tranquillement Queen. Parce que, voyez-vous, ils reviennent à Ellery. Or, j'avoue que je suis assez fier de mon fils, messieurs.

. . . .

282

Après le départ de Sampson et de Cronin, quand Djuna se fut retiré dans la cuisine pour faire la vaisselle du petit déjeuner, l'inspecteur se rassit devant son bureau et il relut le début de sa lettre à Ellery. Puis, avec un soupir, il reprit son stylo, et continua :

Je retire ce que je viens de dire, El. Plus d'une heure s'est écoulée depuis que ma lettre fut interrompue par la visite de Sampson et de Tim Cronin et j'ai revu, pour eux, toute l'affaire. Il fallait les voir! Yeux écarquillés, bouches ouvertes... Deux gamins écoutant un conte de fées! Quant à moi, au fur et à mesure que la belle histoire se déroulait, m'apparaissaient, avec une netteté aveuglante, la modestie de mon rôle et l'importance du vôtre. Je rêve du jour où vous épouserez une belle et gentille fille et où toute la sainte famille Queen s'embarquera pour l'Italie, afin de se laisser vivre, sous un ciel bleu! En attendant, il faut que je m'habille pour aller au Bureau Central. Beaucoup de retard s'est accumulé depuis lundi dernier et ma petite tâche est toute tracée devant moi...

Quand revenez-vous? Ne croyez pas que je veuille abréger vos vacances, El, mais je me sens bien seul. Je... Non, je dois être égoïste autant que fatigué et j'ai tout du vieil imbécile qui a besoin d'être dorloté. Mais vous reviendrez bientôt, n'est-ce pas? Djuna vous envoie ses respects. Le petit misérable m'assourdit en jonglant avec les assiettes, dans la cuisine.

Votre père affectionné,

Queen.

Romans policiers

On a trop longtemps cru en France qu'il n'existait que deux sortes de romans policiers : les énigmes classiques où l'on se réunit autour d'une tasse de thé pour désigner le coupable, ou les romans noirs où le sexe et le sang le disputent à la violence. Des auteurs tels que Boileau-Narcejac, Ellery Queen, Ross Macdonald, Demouzon démontrent qu'il existe une troisième voie, la plus féconde, où le roman policier est à la fois œuvre littéraire et intrigue savamment menée.

ARNOLD Alan	Le secret de la pyramide	1945★★★
BAYER William	Une tête pour une autre	2085★★★★
BOILEAU-NARCEJAC	Les victimes	1429★★
	Usurpation d'identité	1513★★★★
	Maldonne	1598★★
BUCHAN John	Les 39 marches	1862★★
CASPARY Vera	Laura	1561★★★
DEMOUZON	Adieu, La Jolla	1207★★★
	Mes crimes imparfaits	1267★★
	Monsieur Abel	1325★★
	Section Rouge de l'Espoir	1472★★
	Quidam	1587★★★
	Bungalow	2041★★★
FALK Franz-Rudolf	On a tué pendant l'escale (Le paltoquet)	1647★★★
FARREL Henry	Qu'est-il arrivé à Baby Jane ?	1663★★★
FRANCIS Dick	Le professeur	2086★★★
GARDNER Erle Stanley	La jeune fille boudeuse	1459★★★
	La nièce du somnambule	1546★★★
	L'œil de verre	1574★★
	Le canari boiteux	1632★★★
	La danseuse à l'éventail	1688★★★
	La vierge vagabonde	1780★★★
	L'avocat du diable	2073★★★
HUGHES Dorothy B.	Et tournent les chevaux de bois	1960★★★
IMBROHORIS Jean-Pierre	La trajectoire	1934★★★★
IRISH William	L'ange noir	1904★★
KELLEY & WALLACE	Witness	1855★★

KENRICK Tony	Shangaï Surprise 2106★★★
LEBRUN Michel	L'Auvergnat 1460★★★
	Pleins feux sur Sylvie 1599★★
	En attendant l'été 1848★★★
	Caveau de famille 2033★★
LEONARD Elmore	Stick 1888★★★
McBAIN Ed	Pour des haricots 1875★★★
MCDONALD Gregory	Fletch 1705★★★
	Le culot de Fletch 1812★★★
	Fletch et les femmes mortes 1903★★★
	Fletch à Rio 2010★★★
	Flynn s'amuse 2053★★★
MACDONALD Ross	Un regard d'adieu 1545★★★
	Le frisson 1573★★★
	L'affaire Wycherly 1631★★★
	Le corbillard zébré 1662★★★
	La face obscure du dollar 1687★★★★
	La côte barbare 1823★★★
	A chacun sa mort 1959★★★
	La grimace d'ivoire 2034★★★
MORRELL David	Rambo First blood 1924★★★
QUEEN Ellery	La ville maudite 1445★★★
	Il était une vieille femme 1489★★★
	Le mystère égyptien 1514★★★
	Et le huitième jour 1560★★★
	La maison à mi-route 1586★★★
	Le renard et la digitale 1613★★★
	La décade prodigieuse 1646★★★
	Coup double 1704★★★
	Le roi est mort 1766★★★
	Le mot de la fin 1797★★★
	Un bel endroit privé 1811★★★
	Le quatre de cœur 1876★★★
	Le mystérieux Monsieur X 1918★★★
	L'arche de Noé 1978★★★
	La dernière femme de sa vie 2052★★★
	Le mystère du théâtre romain 2103★★★
QUENTIN Patrick	La veuve noire 1719★★★
	Puzzle pour fous 1994★★★

SADOUL Jacques	*L'héritage Greenwood* 1529★★★
	La chute de la maison Spencer 1614★★★
	L'inconnue de Las Vegas 1753★★★
SAYERS Dorothy L.	*Poison violent* 1718★★★
	Le mort de la falaise 1889★★★★
	Noces de crime 1995★★★★
SPILLANE Mickey	*En quatrième vitesse* 1798★★★
THOMAS Louis C.	*Manie de la persécution* 2009★★
VILAR Jean-François	*Passage des singes* 1824★★★
	C'est toujours les autres qui meurent 1979★★★

Cinéma et TV

De nombreux romans publiés par J'ai lu ont été portés à l'écran ou à la TV. Leurs auteurs ne sont pas toujours très connus; voici donc, dans l'ordre alphabétique, les titres de ces ouvrages :

A la poursuite du diamant vert 1667★★★	Joan Wilder
Alien 1115★★★	Alan Dean Foster
Aliens 2105★★★★	Alan Dean Foster
Angélique, marquise des Anges	voir page 19
L'ami Maupassant 2047★★	Guy de Maupassant
L'année dernière à Marienbad 546★★	Alain Robbe-Grillet
L'Australienne 1969★★★★ & 1970★★★★	Nancy Cato
Blade Runner 1768★★★	Philip K. Dick
Bleu comme l'enfer 1971★★★★	Philippe Djian
Les Bleus et les Gris 1742★★★	John Leekley
Carrie 835★★★	Stephen King
Châteauvallon 1856★★★★ & 1936★★★★	Éliane Roche
Christine 1866★★★★	Stephen King
Coulisses 2108★★★★★	Alix Mahieux
Cujo 1590★★★★	Stephen King
Dallas 1324★★★★	Lee Raintree
- Les maîtres de Dallas 1387★★★★	Burt Hirschfeld
- Les femmes de Dallas 1465★★★★	Burt Hirschfeld
- Les hommes de Dallas 1550★★★★	Burt Hirschfeld
Damien, la malédiction-2 992★★★	Joseph Howard
Des fleurs pour Algernon 427★★★	Daniel Keyes
2001 - l'odyssée de l'espace 349★★★	Arthur C. Clarke
2010 - Odyssée deux 1721★★★	Arthur C. Clarke

Le diamant du Nil 1803★★★	Joan Wilder
Dynasty 1697★★ & 1894★★★	Eileen Lottman
Ellis Island (Les portes de l'espoir) 1987★★★★	Fred M. Stewart
E.T. l'extra-terrestre 1378★★★	Spielberg/Kotzwinkle
E.T. La planète verte 1980★★★	Spielberg/Kotzwinkle
Enemy 1968★★★	B. Longyear et D. Gerrold
L'exorciste 630★★★★	William Peter Blatty
Fanny Hill 711★★★	John Cleland
Fletch 1705★★★	Gregory Mcdonald
Les Goonies 1911★★★	Steven Spielberg
Il était une fois en Amérique 1698★★★	Lee Hays
Jonathan Livingston le goéland 1562★	Richard Bach
Joy 1467★★ & *Joy et Joan* 1703★★	Joy Laurey
Kramer contre Kramer 1044★★★	Avery Corman
Ladyhawke 1832★★	Joan D. Vinge
Love story 412★ & *Oliver's story* 1059★★	Erich Segal
Mad Max au-delà du dôme du tonnerre 1864★★★	Joan D. Vinge
Le magicien d'Oz 1652★★	Frank L. Baum
Un mari c'est un mari 823★★	Frédérique Hébrard
La Mission 2092★★★	Robert Bolt
Les oiseaux se cachent pour mourir 1021★★★★ & 1022★★★★	Colleen McCullough
Le paltoquet (On a tué pendant l'escale) 1647★★★	Franz-Rudolf Falk
Pavillons lointains 1307★★★★ & 1308★★★★	M.M. Kaye
Peur bleue 1999★★★	Stephen King
Police 2021★★★	Catherine Breillat
Poltergeist I 1394★★★	James Kahn
Poltergeist II 2091★★ inédit	James Kahn
Racines 968★★★★ & 969★★★★	Alex Haley
Rambo First blood 1924★★★	David Morrell
Rencontres du troisième type 947★★	Steven Spielberg
Révolution 1947★★★	Richard Francis
Rosemary's baby 342★★★	Ira Levin
Rouge Baiser 2014★★★	Véra Belmont
Sauve-toi Lola 1678★★★★	Ania Francos
Scarface 1615★★★	Paul Monette
Le secret de la pyramide 1945★★★	Alan Arnold
Shangaï Surprise 2106★★★	Tony Kenrick
Shining 1197★★★★	Stephen King
37,2° le matin 1951★★★★	Philippe Djian
Les 39 marches 1862★★	John Buchan
Witness 1855★★	Kelley & Wallace

2103
★ ★ ★

Impression Brodard et Taupin à La Flèche (Sarthe)
le 5 novembre 1986
6729-5 Dépôt légal novembre 1986. ISBN 2-277-22103-1
Imprimé en France

Editions J'ai lu
27, rue Cassette, 75006 Paris
diffusion France et étranger : Flammarion